RECLAM-BIBLIOTHEK

Paul Lukas' Held, ein sympathischer Träumer, stolpert auf seinem Weg quer durch Marokko, Spanien und Portugal von einer komischen Situation in die nächste tragische. Die Reiseroute bestimmt Karen, seine große Liebe, deren Spuren er beharrlich folgt, nachschwimmt, hinterherstiefelt. Einsam, melancholisch und voller heiterer Selbstironie vergißt er nie, sein Leben tapfer und kritisch zu beleuchten, sich verschämt an Vergangenes zu erinnern, voller Zuversicht dem unausweichlich Neuen ins Auge zu blicken und in besonders schweren Stunden trotz nagender Zweifel auf IHN zu hoffen.

Paul Lukas, geboren 1956, war bis 1995 Mitglied der Band *Element Of Crime*, veröffentlichte anschließend ein erstes Solo-Album (»The Fear Of A Singer«) und lebt heute als Musiker, Übersetzer und freier Autor in Berlin.

Paul Lukas

IHN

Roman

RECLAM VERLAG LEIPZIG

ISBN 3-379-01635-7

Reclam-Bibliothek Band 1635
1. Auflage, 1998
Reihengestaltung: Hans Peter Willberg
Umschlaggestaltung: Kay Krause und Alexander Fleischmann, Leipzig
Gesetzt aus Meridien
Satz: Document 2000, Satzstudio Annett Jost, Leipzig
Druck und Bindung: Ebner Ulm
Printed in Germany

Für Sara und Marie.

Men have died from time to time and worms have eaten them, but not for love.

William Shakespeare

Der Hund machte zwei Schritte auf mich zu und fletschte die Zähne. Seine Haare sträubten sich zu einem Dickicht, das ich bei seiner Rasse nicht für möglich gehalten hätte. Sein tropfender Speichel erinnerte mich an einen defekten Wasserhahn. Noch ein Schritt, und er würde zum Sprung ansetzen.

Ich dachte an meine jüngere Schwester, wie sie meine Hand ergriff, als ich zitternd versuchte, ihr am Grab ihres ersten Freundes beizustehen. Alle waren gekommen, nur sein Vater nicht, der ihm verboten hatte, die Thai-Mädchen anzulächeln, mit denen er handelte, zehn LSD auf einmal zu schlucken und den Autoschlüssel seiner unruhig schlummernden Mutter zu entwenden.

Und ich dachte nicht länger an mich, als der Hund im Anflug kehrtmachte und mit eingekniffenem Schwanz nach dem rechten Glauben suchte. Ganz offensichtlich im Bestreben, verlorene Zeit gutzumachen. Ich fragte mich, wer hinter mir stand.

Der Versuch, die Zeit, die man nicht mitbekommen hat, von hinten aufzurollen, ist ein bißchen wie Spaghetti ohne psychologischen Beistand zu essen. Es graut dir davor, dabei erwischt zu werden. Aber das Sozialamt läßt dir keine andere Wahl.

Ich bin kein Hundefänger und auf Sonntage scheiße ich. Das Kirchengeläut unter der Bettdecke meiner Eltern schläfert mich nicht mehr ein. Ich war ein freiwilliger Kandidat amphetaminischer Versuche. Meine Mutter war Krankenschwester und mein Vater klinisch tot. Aus meiner Sicht. Ich wollte beim Schlittenfahren junge Mädchen anrempeln, ohne mir selbst ein Bein zu brechen. Als ich auf Räucherstäbchen umstieg, waren die Süßen alle auf meiner Seite.

Trotzdem ist es einfach zum Kotzen, wenn deine ältere Schwester Asthma hat und einen Liebhaber, der jünger ist als ihr zwei-

tes Kind, und einen leptosomen Pekinesen, der älter ist als ihre Träume.

Mein Wirt war immer gut zu mir. Bis zu dem Tag, an dem ich beschloß, auf bleifreies Benzin umzusteigen. Er verkaufte sein Reitpferd und ersteigerte eine Puderzuckerfarm. Seitdem bin ich wirklich *allein.*

Ich drehte mich um und versuchte mich zu erinnern, wie einfallsreich ich meine Notärztin betört hatte, mit Herzklopfen und steifem Bein, Zipperlein und apokalyptischen Kopfschmerzen. Immer voll konzentriert auf mich selber. Und dachte an IHN.

Aber der Reihe nach. Wir sind weit gereist damals und verstanden uns aufs Erzählen. Marokkanische Bauernsöhne hatten nichts unversucht gelassen, uns mit Gewalt an der Fahrt ins Gebirge zu hindern. Dachten wir. Und hatten eben die zweite Straßensperre aus kleinen drahtigen, mit Knüppeln bewaffneten Kerlen mit Vollgas durchbrochen, als es innerhalb von Minuten stockdunkel wurde. Weit und breit kein zivilisiertes Leuchten. Die Bremse meines deutsch-amerikanischen Buckelwagens funktionierte schon seit Malaga nur noch, wenn ich panisch pumpend auf ihr herumtrat. Die von metertiefen Schlaglöchern übersäte Schotterpiste reihte eine Serpentine an die andere. Rechts gähnte die Schlucht wie ein müder Killerwal. Vollgas und pumpen, wieder und wieder. Die flackernde Innenbeleuchtung des staubigen Renaults, der an unserer hinteren Stoßstange klebte, erlaubte uns einen Blick auf das schadenfrohe Grinsen dreier Kapuzenköpfe. Mir war zum Heulen zumute. Karen schwieg.

Dann endlich ein Licht. Als es näher kam, war es deutlich als die neongrüne Leuchtreklame eines einsamen Cafés auszumachen. Ich bremste, und wir stürzten hinein.

Der Einbeinige, dessen von eitrigen Pusteln entstelltes Gesicht zur Begrüßung ein meckerndes Lachen ausspuckte, lag unter schummrigem Licht auf einem Diwan längs vom Eingang und griff Karen mit seiner leprösen Hand zwischen die Beine. Der einzige weitere Anwesende, offensichtlich der Inhaber des Lokals, war von riesigem Wuchs. Er trug eine Augenklappe, und im Gürtel seines Umhangs steckte ein Messer im Format einer Sense. Er zog seine schmutzigen Finger aus einem Fleischtopf in der Glasvitrine und wies uns bedrohlich gestikulierend zum Ausgang. Wir verschwanden schneller als wir gekommen waren.

Unser Auto stand verlassen vor der Tür, die Verfolger waren nicht mehr zu sehen. Ich erinnere mich, daß ich fröstelte, als wir den Wagen bestiegen, um die Fahrt wieder aufzunehmen. Karen übernahm das Steuer.

Das kleine Gebirgsdorf Ketama war unser Ziel, von Anachronisten der Hippiebewegung als sagenumwobenes Mekka stabilisierenden Hanfes beschrieben. Was mich noch viel mehr interessiert hatte, war die rauhe Bergluft, nachdem wir unsere Bronchien in der stinkenden frühindustriellen Stadt Casablanca an den Rand des Boykotts getrieben hatten, und die legendäre Gastfreundschaft der nordafrikanischen Gebirgsbewohner angesichts unserer Reisekasse, die inzwischen Platz für ein indisches Einhorn bot. Ich riskierte einen Blick auf die Tankuhr, deren Zeiger sich bei sieben Uhr früh eingependelt hatte und seit geraumer Zeit kein Lebenszeichen mehr von sich gab. Als wir die nächste Kurve durchfahren hatten, erblickten wir den verdreckten Renault, der quer auf der Straße stand. Zwischen seinem Kotflügel und dem gewaltigen Felsen, der sich am linken Wegesrand den Sternen entgegenreckte, hätte kein Zigarettenpapier mehr Platz gefunden. Rechts wartete der Abgrund. Der eine Meter mußte genügen.

Karen trat das Gaspedal bis zum Anschlag durch, riß das Steuer nach rechts und sofort wieder nach links. Das verzweifelte widerwärtige Aufjaulen des Motors verriet uns, daß mindestens ein Antriebsrad über dem Abgrund schwebte. Wir verspritzten graue Kieselsteine und Grasbüschel über unsere Verfolger und machten einen gewaltigen Satz nach vorn. Wir waren vorbei.

Ich hatte Karen in einer Kneipe in Hessisch-Sibirien kennengelernt. Sie arbeitete als Erzieherin und war mit einem überzeugten Berufssoldaten verlobt. Eine kleine wilde Grazie mit dem Übermut eines Mädchens, das keine Lust mehr hatte, einem bleichgesichtigen Hinterwäldler beim Gewehrreinigen zuzusehen. Bei ihrem ersten Besuch hatte sie der Wurf junger Katzen, den ich gemeinsam mit deren Mutter in meinem Zimmer versorgte, von meinen erotischen Qualitäten überzeugt. Sie war eine phantastische Fahrerin und hatte mich bei gemeinsamen Ausflügen ins hessische Umland zu unzähligen Gebetsvariationen inspiriert.

In der Ferne waren vereinzelte Lichter zu sehen. Das konnte nur Ketama sein. Wir fuhren eine weitere Erhebung hinauf, als der Motor zu stottern anfing, ein letztes Mal zornig spuckte und schließlich den Geist aufgab. Der Tank war endgültig leer. Der Renault schoß an uns vorbei, bremste quietschend und stellte sich quer vor unsere Kühlerhaube. Wir legten uns gegenseitig beruhigend die Hand auf den Oberschenkel. Meine zitterte ein wenig.

Das Dasein orientiert sich am Gewesenen. Und Mut macht die Erinnerung, wie ich freischwebend zwischen den Türmen des World Trade Centers unterwegs war, auf der Suche nach dem Geiste des Däumlings. Und mich am Daumen lutschend in meinem Schlafsack wiederfand.

Diesmal blieb mir nur die Heldenpose. Ich dachte an den freundlichen Eunuchen, der mir im Hafen von Algeciras mit der seriösen Miene eines Immobilienmaklers vier Kamele im Tausch gegen Karen angeboten hatte. Und bat sie, im Auto zu bleiben und die Türknöpfe herunterzudrücken, sobald ich draußen wäre.

Ich stieg aus, ballte die Hände an meinen herunterhängenden Armen zu Fäusten und dachte an IHN.

Bei den Gestalten, die sich in aller Ruhe aus ihrem verbeulten Fahrzeug schälten, handelte es sich um zwei etwa vierzehnjährige Jungen und einen jungen Mann, der blöde grinsend und mit einladend geöffneten Armen auf mich zukam. »Come to my brrosers farrm! Best Hasch in ganze Land. Come! Come wiss me! Best Hasch in ganze Land! Frree rroom, frree food. Come wiss me!«

Wir waren am Ziel. Ich machte mir Sorgen um meinen Herzschlag, der sich so abrupt beruhigt hatte, daß ich fürchtete, die Pumpe sei außer Betrieb geraten. Mit gesunder Wut setzte ich sie wieder in Gang. »Was treibt ihr hier für ein verdammtes Spiel mit uns, ihr Scheißkerle«, raunzte ich, während ich mich hinunterbeugte, um meine Stirn männlich an der seinen zu reiben. Nach einem kurzen Pow-Wow wurde uns bewußt, wie kalt es inzwischen geworden war, und wir einigten uns darauf, daß die Herren uns mit ihrem Renault nach Ketama schieben sollten.

Als ich wach wurde, schien die Sonne ins Zimmer. Karen hatte die Angewohnheit, mich zu wecken, indem sie ihr goldbraunes Federgewicht auf mir niederließ, während sie mir mit dem Mittelfinger der rechten Hand zärtlich, aber bestimmt, gegen die Rosette drückte. Draußen gackerte ein Huhn. Ich stand noch nie besonders auf diese Filme, in denen drinnen lustig gevögelt wird, während draußen das Kriegsgetöse tobt. Widerwillig ließ Karen mich frei, ohne aber ihre kleine bewegliche Zunge aus meinem Ohr zu nehmen. Ich richtete mich auf und sah aus dem Fenster. Welch friedlicher Anblick! Zwischen unzähligen Hühnern, die vom roten Lehmboden des Hofes ihre Körner aufpickten, saßen mehrere nackte Kleinkinder und spielten mit Strohhalmen oder schauten einfach nur glücklich in die Sonne. Beruhigt näherte ich mich dem ausgebreiteten Luxuskörper meiner tapferen Freundin, als es an der Tür klopfte. Eine tiefe warme Frauenstimme lud uns zum Frühstück. Den berüchtigten Ehrenkodex der arabischen Welt abwiegend, überredete ich Karen, sich anzuziehen. Schließlich waren wir Gäste des Hauses.

Abduls Hof lag weit außerhalb des Ortes. Ich reckte und streckte mich in der Sonne vor dem Nebengebäude, in dem wir die Nacht verbracht hatten. Die Kiefernwälder, von denen das Anwesen umgeben war, erinnerten mich eher an die Schweiz als an die extraterrestrische Geröllwüste, die ich hier oben erwartet hatte. Nur daß es nicht gerade blauer Enzian war, der auf jeder verfügbaren Lichtung blühte. Die bis zu vier Meter hohen Marihuanapflanzen verströmten einen Duft, dem ein dogmatischer Vegetarier, wie ich einer bin, nur schwerlich widerstehen kann. Für einen Joint zum Nachtisch würde ich hier notfalls auch Fleisch essen.

Wir betraten den Eßraum, einen bis zur Decke mit Kissen vollgestopften Salon. In einer Ecke stand eine überdimensionale Wasserpfeife, auf dem flachen Tisch warteten diverse Teller mit wabernden dampfenden Innereien. Der Herr über Weib, Hof und Kinder war ein stattlicher Mann von etwa vierzig Jahren. Er saß in einem in leuchtendem Türkis wallenden Gewand auf einer Anzahl von Kissen und zwirbelte seinen gewaltigen Schnurrbart. Als er uns eintreten sah, erhob er sich, um uns überschwenglich zu begrüßen. Nachdem wir für etwa zwei bis drei Stunden alle nur denkbaren Höflichkeitsfloskeln ausgetauscht, die scheinbar noch lebenden Eingeweide sowie eine Wanne herrlicher grüner und blauer Weintrauben verdrückt hatten, kamen wir zum Thema. Ich hatte vor, Abdul für ein paar hundert Mark mein uraltes Auto zu verkaufen. Er hörte sich mein Angebot an, nestelte an seinem Kaftan und zog eine langstielige Pfeife hervor. »Kommt Zeit, kommt Rat«, sagte er zu meinem Erstaunen, entzündete die Pfeife und reichte sie an mich weiter. Während goldärschige Engelchen mit blaublütigen Bären unter der Zimmerdecke zu tanzen begannen, klärte er mich darüber auf, daß sein Bruder meinen Wagen für einige Tage probefahren würde. Solange seien wir selbstverständlich seine Gäste.

Was das bedeutete, wurde uns klar, als er nach dem abschließenden Pfefferminztee mit uns einen kleinen stolzen Spaziergang über sein Besitztum unternahm. Wir steckten unsere bekifften Nasen fasziniert in die Cannabisblüten, während uns vereinzelte Ziegen neugierig beäugten. Er zeigte uns eine Scheune von mittlerem bayerischen Format, die bis zur Decke mit Hanfballen gefüllt war. »Ihr könnt euch jederzeit bedienen«, sagte er großmütig, während er uns fachmännisch vorführte, wie man aus den Spitzen der Pflanzen das Beste vom Besten herausprügelt.

Wir verlebten elf wundervolle Tage auf seinem Hof, lagen zumeist im Schatten der Kiefern, das Pfeifchen in der linken und Falladas Trinker in der rechten Hand, oder schauten einfach nur den jungen Mädchen zu, die in wunderschönen bunten Gewändern, geschickt die kleinen Sicheln schwingend, die Spitzen vom Rumpfe der Pflanzen trennten und ernteten. Und von Zeit zu Zeit zogen wir uns tiefer in das Wäldchen zurück, um auf entspannt psychedelische Art Liebe zu machen.

Am Abend sah ich mit Vorliebe der sympathischen Mutter zu, wie sie in einem von ihrem massigen Körper kaum verdeckten riesigen Kochtopf eine schwarze ölige Konsistenz verrührte, die von goldkettchenbehangenen, cabriofahrenden Stadtbewohnern in den verschiedensten Portionen aufgekauft wurde.

Aber irgendwann kam der Tag, an dem ich es nicht mehr ertrug, geniale rauschhafte Gedichte zu schreiben, um sie am nächsten Morgen als postpubertäres andreheller-mäßiges Geschwätz zu entlarven. Es wurde Zeit zum Aufbruch.

Bruder Hassan hatte sich nie wieder blicken lassen. Genausowenig wie mein Auto. Aber es war auch keinerlei Meldung bei der Familie eingegangen, nach der er aufgrund versagender Bremsen mit Hurra und C'est la vie die Schluchten hinuntergestürzt und über den Jordan beziehungsweise den Muluja gegangen wäre.

Trotzdem war ich mehr als nervös an diesem Abend. Benebelt hing ich tief in den Kissen, um mich herum grinsende fremde Männer, die in einer mir nach wie vor völlig unverständlichen Sprache mit dem Hausherrn palaverten. Mein Gehirn, dessen Sauerstoffgehalt vom braunen Dunst längst in ein entferntes Eckchen vertrieben worden war, beschwor aberwitzige makabre Schauergeschichten vom hinterfotzigen Araber, der nichts lieber tut, als ungläubige Eindringlinge aus dem Abendland übers Ohr zu hauen, um sich anschließend unter fiesem selbstzufriedenem Grunzen mit einem Krummsäbel die Fingernägel zu säubern. Das fröhliche Lachen um mich herum war zum Hohngelächter geworden, und ich war der Trottel, der in der Falle saß. Das Lebensgefühl namens Paranoia hatte sich breitgemacht. Die Weintraube, die Karen versuchte, mir in den Mund zu schieben, hatte das Format eines Tennisballs und drohte mir den Kiefer zu sprengen. Ich schob ihren Arm zur Seite und stemmte mich aus den Polstern. Das Gesicht mit den panisch flackernden Augen, das mich aus dem Wandspiegel anstarrte, war grün wie ein vergifteter Fisch. Ich dachte an Gary Cooper, ließ die Revolver kreisen und schwankte auf unseren Gastgeber zu: »Hey, Abdul, was habt ihr mit meinem Auto gemacht, verdammt!«

Für einen Moment herrschte vollkommene Stille. Dann erhob sich Abdul, trat so nahe an mich heran, daß sich unsere Nasenspitzen berührten, funkelte böse mit den Augen und zischte: »Was ist los mit dir? Warum bist du so nervös?« Ich stammelte etwas von einem fairen Geschäft, und daß ich mich nicht bescheißen lassen würde. »Soll das heißen, du nennst mich, Abdul Moukrab, einen Betrüger?« Sein Tonfall wurde immer bedrohlicher. Er ergriff meinen Arm und zog mich nach draußen. Der Himmel war sternenklar wie an dem Abend in Marrakesch, als mir ein Händler einen Burnus angeboten hatte, ich aus Spaß am Feilschen auf ihn eingegangen war, der Preis immer weiter sank, bis er mich durchschaute und mir das Gewand kostenlos überlassen wollte. Wohl um mich zu testen. Ich hatte ihm erklärt, daß ich eigentlich gar kein Interesse und sowieso schon zuviel Gepäck hätte, woraufhin er Anstalten machte, mir an die Gurgel zu springen. Ich hatte seine Ehre aufs tiefste verletzt. Nur unter beschwichtigenden Verbeugungen waren Karen und ich ihm in hastigem Rückwärtsgang entkommen.

Ich begriff, daß ich mich in die denkbar ungünstigste Lage manövriert hatte, und beteuerte Abdul meine Untergebenheit, faselte zu seinem ungläubigen Erstaunen von einer ungünstigen Phase in meinem Biorhythmus und lobte überschwenglich seine hervorragenden landwirtschaftlichen Erzeugnisse, die mich in unentschuldbare Verwirrung gestürzt hätten. Letzteres schien ihn tatsächlich etwas zu beschwichtigen. Er schenkte mir einen letzten zornigen Blick, der mir klarmachte, daß ich drauf und dran gewesen war, mir seine Gastfreundschaft für immer zu verscherzen, und sprach zum zweiten Mal diesen weisen Satz, den ich zuvor nur von meiner seligen Hamburger Großmutter gehört hatte: »Kommt Zeit, kommt Rat. Entspann dich, laß es dir gutgehen in meinem Haus. Auf die Geschäfte kommen wir zu sprechen, wenn es Zeit dafür ist.« Wir kehrten in sein Haus zurück und besiegelten unsere erneuerte Freundschaft mit einer weiteren Wasserpfeife.

Am nächsten Nachmittag bot er mir als Bezahlung für meinen Wagen ein halbes Kilo Zero Zero, den Feinschnitt des Hauses gewissermaßen. Ich bestand auf umgerechnet 500 DM. Er hatte eine Menge Spaß am Handeln, und ich begriff durchaus, daß er nicht im Traum daran dachte, mir diesen Batzen Geld zu bezahlen, wo ihn ein Brocken Eingemachtes nur ein müdes Achselzucken kosten würde. Nur lag mir selbst nichts ferner, als zum Drogendealer zu werden. Zu einem dieser Typen, die ihre mickrige Identität aus ihrer ach-so-mutigen Bedeutsamkeit als Versorger notleidender ländlicher Wohngemeinschaften oder städtischer Schulabbrecher bezogen, mindestens hundert Prozent Gewinn herausschindend gegenüber Leuten, die kaum das Futter für ihre Katzen finanzieren konnten, und den lieben langen Tag und die bedröhnten Nächte von nichts anderem labernd als von Anbaugebieten, von Manali und Ganja und stoned und geilem Stoff und total wahnsinnig abgefahren.

Und ich dachte erschaudernd an das Risiko, beim Schmuggel über die Grenze erwischt zu werden und in den spanischen Knast zu wandern, einige Jahre in Zuständen zu verbringen, deren Übergangsphase aus den Zeiten des Franco-Regimes damals im besten Falle doch gerade erst begonnen hatte. Abenteuerlust ließ ich normalerweise gar nicht erst aufkommen. Dazu fehlte mir einfach der Mut. Da würde ich schon eher einen Heuwagen voller THC-armen Hanfgestrüpps in die westliche Welt schaukeln, um es dort zu violett eingefärbter, kartoffelsackähnlicher Feld- und Wiesenmode verarbeiten zu lassen. Aber Abdul Moukrab blieb hart. Er lachte über meine Befürchtungen, erklärte, daß es für einen europäischen Touristen wie mich überhaupt kein Problem sei, unbeschadet über die Grenze zu kommen, alles was ich bräuchte, sei ein Hund.

»Wie bitte?«

Abdul fing an zu lachen. »Ich habe einen Neffen, der schweißt dir die Ware problemlos in Konservendosen ein. Dem Etikett nach wird es sich um Hundefutter handeln. Eine absolut geruchsfreie Angelegenheit. Überhaupt kein Problem.«

Ich bat um Bedenkzeit. Mir war inzwischen vollkommen klar, daß Abdul überhaupt nicht daran dachte, mir mein Auto in bar zu bezahlen. Und wir brauchten verdammt noch mal Geld für die Weiterreise. Und wenn ich den Stoff gleich in Spanien komplett zu einem günstigen Preis abstoßen würde? Aber dann dachte ich wieder an die Grenze und mir wurde ganz schlecht.

»Also gut, 300 Mark. Mein letztes Angebot!«

Abdul lächelte mitleidig. »Das letzte Angebot mache ich. Ein Kilogramm. Das kriegst du locker in drei Dosen rein. Nimmst eben einen großen Hund. Du wirst mehr als das Zehnfache verdienen von dem, was du jetzt verlangst.«

Seine Stimme hatte einen ungeduldigen Befehlston

angenommen. Er nahm Leute wie uns schließlich nicht aus reiner Menschenliebe in seinem Haus auf, war es schlicht und einfach gewohnt, zu einem Geschäftsabschluß zu kommen. Wenn ich jetzt nein sagte, würden wir vermutlich im nächsten Moment mit unseren letzten Dirhams auf der Straße stehen. Karen gab den Ausschlag. »Laß uns das machen. Klingt doch total aufregend. Ich zieh mir meine Shorts an, und die Brüder an der Grenze werden nicht einmal an Drogen *denken*!«

Okay, okay. Ich bin nicht der Typ, der sich gerne vor einem Klasseweib blamiert. Wenn mich etwas in die Scheiße reitet, dann ist das normalerweise meine Eitelkeit.

»Abgemacht.« Ich streckte Abdul großkotzig meine Hand entgegen. Er schlug zufrieden ein. »Ich nehme die Sache in die Hand. Morgen hast du die Dosen. Du brauchst dich um nichts zu kümmern.«

Wir saßen in Ketama an der Kreuzung und warteten auf eine Mitfahrgelegenheit. In den vergangenen zwei Stunden waren ganze drei Autos vorbeigekommen und hatten uns triumphierend hupend ignoriert. Mittlerweile hatte sich die übliche Schar von zwölf oder dreizehn marokkanischen Knaben um uns versammelt und ging uns mit penetranten Geschäftsangeboten und Betteleien auf die Nerven. Der Kleinste war der schärfste, vielleicht gerade einmal sieben Jahre alt, tanzte er wie Rumpelstilzchen um uns herum, den ewig gleichen Singsang wiederholend: »Gib mir zehn Dirham, oder ich erzähle der Polizei, daß du Haschisch rauchst.« Was er nun wirklich nicht wissen konnte. Mein Mitleid mit der offensichtlichen Armut der Burschen hielt sich in Grenzen.

Das nächste Auto, ein kleiner roter Fiat, hielt tatsächlich an. Wir sprangen hinein, aber die Jungs ließen die Tür nicht los. Sie verlangten nun allen Ernstes Geld für die Vermittlung der Fahrgelegenheit. Weil sie kräftig mitgewunken hatten, weshalb ich eher befürchtete, die Touristen in dem Wagen würden weiterfahren. Mir platzte der Kragen. Ich deutete mit dem rechten Ellenbogen einen Schlag an. Sofort schwang sich einer der größeren der Gruppe, am Ast einer Kiefer hängend, mit den Füßen in Richtung meines Kopfes. Ich riß noch einmal verzweifelt an der Tür, kriegte sie tatsächlich zu und seine Füße knallten gegen das Blech. Der Fahrer gab Vollgas. Für einige Meter rannten uns die grimmigen Gestalten, haßerfüllt die Fäuste schwingend, im Staub hinterher. Dann hatten wir es wieder einmal geschafft.

»Großer Gott, was für eine Gegend. Das ist ja richtig gefährlich hier!«

»Oh John, stell dich doch bitte nicht immer so an!«

Vom ersten Moment an war ziemlich klar, daß es sich bei dem Pärchen um eine dieser absurden Konstellationen handelte, die auf großer Urlaubsreise feststellt, daß man nicht zueinander paßt, und den fehlenden Mut, fern der Heimat und der Geborgenheit täglicher Büroarbeit getrennte Wege zu gehen, mit Haß kompensiert. Ein englisches Paar, beide etwa dreißig Jahre alt, er schüchtern und sie tyrannisch. Nachdem sie ihn ganz ungeniert einen Feigling, Weichling und Jammerlappen geschimpft und er dies unterwürfig nickend zur Kenntnis genommen hatte, wandte sie sich an uns: »Ist das nicht ein wundervolles Land? Und erst die Menschen. Vielleicht etwas aufdringlich, aber für ein paar Pennies sind sie zu jedem Dienst bereit. Ein ganzes Land voller bereitwilliger Diener. Einfach traumhaft. Sind Sie schon auf einem Kamel geritten? Nein? Aber, wenn ich fragen darf, so wie Sie aussehen, haben Sie doch sicher ein wenig Haschisch im Gepäck? Ich habe es noch nie probiert, aber ich möchte so schrecklich gerne. Das gehört hier doch irgendwie dazu, oder nicht, John?«

John nickte ängstlich. Ich hatte ganz und gar nicht vor, dieser aufgeblasenen Wachtel einen Gefallen zu tun, als ich ein Stück unseres Reiseproviants aus der Hosentasche zog und einen Joint baute im Format ihrer gewaltigen Nase. Der Tante würde ich einen Schuß Exotik verpassen, den sie nie wieder vergessen würde.

Welch ein fataler Fehler. Oh Allah, vergib mir meine

Schadenfreude. Nachdem sich die beiden unter Husten und Keuchen die Tüte zu Gemüte geführt hatten und die Dame ein zehnminütiges hysterisches Gekicher vom Stapel gelassen hatte, herrschte für einen Moment entsetztes Schweigen. Der Wagen war völlig unmotiviert ins Schlingern geraten, kurvte in Schlangenlinien von einem zum anderen Straßenrand. Und diesmal gähnte die Schlucht nicht. Sie brüllte und zeigte die Zähne. Und nun brüllte die Frau auf dem Beifahrersitz kräftig mit.

»Fahr geradeaus, du Flasche! Bist du denn zu gar nichts zu gebrauchen? Wie konnte ich mich nur mit einem solchen Idioten einlassen ...« Und so weiter und so fort. Mein Reisepaß, den ich als Unterlage für meine Bröselarbeit benutzt hatte, fiel mir vom Schoß. Ich bückte mich und knallte beim nächsten panischen Schlenker des Mietwagens mit dem Kopf gegen die Tür. Der Ausweis lag aufgeschlagen zwischen meinen Füßen. Im Inneren des kreisrunden marokkanischen Einreisestempels war klar und deutlich ein Auto abgebildet. Wir saßen schon wieder in der Patsche. Wenn wir ohne meinen Karren an der Grenze auftauchen würden, würden uns die Marokkaner eine saftige Zollrechnung präsentieren.

Karen strich mir ahnungslos über mein schmerzverzerrtes Gesicht.

»Oh Gott, oh Gott! Das Lenkrad ist auf der falschen Seite! In England fährt man links ...«, jammerte John.

»Hör auf zu heulen! Fahr rechts ran! Jetzt fahre ich!« kreischte die Frau. John fuhr links ran, zerknautschte einen weiteren Felsblock und brachte das Auto zum Stehen. Er stieg aus und verschwand. Das häßliche Lachen der Frau brach abrupt ab. Der gute Mann hatte nicht beachtet, daß er den Wagen direkt am Abhang geparkt hatte. Wir fanden ihn etwa anderthalb Meter unterhalb der Straße. Seine Hände umklammerten einen dürren Oleanderbusch, seine Füße suchten, rastlos strampelnd, verzweifelt nach einem Halt. Dreißig Meter weiter unten warteten unzählige spitze Steine gierig darauf, daß ihn die Kräfte verlassen würden.

Johns Gesichtsausdruck war von erbarmungswürdiger Ratlosigkeit. Er hatte ganz offensichtlich noch keine Lust zu sterben, aber zu dieser Frau hinauf schien er irgendwie auch nicht mehr zu wollen. Ich beschloß, ihm die Entscheidung abzunehmen. Ich beugte mich über den Abhang und robbte ihm entgegen, während die beiden Frauen jeweils auf einem meiner Beine saßen und ihre Fingernägel in meinem Hemd beziehungsweise meiner Haut verkrallten. Ich dachte an die kleine schattige Wasserstelle, in der wir, unsere Wäsche waschend, einen niedlichen kleinen Schaum angerichtet hatten, bis wir von einer großen Herde kleiner Ziegen überrannt wurden, die sich den Cocktail ohne zu zögern schmecken ließen.

Endlich bekam ich Johns Hände zu fassen, und mit vereinten Kräften wuchteten wir ihn auf die Straße zurück. Wenn die Partnerschaft zwischen Männern und Frauen von Erfolg gekrönt ist, geht in meinem Herzen die Sonne auf. Die Lady gab John eine Ohrfeige. Ich klopfte ihm auf die Schulter und Karen gab ihm einen Kuß auf die Stirn. Er stand auf und klopfte sich tapfer den Staub aus den Klamotten.

»Würden Sie so nett sein und den Wagen lenken?«

Ich war so nett. Für den Rest der gemeinsamen Fahrt saßen Karen und ich im Cockpit des Wagens, ihre kleine Hand wie in guten Zeiten träge an meinem Oberschenkel ruhend, und vergaßen die hinter uns sitzenden Engländer, die, jeder für sich an die jeweilige Tür gepreßt, schweigend, schmollend oder auch tränenlos weinend ihren ersten Drogenrausch verarbeiteten.

Die Sonne versank bereits hinter den Bergen, als wir endlich Fès erreichten. Im rötlichen Abendlicht war die Hektik des örtlichen Geschäftslebens einer angenehmen Gelassenheit gewichen. Es roch nach Holzkohlenfeuer und gebratenem Lamm, vermischt mit dem Duft von Pinien, frischer Minze und den Abfällen des Tages. Die Männer saßen vor den Cafés und löffelten die abendliche Suppe oder wickelten die langstieligen Pfeifen aus. Verschleierte Frauen standen in Gruppen beisammen und schnatterten angeregt oder riefen den fröhlich spielenden Kindern freundlich klingende Worte hinterher. Die wie immer zahlreich herumstreunenden Hunde wedelten vergnügt mit den Schwänzen, während sie an den Knochen nagten, die ihnen nachlässig und wie selbstverständlich zugeworfen wurden. Sogar die vereinzelten Autohupen klangen träge und satt.

Die Idylle wurde durch die Erinnerung an unsere zerknirschten Reisebegleiter gestört, als sich John mit einem kläglichen Wispern zu Wort meldete.

»Sie wollen sich hier doch sicher ein Zimmer für die Nacht nehmen. Dürfen wir uns Ihnen anschließen?«

Oh nein! Ich bin doch kein Reiseführer, und für den Job des Beziehungstherapeuten eines verkrachten kleinbürgerlichen Touristenpaares fehlt mir jede berufliche Vorbildung. Ohne ein Wort zu verlieren, stieg ich hastig aus dem Wagen, griff unser Gepäck und marschierte in Richtung der Bushaltestelle, während sich Karen auf ihre wohlerzogene Art von den beiden verabschiedete. Ich hatte andere Sorgen und betrachtete nachdenklich den herrenlosen Hund, der mir zutraulich lächelnd folgte und mit großen fragenden Augen seine Dienste anzubieten schien. Ich beschloß, den Beginn einer möglicherweise wunderbaren Freundschaft auf unbestimmte Zeit zu verschieben. Die rosarot glänzenden Schorfflecken, die er sich nicht nur im Gesicht aufgekratzt hatte, waren mir unheimlich.

»Amshi!« zischte ich.

Der Hund nahm es mit Würde. Er quittierte meinen Versuch, ihm in seiner Landessprache zu begegnen, mit einem verächtlichen Stirnrunzeln und trollte sich.

Der Überlandbus nach Tanger rauschte in atemberaubendem Tempo durch die afrikanische Nacht. Die meisten Insassen dösten in ihren Sitzen. Ich saß auf der hintersten Bank, Karen hatte genug Platz, um sich querliegend auszustrecken, und war sehr bald, ihren Kopf in meinem Schoß, in einen tiefen Schlaf gesunken. Das gleichmäßige Brummen des Motors kreierte gemeinsam mit dem Gesang der Zikaden, der durch die geöffneten Schiebefenster hereindrang, eine eigenwillige Musik. Vereinzelt gackerte ein Huhn in seinem Korb, und wenn auf der schmalen Straße einer der mit bunten Lichtern verzierten Lastwagen entgegenkam, hob ein wildes Hupen an, der Bus kratzte mit dem Blech seiner rechten Außenwand an den Bäumen entlang, und wenn ein besonders haarsträubendes Ausweichmanöver ohne jede Verringerung der Geschwindigkeit gelungen war, ertönte das zufriedene Gelächter des Busfahrers.

Kurz hinter Meknès hielten wir für eine kurze Rast. Kinder und Tiere wurden von den Frauen zum Pinkeln hinter die Büsche geführt, während die Männer das einsame Gasthaus betraten, um einen Tee oder ein kleines Mahl zu sich zu nehmen. Karen zog es vor weiterzuschlafen, und ich ging mit hinein, um ein Glas Wasser zu trinken. Mein Nachbar am Tresen redete unermüdlich in der französischen Sprache der ehemaligen Kolonialherren auf mich ein, durch ein gelegentliches »Oui« oder »Mmhmm« von meiner Seite ermuntert. Wir kamen prächtig miteinander aus, auch wenn ich kaum ein Wort verstand. Das Wasser schmeckte faulig, aber mein übergroßer Durst zwang es hinunter.

Bald nachdem wir die Fahrt wieder aufgenommen hatten, sank auch ich in einen unruhigen Schlaf. Ich träumte von spanischen Polizisten, mit Ärschen so groß wie die Hinterteile von Brauereigäulen und der Gesichtsfarbe von Blutorangen. Sie hatten doppelläufige Flinten auf mich gerichtet und rissen mir die Haare aus. An einem Lagerfeuer hockte Karen, mit nichts als ihren Shorts bekleidet, und briet einen Hund am Spieß. Von hinten näherte sich die englische Lady und massierte ihr mit von blutigen Schorfflecken übersäten Händen die festen braungebrannten Brüste. Als Karen mir den Kopf zuwandte, um mir verschwörerisch zuzublinzeln, hatte sie das Gesicht meiner Mutter. Ich wachte schweißgebadet auf. Wir hatten Asilah, einen Vorort von Tanger, erreicht.

Wir verließen den Bus, orientierten uns am Geräusch des Meeres und wanderten schweigend zum Strand. Ich hatte im Moment nichts zu sagen, war froh, daß Karen ihr gewohntes Gesicht wiederhatte, und sorgte mich um meinen Magen, der mit dem Rauschen der Wellen um die Wette gurgelte. Nach wenigen Minuten hatten wir unseren Schlafplatz für den Rest der Nacht erreicht, ließen uns erschöpft in den Sand fallen und rollten uns in unsere Schlafsäcke. An ihrem zufriedenen Schnaufen konnte ich erkennen, daß Karen sofort wieder eingeschlafen war. Ich lag noch eine Weile wach, starrte in den Sternenhimmel und dachte an meine Mutter, wie sie hinter verschlossener Tür von meinem brüllenden Vater zusammengestaucht wurde, bis sie mit verweinten Augen aus dem Zimmer trat, um uns ängstlich vor der Tür lauschenden Kindern zu versichern, daß wirklich alles in allerbester Ordnung sei. Dann fiel auch ich in einen diesmal glücklicherweise traumlosen Schlaf.

Als ich erwachte, wurde es langsam heller. Mein Magen spielte nun endgültig verrückt. Mir blieben nur Sekunden. Montezuma ist kein Araber, aber die Götter sind überall, und seine Rache war ohne jeden Zweifel über mich gekommen. Ich sprang auf, rannte ein paar Meter und hockte mich in den Sand. Während ich mich unter schmerzhaften Krämpfen erleichterte, betrachtete ich die rote Kugel, die ihr Antlitz über die fernen Berge schob, um mich schamlos zu beäugen. Ich hielt meinen Hintern in den Atlantik, um mich zu reinigen, und kletterte in den Schlafsack zurück. Bis die Sonne gelb am Himmel stand, hatte ich die Prozedur noch mindestens vier- oder fünfmal wiederholt, ehe ich wieder zu einem kurzen Schläfchen fand.

Beim nächsten Mal weckte mich die Hitze. Karen saß aufrecht in ihrem Schlafsack und streckte sich gutgelaunt.

»Wie wär's mit einer Runde Schwimmen und anschließend einem guten Frühstück?«

Ich überließ ihr das Meer und rollte die Schlafsäcke zusammen, während mir der Schweiß von der Stirn tropfte und mein Körper von einem ekligen Schüttelfrost durchgerüttelt wurde. Karen kam aufgekratzt aus dem Wasser zurück, bespritzte mich fröhlich mit kalten salzigen Tropfen und trocknete sich die Haare. Die tiefe Bräune ihres makellosen, gelenkigen Körpers, nur von wenigen roten Zentimetern ihres Bikinis unterbrochen, erinnerte mich ganz schwach und rein theoretisch an so etwas wie Begierde. Mein Zustand stand zwischen mir und dem wirklichen Leben.

»Du bist ja ganz blaß?« stellte sie fest.

Wenn ich erst mal zu jammern anfange, höre ich so schnell nicht wieder auf. Also hielt ich die Klappe. Wir zogen uns an, rafften unsere Siebensachen zusammen und suchten ein Strandcafé. Karen bestellte ein opulentes Frühstück, und ich versuchte es vorsichtig mit einem Pfefferminztee.

»Ein wunderschöner Morgen, oder?« blökte eine viel zu laute amerikanische Männerstimme über zwei Tische hinweg. Sie gehörte einem unvorstellbar fetten Kerl, der seine in neonfarbenen Sandalen steckenden Füße lässig auf seinen Tisch gelegt hatte. Ein überdimensionales Eis-am-Stiel tropfte ihm auf sein grünblaues, mit braunen Lianen bedrucktes Hawaiihemd, seine verbrannten Beine leuchteten aus einer abgeschnittenen Khakihose hervor. Auf dem Kopf trug er eins dieser lächerlichen Strandmützchen, mit denen sich normalerweise vor allem deutsche Touristen dem Gespött der Welt aussetzen, auf der Nase seines feisten roten Gesichts saß die Art von Sonnenbrille, wie sie zur Ausstattung Opel Manta fahrender schwäbischer Bauernsöhne gehört.

»Ich liebe dieses Land, dieses Klima!« dröhnte es weiter aus seiner Richtung. »Ich fahre seit Jahren hierher, sooft es meine Zeit erlaubt. Wenn nur die Marokkaner nicht wären. Habe ich nicht recht? Sie sind wie die Fliegen, ääh ..., bääh ...!«

Zur Untermauerung seines ätzenden Geschwätzes

klatschte er sich mit einer Hand ins Gesicht und auf den Oberarm, das Erschlagen imaginärer Insekten simulierend. Mir wurde schon wieder speiübel. Ich streckte ihm wortlos einen Mittelfinger entgegen und machte mich hastig auf die Suche nach einer Toilette. Mir blieb keine Zeit, Karens haßerfüllte Tirade zu bewundern, mit der sie das ekelhafte Monstrum bedachte. Um so mehr davon hatte ich dann, als ich die nächste halbe Stunde in einem grünen Bretterverschlag verbrachte. Ich vertrieb sie mir, indem ich die zahlreichen Klosprüche studierte, die, soweit ich die Sprachen verstand, von nichts anderem handelten als dem lästigen Leiden, das ich mir zugezogen hatte. Die Welt ist voll von uns verwöhnten Trotteln, die wir nicht den Verstand aufbringen, den hygienischen Möglichkeiten ärmerer Länder mit der nötigen Vorsicht zu begegnen.

Als ich die stinkende Hütte verließ, war Karen verschwunden. Auch unser Gepäck war nirgends zu sehen. Der amerikanische Fettsack hatte inzwischen ein großes Bier vor sich stehen, seine Nase steckte in einem schwedischen Pornoheft. Zu schwach, um mir irgendwelche Sorgen zu machen, taumelte ich mit schmerzhaft eingeknicktem Oberkörper zum Strand. Irgendwie war ich ganz froh, daß Karen mich so nicht sah. Ich hatte schon immer Schwierigkeiten, an die weibliche Zuneigung zu glauben, wenn ich keine Chance mehr gesehen habe, mich als Superman aufzuspielen. Ich ließ mich kraftlos auf den Rücken fallen. Das gleißend leuchtende Blau des Himmels kam mir erdrückend nahe. Ich wurde von einem weiteren Fieberanfall geschüttelt und schloß verzweifelt die Augen.

Diesmal wurde ich von einem leisen metallischen Klingeln geweckt. Karens freudestrahlendes Gesicht hatte sich zwischen mich und meine unwahrscheinliche Zukunft geschoben. Ihre linke Hand ließ einen kleinen Schlüssel über meiner Nase baumeln, mit der rechten quetschte sie einige Kohletabletten aus einer Zellophanpackung. Ihr überwältigender Optimismus würde mir auch noch im Sarg neue Kräfte verleihen. Falls er mir nicht vorher auf die Nerven ging. »Ich habe uns ein Zimmer besorgt. Gar nicht weit von hier. Mit einem tollen Ausblick aufs Meer. Es wird dir gefallen.«

Sie schob mir die staubigen Kompretten zwischen die Zähne.

»Und wie sollen wir die Miete bezahlen?«

»Laß mich nur machen. Ich habe einen Plan. Du mußt dich jetzt erst mal auskurieren, glaube ich.«

Ihre Überlegenheit machte mich sauer. Auf die Hilfe eines kleinen Mädchens angewiesen zu sein, führt bei mir zur Selbstverachtung. Und bevor ich mich selber beschimpfe, brülle ich lieber jemand anderen an. Aber ein Wutausbruch hätte in meinem Zustand wahrscheinlich geklungen wie das finale Krächzen eines tuberkulösen Raben. Also fügte ich mich und ließ mir zu allem Überfluß von Karen auf die Beine helfen. Als wir unser Gepäck abholten, das sie in der Küche des Cafés verstaut hatte, mußten wir ein letztes Mal an unserem morgendlichen Lieblingsfeind vorbei.

»Scheiß-Hippies!« brüllte er und schleuderte uns die ganze Batterie mittlerweile geleerter Bierflaschen hinterher. Wir ignorierten ihn und erreichten bald den Markt von Asilah, wo die einheimischen Händler inzwischen ihre Obstkisten aufgebaut hatten. Einige pfiffen und zischelten Karen hinterher, andere schenkten ihr frische Weintrauben. Den grüngesichtigen Kranken an ihrer Seite schien niemand zu bemerken.

Das Haus stand am Ende des Marktes. Ein großes verwittertes Gebäude, im Stil der Kolonialzeit erbaut. Unser geräumiges Zimmer lag im ersten Stock, hatte sehr hohe Wände und einen großzügigen Balkon, der auf die Klippen hinausragte. Direkt unter uns brachen tosend die Wogen des Atlantik. Bis auf eine kleine Kommode, einen zersprungenen Spiegel und einen Kerzenständer war das Zimmer vollkommen leer. Karen breitete eine dünne Strohmatte auf dem Betonboden aus, legte unsere Schlafsäcke darauf, und ich wühlte in meinem Rucksack nach einer Kerze. Dabei rollten zwei Dosen spanischen Hundefutters heraus, kullerten durch das Zimmer und prallten mit einem trockenen Geräusch gegen die Balkontür. Ich kroch hinterher und stopfte die Dosen wieder zwischen meine Klamotten. Die Beschäftigung mit meinen verflüssigten Organen hatte mich unser Hauptproblem vollständig vergessen lassen. Ich legte mich hin und versuchte zu denken, als Karen einen kleinen Freudenschrei ausstieß. Sie hatte in einem winzigen Nebenraum eine Kochplatte und einen Wasserkessel entdeckt.

»Jetzt mache ich dir erstmal einen Kamillentee und dann werde ich den Bus nach Tanger nehmen und dem deutschen Konsulat einen Besuch abstatten. Die hilflose alleinstehende Frau, der man die Reisekasse geklaut hat. Ich bin sicher, ich werde irgendeinen vertrockneten deutschen Beamten glücklich machen, weil er mir in der Not beistehen darf.«

Ich versuchte mich aufzurichten. Meine Einwände klangen selbst für meine eigenen Ohren ziemlich kläglich.

»Aber ich kann dich doch hier nicht alleine herumziehen lassen. Du weißt doch, wie die arabischen Männer ...«

»Toh!!«

In einer Lautstärke, in der ich Karen noch nie zuvor erlebt hatte, unterbrach sie meine schändliche Verallgemeinerung. Zu meiner Verblüffung hatte sie tatsächlich so etwas wie eine Karate-Position eingenommen. Sie rollte furchterregend mit den Augen. Das bunte Tuch, das sie sich nach dem morgendlichen Bad lässig um die Hüften geschlungen hatte, fiel auseinander, als sie, von weiteren ohrenbetäubenden asiatischen Lauten begleitet, zum Sprung ansetzte, um an den Wänden des Zimmers diverse Tritte und Schläge anzubringen, die die Grundmauern des Gebäudes erzittern ließen. Der Putz rieselte auf mich herunter, als die zierliche kleine Frau für einige Sekunden durch den Raum wirbelte und schließlich einen stilistischen Höhepunkt erreichte, indem sie dem oberen Türbalken einen letzten Tritt verpaßte, um anschließend in einer Art seitwärts eingesprungenen Pirouette aufrecht zu meinen Füßen zu landen.

»Darf ich nun gehen?« fragte sie, nun wieder ganz das liebenswerte Kätzchen, und servierte mir meinen Tee.

»Habe ich dir nie von meinem schwarzen Gürtel erzählt?«

Ich sank ermattet auf mein Lager zurück. Ich fühlte mich klein und mickrig wie selten zuvor. Karen richtete ihre Kleider, warf mir eine Kußhand zu und ging. Ich war mir nicht sicher, ob die Zimmertür schon bei unserem Eintreffen derartig schief in der Angel gehangen hatte. Ermüdet vom Zerren und Knabbern an meinem unwürdigen Ego schlief ich ein.

Erfolg mache sexy, habe ich mal irgendwo gelesen. Karen jedenfalls sah umwerfend aus, als sie, von der Abendsonne beleuchtet, wieder im Zimmer stand, die Beine gespreizt, die linke Hand in der Hüfte, während die rechte triumphierend mit zwei deutschen Hundertern winkte. Wortlos lächelnd stopfte sie das Geld unter die Strohmatte. Sie kniete sich neben mich, schaute mir tief in die Augen und öffnete meinen Schlafsack. Sie nahm meinen müden kleinen Freund in den Mund und umspielte ihn zärtlich mit der Zunge. Sie lutschte und saugte, bis sie ihm zu einem angemessen aufrechten Gang verholfen hatte. Dann erhob sie sich, ließ ihr Tuch fallen, zog den Slip aus und setzte sich seitwärts auf mich, die Hände am Boden abgestützt. Immer noch lächelnd, die Augen inzwischen geschlossen, bewegte sie ihren goldenen Hintern sachte auf und ab, wobei sie kleine vergnügte Schreie ausstieß. Ich fühlte mich unendlich schwach, erregt und einsam. Der kleine weibliche Muskel, nach dessen Namen zu erkundigen ich mich nie getraut hatte, zog an mir, streichelte und massierte mich. Ein taubes prickelndes Gefühl kroch mir die Beine herauf, breitete sich auf meinem Rücken aus und erreichte schließlich mein Gesicht. Ich dachte an meinen geschwächten Kreislauf und sah den Herztod kommen. Eine fast unerträgliche Lust vermischte sich mit abgrundtiefer Panik. Karen bewegte sich nun schneller und schneller. Ich wollte sie bremsen, mein Leben retten, und brachte es doch nicht über mich. Meine Hände verkrampften sich in der Strohmatte. Karen gab einen herzzerreißenden Schrei von sich, der einem überlauten rauhen Lachen ähnelte. In meinem Kopf zerplatzte eine schwarze Kugel und breitete sich in grün und violett glitzernden Kreisen in alle Richtungen aus, als ich mich in ihren tiefen warmen Tunnel ergoß. Karen gab mir einen Kuß auf die Nase, erhob sich und setzte Teewasser auf. Es war wieder einmal großartig gewesen mit ihr, aber geliebt fühlte ich mich nicht.

Die nächsten drei Tage verbrachte ich auf dem Rücken liegend, von Karen freundschaftlich umsorgt. Der Betonboden verursachte arge Schmerzen in der Wirbelsäule, und meine düsteren Gedanken kontrastierten aufs schärfste mit dem strahlenden Sonnenschein vor der Balkontür. Ich versuchte mich abzulenken, indem ich las oder ab und zu einen verzweifelten Dreizeiler in mein Notizbuch schmierte. Unser Vermieter, ein stolzer junger Mann namens Mohammed, hatte Karen eine kleine Kammer gezeigt, randvoll mit gelbem Blütenstaub, in der wir uns, wie er sagte, nach Herzenslust bedienen dürften. Karen machte reichlich Gebrauch von dieser Freundlichkeit, während mir daran gelegen war, mir jegliche eventuelle Schwächung meiner angegriffenen Konstitution vom Leibe zu halten.

Am vierten Tag versuchte ich es mit einer Banane und etwas trockenem Weißbrot, und siehe da, ich behielt beides bei mir. Am nächsten Morgen fühlte ich mich wie ein neuer Mensch, wir frühstückten ausgiebig zu dritt auf dem Balkon, und ich erwähnte Mohammed gegenüber unsere Schwierigkeiten wegen dem nicht mehr vorhandenen Auto. Er reagierte mit einem müden Lächeln und einer geringschätzigen Handbewegung.

»Überhaupt kein Problem«, sagte er. »Meine Familie ist mit der örtlichen Polizei eng befreundet. Das bringt mein Beruf so mit sich. Du brauchst nur die Bestätigung, daß dir der Wagen gestohlen wurde. Ich werde mich darum kümmern.«

Er machte sich auf den Weg. Karen und ich gingen schwimmen, ließen uns in der Sonne trocknen, streiften über den Markt und kehrten schließlich in unser Zimmer zurück, um meine Rückkehr unter die Lebendigen mit einem dicken Joint zu feiern. Ich saß auf der Strohmatte, hatte die nötigen Utensilien vor mir ausgebreitet und war gerade damit beschäftigt, einen hübschen kleinen Klumpen zu erhitzen, als es an der Tür klopfte. Ich rechnete mit Mohammed und rief arglos: »Herein!«

Die Tür ging auf, und Mohammed erschien mit einem fremden Mann, etwa dreißig Jahre alt, der in einer Polizeiuniform steckte, die mit reichlich Lametta behangen war, was auf seine gehobene Stellung schließen ließ. Nun war es den Einheimischen zwar gestattet, ihre Kif-Pfeifen zu rauchen, der Haschischkonsum hingegen war vor allem Ausländern strengstens untersagt. Der unerwartete Gast warf einen kurzen wissenden Blick auf meine Hände, die hastig versuchten, die Indizien meiner offensichtlichen Straftat unter den Schlafsack zu kehren, und ließ sich entspannt an der gegenüberliegenden Wand auf dem Boden nieder. Nach dem üblichen Höflichkeitsgeplänkel kam er zur Sache.

»Wie mein Freund mir erzählt hat, möchten Sie ein Dokument, das den Diebstahl ihres PKWs bestätigt. Wieviel sind Sie denn bereit zu zahlen?«

»Ääh ... em ... bezahlen ... ääh ...« Ich wandte mich hilfesuchend an Mohammed, der mich zu meiner Enttäuschung erwartungsvoll anschaute.

»Ich wußte nicht ..., ich habe kein Geld dafür«, stammelte ich. Karen hatte die Zimmermiete täglich bezahlt, und wir hatten neben dem zweiten Hunderter, der noch immer unter der Matte lag, noch etwa vierzig Mark in Dirham in der Tasche.

»Sie wollen ein Geschäft mit Ihrer Versicherung machen, da werden Sie schon etwas investieren müssen«, sagte der Polizist und zeigte auf meine Spiegelreflexkamera, die sich nichtsahnend in einer Ecke ausruhte. Wenn ich auch gelegentlich voller Selbsthaß an meinen dichterischen Möglichkeiten zweifelte, so war ich doch außerordentlich stolz, wenn es mir hier und da gelang, ein hübsches Motiv in dem kleinen Viereck meiner geliebten Kamera einzusperren.

»Nein! Auf gar keinen Fall! Die Kamera gebe ich nicht her.« Ich war inzwischen reichlich sauer. Aus dem angekündigten Freundschaftsdienst war wieder einmal reine Geschäftemacherei geworden, an der Mohammed partizipieren wollte, wie ich endgültig begriff, als sich die beiden mit wütenden Gesichtern erhoben. Der Weihnachtsbaum verließ grußlos das Zimmer, gefolgt von Mohammed, der sich in der Tür noch einmal umdrehte und mit blitzenden Augen zischte: »An deiner Stelle würde ich mich in den Straßen von Asilah nicht mehr blicken lassen. Ab sofort mußt du damit rechnen, wegen versuchter Beamtenbestechung verhaftet zu werden.« Damit schloß er die Tür hinter sich, und der Spuk war vorbei.

Ich muß Karen ziemlich blöde angeglotzt haben, jedenfalls konnte sie sich ein kleines Grinsen nicht verkneifen, was mich nicht gerade milder stimmte.

»Jetzt werden wir wohl schnellstens verschwinden müssen«, stellte sie klugerweise fest.

Kaum hatte die Sonne kurz aufgelacht, waren schon wieder dunkle graue Wolken vor meinem sensiblen Gemüt aufgezogen. Wir diskutierten unsere Lage und beschlossen, eine letzte Nacht im offenbar relativ sicheren Zimmer zu verbringen, uns im Morgengrauen zur Bushaltestelle zu schleichen, den allerersten Bus nach Tanger zu besteigen und dort in der erstbesten Polizeiwache eine stinknormale Diebstahlanzeige aufzugeben. Karen war nicht so schnell umzuwerfen, und solange ich jemanden hatte, an dem ich mich festhalten konnte …

Aber so etwas sage ich nur ganz leise zu mir selbst. Karen war aufgestanden, um uns eins ihrer leckeren Couscous-Gerichte zuzubereiten, und ich zog Krümel und Papierchen unter meinem Schlafsack hervor, um mein unfertiges Tagewerk staubig und fusselig zu vollenden.

Wir aßen und rauchten auf dem Balkon, Karen zauberte eine Flasche allerfeinsten Rotwein hervor, von dem ich optimistisch ein Gläschen riskierte, baute das klitzekleine gelbe Radio auf, das sie ständig mit sich herumtrug, und entlockte einem portugiesischen Rocksender gamelanesische Meditationsmusik. Arm in Arm genossen wir die frische abendliche Brise und schauten der tiefrot glühenden Sonne zu, wie sie aufreizend langsam im Meer versank. Ein Freund, ein guter Freund ... Und wenn es sich dabei auch noch um eine wunderschöne Frau handelt, die aus unerfindlichen Gründen die frühe Blüte ihres Lebens an meiner Seite verbringt – was wollte ich eigentlich mehr? Ein Poesiealbum habe ich nie besessen, meine Eltern niemals zärtlich erlebt, und wenn sie im Fernsehen einen Liebesfilm brachten, kaute die ganze Familie betreten an den Fingernägeln. Karen hatte ihren Kopf in meinen Schoß gelegt und eben angefangen, an meinem Reißverschluß zu knabbern, als uns mehrere enthusiastisch anfeuernde Rufe darauf aufmerksam machten, daß wir beiden nicht die einzigen waren, die sich weit aus dem Fenster gehangen hatten, um einen sinnlichen Abend zu verleben. Karen richtete sich seufzend auf, strich mir wie abwesend über das Haar und ging hinein, um kurz darauf mit dem Kerzenständer und der kleinen hölzernen Schachtel mit ihren Tarotkarten zurückzukommen.

Nach einem ausgebufften Ritual des Mischens, Auf- und Ablegens, Ziehen und Kreisens der Karten, befahl sie mir, die Augen zu schließen. Mit feierlich rauchiger Stimme sprach sie mir von Vergeblichkeit, düsteren Erwartungen und dumpfer Bangigkeit, die mir der Einfluß der Venus zu überwinden helfe, wenn ich nur bereit sei, mir selbst zuzuflüstern, es sei zu schön, um wahr zu sein.

Sie erzählte von der verbindenden Kraft der Liebe, die die magische Fähigkeit zur Selbstverwirklichung freisetze, von Ehrgeiz und feurig-dynamischem Auftreten, beschwor Bilder des Wahnsinns, des verworrenen Aufruhrs und des finanziellen Ruins und beendete die Hypnose mit dem, wie sie es nannte, kosmischen Gesetz des Reichtums: Je mehr ich gebe, desto mehr bekomme ich.

Das klang zwar alles ein bißchen wie bei Aleister Crowley geklaut, aber im großen und ganzen hatte sie den Sermon sehr souverän vorgetragen. Ich beschloß, ein neuer Mensch zu werden.

Die Leichenberge der Moskitos ließen die heruntergebrannten Kerzen endgültig verlöschen, und ich nutzte die Gelegenheit, um Karen ihr T-Shirt heraufzuschieben und vom salzigen Geschmack ihrer sich eilig aufrichtenden Nippel zu kosten. Sie biß mir in den Nacken und zog mich mit beiden Händen ins Zimmer und auf unser Lager, wo wir der islamischen Hausordnung Rechnung trugen und heimlich eine lautlose Tantra-Stellung der konzentrierten Verzögerungstaktik einstudierten. Als ich sehr viel später einschlief, träumte ich von zärtlichen liebestrunkenen Treueschwüren, die Karen mir in Großaufnahme auf einer Kinoleinwand zuflüsterte, während wir beide im Vorführraum eines muffigen Kinos saßen, wo Karen mich bat, ihre Cola zu halten, um mit dem vollbärtigen Glatzkopf zu ihrer Linken wild und ausdauernd zu knutschen.

Vom Gesang des Muezzin pünktlich geweckt, versperrten mir die Tränensäcke meiner verquollenen Augen den größeren Teil der Sicht auf meine leidenschaftliche Reisebegleiterin, die bereits fröhlich durchs Zimmer turnte und ihre Sachen zusammensuchte. Sie sah hinreißend aus. Ich wälzte mich aus meiner verschwitzten Penntüte und schlich verlegen hinter ihrem Rücken vorbei zum Wasserhahn. Nachdem ich mir die Körner aus den Augen gekratzt und einen Nescafé geschlürft hatte, fühlte ich mich so langsam in der Lage, den Anforderungen des

Tages mannhaft ins Auge zu schauen. Ich stopfte gerade die Kamera zu den Hundefutterdosen, als Karen entgeistert aufschrie. Sie kniete auf dem Boden, die zusammengerollte Strohmatte in der Hand, und starrte mit weit aufgerissenen Augen auf den kahlen Beton. Der Hunderter war verschwunden. Ohne uns darüber austauschen zu müssen, war uns beiden klar, daß Mohammed sich mit Hilfe eines Zweitschlüssels hereingeschlichen haben mußte, um seine entgangene Provision einzutreiben. Karens wortloser Ärger verbreitete gefährliche elektrische Schwingungen. Ich verzichtete darauf, sie tröstend zu berühren. Wir schulterten unser Gepäck und verließen schweigend den Palast der Liebe und des vorbehaltlosen Vertrauens. Karen stapfte zornbebend vorneweg, und ich trottete, einen gewissen Sicherheitsabstand wahrend, schüchtern hinterher.

Wir erreichten, von weiteren Attacken der Staatsmacht unbehelligt, den Bus. Während der einstündigen Fahrt nach Tanger waren die einzigen Geräusche, die Karen von sich gab, ein gelegentliches Zähneknirschen. Die Zornesfalten auf ihrer Stirn verrieten mir, daß sie dahinter wüste Rachegedanken schmiedete. Ich vertrieb mir die Zeit, indem ich über Attribute wie feurig-dynamisches Auftreten meditierte.

In Tanger angekommen, hielt der Bus direkt neben einem Café, durch dessen geöffnete Tür fröhliche Live-Musik zu hören war. Wir gingen hinein. Fast jeder der ausschließlich männlichen Gäste spielte ein Instrument. Flöten, Bongos, Tamtams, mehrere banjoähnliche Saiteninstrumente und sogar eine kleine Klarinette. Die obligatorischen Pfeifchen kreisten, und die ausgelassene Atmosphäre ließ so ganz allmählich Karens innere Sonne wieder zum morgendlichen Tageslicht beitragen. Wie ein gereizter Löwe schüttelte sie noch einmal kurz ihre Mähne, und dann war der ungewohnte Haß aus ihrem Gesicht verschwunden. Die Herren schienen jetzt nur noch für sie zu musizieren. Sie funkelte stolz mit den Augen und schritt mit im Rhythmus wiegenden Hüften an den Tresen, um in zwei Gläser Ziegenmilch und zwei kleine klebrige Honigkuchen zu investieren. Nachdem wir unser üppiges Mahl bis auf den letzten Honigtropfen verdrückt hatten, reichte mir ein kleiner runder Kerl mit freundlich aufmunterndem Lächeln sein Bongo. Ich patschte für einige Minuten ungelenk darauf herum, bevor ich es dankbar meinem Nebenmann weiterreichte. Auf Karens wiedererwachtes positives Denken sowie ihre nachgewiesenen kampfsportlichen Fähigkeiten vertrauend, machte ich mich auf den Weg. Als ich mich vor der Tür noch einmal umdrehte, um ihr zuzuwinken, sah ich sie inmitten der begeisterten Männer eine Art ekstatischen Bauchtanz aufführen, von sich wild steigernden Stakkati der Musikanten begleitet.

Ich spazierte durch die Stadt und versuchte mir vorzustellen, wie es wäre, einen anständigen Beruf zu erlernen, eine Familie zu gründen und in gesicherter Harmonie dem Lebensabend entgegenzufiebern. Ich stolperte und merkte, daß ich einzuschlafen drohte. Ich riß mich zusammen, überquerte eine weitere Kreuzung und entdeckte eine kleine Polizeistation.

Nachdem ich mich vorgestellt und mein Anliegen vorgebracht hatte, ließ man mich nur eine halbe Stunde warten, ehe mich ein junger Mann in Uniform an seine Schreibmaschine bat, wo ich ihm in englischen und französischen Wortfetzen meine Anzeige ins Formular diktierte. Als wir es geschafft hatten, rieb er sich begeistert die Hände, zwinkerte mir aus geröteten Augen zu und verschwand hinter einer großen hölzernen Tür. Es dauerte eine weitere halbe Stunde, bis ich ins Heiligtum des Stationsvorstehers gebeten wurde, der würdevoll vor einer überdimensionalen Landesfahne thronte. König Hassan II. schaute gebieterisch aus einem vergoldeten Plastikrahmen. Mein Gegenüber studierte sorgfältig das ausgefüllte Papier, nickte bedächtig, zwirbelte sich den Schnurrbart und rieb Daumen und Zeigefinger der rechten Hand aneinander.

»Die Gebühr für Unterschrift und Stempel beträgt 1000

Dirham«, sagte er und leckte sich eine Schweißperle von der Oberlippe.

Je mehr ich gebe, desto mehr bekomme ich, schoß es mir durch den Kopf. Aber woher nehmen, wenn nicht stehlen, dachte ich, mich an ein weiteres kosmisches Gesetz erinnernd. Ich bemühte mich, die verbindende Kraft der Liebe zu beschwören, war kurz davor, ihm um den Hals zu fallen, beließ es dann aber dabei, mich mit einem glücklich strahlenden Lächeln zu verabschieden. Meine neugewonnenen Ausdrucksformen hatten sich offensichtlich in meinem Gesicht festgefressen. Als ich die Wache verließ, suchte ein kleines Kind bei meinem Anblick lauthals schreiend das Weite. Von unerschöpflichem Ehrgeiz angetrieben, schlich ich mich an einen nahegelegenen Kiosk heran und klaute einen Stadtplan, während der Inhaber seine Energien in einen wortgewaltigen Disput mit drei aufgetakelten ältlichen Touristinnen verpulverte. Im Weitergehen fand ich die Eintragung dreier weiterer Polizeistationen. Bis zur nächsten war es nicht weit. Diesmal dauerte es nur eine dreiviertel Stunde, bis ich am gleichen unüberwindlichen Hindernis angelangt war. Als mir kurze Zeit darauf zum vierten Mal mit einem gierigen Grinsen die Unzulänglichkeit meines Anliegens klargemacht wurde, stieg die kalte Wut in mir hoch. Feurig-dynamisch sprang ich aus meinem Stuhl, um in der Manier eines kolonialistischen Drecksacks wutschnaubend araberfeindliche Verwünschungen auszustoßen. Wäre zufällig ein Stoßtrupp deutscher Neofaschisten vorbeigestiefelt, hätte er gröhlend applaudiert. Plötzlich schienen hier alle Englisch zu verstehen. Jeder einzelne Beamte der etwas größeren Station erhob sich von seinem Schreibtisch und kam bedrohlich murmelnd auf mich zu. Ich erkannte die Gefahr, pfiff auf den lächerlichen Vorsatz, mir eine ernstzunehmende autoritäre Ausstrahlung zuzulegen, und suchte hastig den Ausgang.

Einige Straßen später hockte ich mich zutiefst beschämt auf einen Treppenabsatz. Mir war zum Heulen zumute. Bilder des Wahnsinns, düstere Erwartungen und dumpfe

Bangigkeit breiteten sich in meinem nichtsnutzigen Schädel aus. Ich dachte an das schwere Gepäck, das ich bei Karen im Café zurückgelassen hatte, und wünschte mir, im Boden zu versinken. Als eine Katze jämmerlich miaute, hob ich den Kopf, und mein kaltes Herz machte einen Sprung. Das winzige Tier saß auf der gegenüberliegenden Straßenseite auf einem Mauervorsprung und traute sich scheinbar nicht herunterzuspringen. Direkt über ihrem Kopf prangte der verhaßte deutsche Reichsadler. Ich saß aus purem Zufall dem Konsulat meines Herkunftslandes gegenüber, und der kleine Leidensgenosse hatte mir den Weg gewiesen. Ich lief hinüber, ergriff die Katze, gab ihr einen Kuß, wischte mir den Mund ab und setzte sie auf den Bürgersteig. Auf viel zu großen Füßen stolperte sie glücklich davon.

Durch meine gute Tat innerlich aufgerichtet, wagte ich den Gang hinein. Der lange dunkle Flur roch penetrant nach Bohnerwachs. Ich schlitterte über den spiegelblank geschrubbten Parkettfußboden, bis ich die geöffnete Tür zu einer Art Wartesaal entdeckte. Ich linste vorsichtig hinein. In einer Ecke weinte und jammerte ein mittelalterliches Mütterlein. Ich dachte an mein neues Leben, ging zu ihr hinüber und legte einen Arm um ihre Schulter. Das raubte ihr für einen Moment den Atem. Nachdem ich ihr die Reinheit meiner Zuwendung in wohlgesetzten priesterlichen Worten verklickert hatte, beruhigte sie sich ein wenig und erzählte mir ihre Geschichte.

In der letzten Nacht ihres zweiwöchigen Urlaubs von schrecklichen Alpträumen geplagt, hatte sie es, von Flugangst überwältigt, nicht über sich gebracht, den Flieger zu besteigen. Völlig verzweifelt, weil ohne finanzielle Mittel, ein anderes Ticket zu erstehen, hatte sie vor ihrem Hotel gesessen und den Flieger beobachtet, wie er in den leuchtenden Himmel aufgestiegen war, um nach vielleicht fünfhundert Metern und einem entsetzlichen Knick seiner Flugbahn unter röchelndem Motorengeräusch ins Meer zu stürzen. Es war niemand lebend geborgen worden.

Ich gratulierte ihr, ein letztes Bibelzitat murmelnd.

Während ich zwei unterernährten Bamberger Junkies bei der Überarbeitung ihres absurden Gesuchs zur Seite stand, wurde die Dame zum Konsul hineingerufen. Nur wenige Minuten später stand sie wieder vor mir, das verweinte Gesicht von einem gequälten Lächeln verziert, und quetschte mir überschwenglich dankend die rechte Hand. Nachdem sie den erhaltenen Scheck in ihre knautschlederne Handtasche gestopft hatte, eilte sie trippelnd hinaus. Ich setzte mich in die Nähe des Ventilators, um meine tränennasse Hose zu trocknen.

Die Story der beiden vergilbten Drogisten schien weniger gut anzukommen. Jedenfalls schwollen die Fetzen der Diskussion, die ich durch die dicke eichene Flügeltür erhaschen konnte, zu einem wahren Wutgebrüll an, bevor die beiden wieder herauskamen und mit hängenden Köpfen an mir vorbei- und hinausschlichen. Die Ränder unter ihren Augen waren schwarz wie die Nacht.

Nun war ich an der Reihe. Ich hatte reichlich gegeben, und nun war ich gespannt, ob ich bekommen würde.

Wieder stand ich einem würdevollen Herrn gegenüber, der hinter seinem Schreibtisch vor einer riesigen Landesfahne thronte. Nur trug er diesmal keinen Bart und auch keine Uniform, und die Farben der Flagge waren von der Art, wie sie bei mir, wo immer ich sie erblicke, einen Hauch von Übelkeit verursachen.

Ich dachte an meinen devoten Gang vor ein oberhessisches Verwaltungsgericht, nachdem mein höflicher Antrag auf Kriegsdienstverweigerung von zwei ersten Instanzen blutrünstig abgeschmettert worden war. Der Vorsitzende hatte vor eben jener Fahne gesessen, einer der beiden Beisitzer hatte in der Bildzeitung gelesen und meine Ausführungen, ohne auch nur einmal aufzuschauen, mit einem gelegentlichen »Sie lügen!« unterbrochen. Ich hatte mich nicht beirren lassen und mit tränenerstickter Stimme, die innere Zerrissenheit des vaterlandsliebenden Pazifisten simulierend, die hanebüchenen Ausreden meines Vaters zitiert, der als jugendliches Mitglied der Waffen-SS begeistert ins letzte Kriegsjahr gestürmt war, um dort in den Schützengräben angesichts der feindlichen Köpfe, wie er behauptete, selbstverständlich und mit Absicht vorbeizuschießen. Mich interessierte noch immer brennend, wieviele Menschenleben er in Wahrheit auf dem Gewissen haben mochte, und wie man damit fertig wird.

Man hatte mir meine Verzweiflung am Ende doch noch abgekauft, und ich war mir vorgekommen wie Peter Lorre, von dem ich einmal gelesen habe, er habe immer nur sich selbst gespielt.

Nachdem der Konsul für eine Weile grummelnd über die fahrlässige Lebenseinstellung fränkischer Veteranensöhne philosophiert hatte, schenkte er mir gnädig Gehör. Diesmal gab ich den naiven Studenten, der sich mit warmen Socken und Mamas Butterbrotpaketen erstmalig in die große weite Welt gewagt hat, fasziniert vom märchenhaften Ambiente des Orients in der glühenden Mittagshitze der Kasbah eingedöst und von schwerem Gepäck, Geld und Papieren befreit wieder erwacht war.

Wir lauschten ergriffen meiner blumigen Schilderung, und ich glaubte den Blödsinn beinahe selber, als mir der Konsul in väterlich mahnendem Ton die Heimreise per Autostop ans Herz legte, einer Schatulle zweihundert Mark entnahm, mir verständnisvoll über den Tisch reichte und mich an einen Beamten im Nebenzimmer verwies, der meine Personalien aufnehmen würde. Anschließend versicherte er mir, ich könne mein provisorisches Reisedokument am nächsten Vormittag abholen, ein Paßfoto bekäme ich gleich um die Ecke. Ich bedankte mich artig und huschte nach nebenan.

Die Formalitäten waren schnell erledigt, das Foto geschossen, und bald schritt ich, von Zuversicht beseelt, durch die schattigen Gassen Tangers und verteilte ungefragt Zigaretten an die lieben Mitbürger, meinen geliebten Status als Kosmopolit vor mir selbst renovierend.

Als ich endlich wieder bei der Bushaltestelle eintraf, saß Karen in der Sonne vor dem Musik-Café und strahlte mir entgegen. Sie war nicht allein. Neben ihr saß ein großer brauner Hund, der sie ganz offensichtlich inbrünstig anbetete. Karen war in meiner Abwesenheit nicht untätig gewesen. Der Hund trug ein Seil um den Hals, dessen loses Ende locker in ihrer Hand ruhte. Sie stellte uns kurz vor. Sie hatten sich am Strand kennengelernt, wo Karen in der Zwischenzeit ein Bad genommen hatte. Sie hatte ihm ein Schokoladeneis spendiert, und er war ihr nicht mehr von der Seite gewichen. Um kein Risiko einzugehen, hatte sie ihm das Seil um den Hals geschnürt, und nun warteten die beiden begierig darauf, die Reise nach Europa anzutreten.

Ich verzichtete darauf, dem Monstrum die Pfote zu schütteln und tätschelte ihm statt dessen den gewaltigen Schädel, woraufhin er mir begeistert die staubigen Schuhe ableckte. Es sah so aus, als würden wir gut miteinander auskommen.

Ich berichtete Karen von meiner schlußendlich erfolgreichen Exkursion durch die internationale Bürokratie und erntete eine herzliche Umarmung und einen Kuß, der viel zu schnell unterbrochen wurde, weil der Köter eifersüchtig japsend auf uns herumtrampelte. Ich war mir nicht mehr so sicher, ob er der richtige für uns war.

Für unsere letzte Nacht in Marokko bezogen wir ein billiges Zimmer in einer schmuddeligen Pension am Hafen. Wir ließen uns zur Feier des erfolgreichen Tages ein ausgedehntes Abendmahl für drei Personen heraufbringen, prosteten uns wieder und wieder auf unsere goldene Zukunft zu und beobachteten durchs geöffnete Fenster die kleinen Fischerboote, die gemütlich, eine unendliche Gelassenheit ausstrahlend, auf den sanften Wellen schaukelten. In der Ferne leuchteten verheißungsvoll die Lichter der spanischen Küste. Wann immer sich eine störende Sorgenfalte auf meiner ewig grübelnden Denkerstirn einzunisten drohte, drückte Karen aufmunternd meine Hand. Ich betrachtete sie verstohlen von der Seite und fragte mich, ob das nun Liebe sei.

Wir zogen uns vergnügt auf die durchgelegene Matratze unseres quietschenden Eisenbettes zurück und streckten in zartem Verlangen die Arme nacheinander aus, als das heimelige Nachtlager von einem gewaltigen Beben erschüttert wurde. Der unter dem Bett wachende Hund war aufgesprungen, um seine besitzergreifende oder auch einfach nur prüde Gesinnung zu demonstrieren. Ich drehte mich resignierend zur Wand, nicht ohne mir selbst zu schwören, dem Hund einen großen Knochen ins tiefe Meer zu werfen, sobald wir europäischen Boden unter den Füßen haben würden.

Wir fuhren seit einer guten halben Stunde die Küstenstraße nach Ceuta entlang, und so langsam legte sich der Aufruhr, der entstanden war, als Karen den Bus bestiegen hatte.

Vom Tuten der Nebelhörner ein- und auslaufender Schiffe früh geweckt, hatte ich die Augen aufgeschlagen und meine Traumfrau erblickt, wie sie sich, von den ersten schwachen Sonnenstrahlen beschienen, zufrieden vor dem Wandspiegel drehte, um ihre entzückende Rückseite zu begutachten. In Gedanken an den schweren Gang, der uns bevorstand, hatte sie eine Sonderschicht eingelegt und scheinbar mühelos ein Ergebnis erzielt, wie es einem sonst nur von den Titelblättern teuerster Hochglanzmagazine entgegenleuchtet. Zu ihrem äußerst knappen schwarzen Samthöschen trug sie schwarze Nylonstrümpfe und hochhackige Stiefeletten in der gleichen Farbe, von denen ich nicht einmal gewußt hatte, daß sie sie mit auf unsere Reise genommen hatte. Dazu eine blaue Seidenbluse, die sie über dem Bauchnabel zusammengeknotet und weit genug aufgeknöpft hatte, um einen reizenden Einblick auf einen Großteil der Pracht ihrer goldbraunen Brüste zu bieten. Ihre schwarzen Haare hatte sie kunstvoll hochgesteckt, ihre Wimpern waren dreimal so lang wie gewöhnlich, der Mund blutrot geschminkt. Ihre Katzenaugen funkelten verwegen, als sie sich zur Krönung eine Perlenkette umlegte und fragte: »Was meinst du, wird es so gehen?«

Ich hatte ehrlich gesagt keine Ahnung, gegen wieviele Gesetze des Landes sie in dieser Aufmachung verstoßen würde, auf unseren letzten Kilometern durch islamisches Gebiet. Würde ich aber über die notwendige ideologische Grundeinstellung verfügen und wäre Grenzpolizist geworden, würde ich mein Manifest für diese Frau notfalls auf der Stelle über Bord werfen, meinen Job an den Nagel hängen und gemeinsam mit ihr auf der Wolke der Hormone die Reise in den Untergrund antreten. Ich war drauf und dran, aus den Federn zu springen, um meine Nase in ihr Dekolleté zu stecken, fürchtete aber, ihr Outfit zu ruinieren, und beschränkte mich auf eine knappe Antwort.

»Wunderbar! Du siehst umwerfend aus.«

Karen strahlte glücklich und gab mir einen flüchtigen Guten-Morgen-Kuß. Ich stieg in meine Hose, zog mein zerknittertes Jackett über mein letztes sauberes Unterhemd, kämmte mir mit einer Ladung Wasser die Haare hinter die Ohren und stülpte mir meine alberne Ray-Ban-Imitation auf die Nase. Ich machte mir keine besonderen Illusionen, als halbwegs glaubwürdiger Partner der Dame durchzugehen. Karen bürstete den Hund, der mich verächtlich ignorierte, und forderte mich auf, ihr eine der drei Hundefutterdosen zu überlassen. Von wegen zusammengegangen und zusammengehangen und ähnlichen romantischen Lebenslügen. Zutiefst in meiner leidigen Beschützerehre gekränkt, wehrte ich mich standhaft, bis sie mich mit dem Argument überredete, ich sehe doch selber, daß der Hund viel lieber mit ihr als mit mir spazierenginge, und es sei einfach glaubwürdiger, wenn auch sie etwas Futter für ihn dabeihätte. Naja.

Ich gab nach und machte mich auf den Weg, meine Papiere abzuholen.

Die Busfahrt endete in einer großen Staubwolke direkt am Ortsschild. CEUTA/Español. Etwa zweihundert Meter weiter konnte ich den Grenzbaum erkennen. Mit feuchten Händen schulterte ich mein Gepäck. Auch Karen war etwas blaß um die geschminkte Nase, als wir ausstiegen und gemeinsam mit den übrigen Fahrgästen – arabischen und spanischen Pendlern sowie Touristen verschiedenster Herkunftsländer – dem Augenblick der Wahrheit entgegenmarschierten.

Zu Karens Linken schlenderte lässig ein großgewachsener, braungebrannter junger Mann. Er steckte in einem weißen Anzug von allerfeinstem Tuch, trug blitzblanke italienische Schuhe an den Füßen und hatte sein blondes, im Nacken ausrasiertes Haar der aktuellen Mode entsprechend arisch zur Seite gekämmt. Sein Gepäck bestand aus nicht mehr als dem kleinen ledernen Täschchen mit Reißverschluß, das ihm schneidig am Handgelenk baumelte. Schon rein äußerlich einer dieser Kotzbrocken, die mich regelmäßig an meiner umfassenden Menschenliebe zweifeln lassen, ließ er in blütenreinem Deutsch die Art von Komplimenten vom Stapel, die so schmierig sind, daß man diesen Typen damit das Gesicht einseifen möchte. Zu meinem Entsetzen belohnte Karen ihn mit einem strahlend lächelnden »Danke schön!«.

Ich versuchte, ihre Aufmerksamkeit mit einem energischen Räuspern zurückzugewinnen. Die Sprache hatte es mir bereits verschlagen, angesichts der Grenzbeamten, die, ihre Hände reibend, auf uns warteten. Als wir die marokkanische Seite des Übergangs erreichten, waren die beiden Turteltauben bereits in ein angeregtes Gespräch über diverse Hautcremes, aerodynamische Segelyachten und die Vorteile unbeschwerten Lebens in finanzieller Sicherheit vertieft. Karen schien gar nicht mitzubekommen, daß ich eine Weile aufgehalten wurde, weil mein Ersatzausweis circa dreißig Mal gedreht und gewendet, beschnüffelt und mir schließlich achselzuckend zurückgegeben wurde. Inzwischen waren etliche drängelnde Grenzgänger zwischen uns geraten. Endlich schaute sich meine Freundin nach mir um und riß entsetzt die Augen auf, als sie merkte, daß ich ohne sie, ohne Hund und ohne Hoffnung, aber mit einem Rucksack voller angeblicher Hundefutterdosen im Gewühl auf die alles entscheidende spanische Seite zuschlich. Sie selbst war mit ihrem Galan und dem unwürdigen Köter nur noch wenige Meter vom rettenden europäischen Territorium entfernt. Warten war nicht möglich. Die Menschen drängelten gestikulierend vorwärts. Ein jeder hier schien irgendeinen verdammt wichtigen Termin zu haben und ganz einfach keine Zeit, um auf die ausgefeilten Strategien eines dilettierenden Schmugglerpärchens Rücksicht zu nehmen. Als Karen an die Reihe kam, konnte ich beobachten, wie sie ihr allerverführerischstes Lächeln aufsetzte, den Bügel ihrer Sonnenbrille elegant zwischen den Lippen, und ihren Reisepaß vorzeigte. Der Beamte schaute flüchtig hinein, um dann wieder seinen Blick ihren unwiderstehlichen Formen zuzuwenden, dabei ganz offensichtlich allerlei schleimige Aufdringlichkeiten säuselnd. Er händigte ihr den Ausweis aus und salutierte. Der Hund zerrte an der Leine, und Karen stolperte hinter ihm her. Sie hatte es geschafft.

Ich kann heute nicht mehr sagen, ob mich das aufrichtete oder ob ich nun endgültig den Mut verlor. Ich kam mir schon seit geraumer Zeit nur noch verlassen, gedemütigt und unsagbar blöde vor. Noch wenige Meter.

Ich sah Karen, wie sie am Aufgang zur Fähre nach Algeciras auf mich wartete und schuldbewußt auf der Unterlippe kaute. Der geschniegelte Gockel quatschte nach wie vor ununterbrochen auf sie ein. Noch zwei Schritte. Nun war ich an der Reihe.

»Pasaporte, por favore!«

Ich bemühte ein gequältes Lächeln, als ich zum zweiten Mal mein provisorisches Reisedokument vorzeigte. Mehrere Liter Schweiß ergossen sich über mein hilfloses Gesicht. Mein Puls raste wie ein Formel-1-Motor. Ich hoffte verzweifelt auf IHN.

Von einem freundlichen Nicken begleitet bekam ich meine Papiere zurück. Als ich weiterging, hatte ich das Gefühl, vor Erleichterung aus den Nähten zu platzen. Ich startete lautlos ein dankendes Stoßgebet, als sich von links eine Hand auf mein pochendes Herz preßte.

»Warum so nervös? Warum schlägt Herz so schnell?« Ich schaute in das Gesicht eines gehässig grinsenden Spaniers in Zivil.

»Folgen Sie mir!« sagte er in barschem Ton. Zu meiner Rechten hatte sich inzwischen ein zweiter Mann mit festem Druck bei mir eingehakt. An Flucht war nicht zu denken. Sie führten mich zu einer abseits gelegenen Baracke. Bevor sie mich ins halbdunkle Innere des windschiefen Gebäudes stießen, konnte ich einen letzten Blick zu Karen hinüberwerfen, die ihre Hände vors Gesicht geschlagen hatte und durch die gespreizten Finger hindurch meinen unrühmlichen Abgang beobachtete.

Nachdem sich die beiden Herren kurz als Beamte der spanischen Zollfahndung ausgewiesen hatten, ließen sie mich meinen Rucksack öffnen. Es dauerte nur wenige Sekunden, dann hatte der eine die erste Hundefutterdose in der Hand, hielt sie an sein Ohr und bewegte sie wie eine Kabassa rhythmisch hin und her.

»Aah!« verkündete er triumphierend. »Nix gut Shuffle hier! Nix Hundefutter, mein Frreund!«

Mit einer eleganten Bewegung, die mich an meinen schwulen Frisör erinnerte, zog er eine lange spitze Nähnadel aus seiner Brusttasche, stach damit tief in die Dose und führte sie anschließend langsam quer unter seiner Hakennase vorbei.

»Mmmh, allerfeinster Zero Zero. Sie guten Geschmack. Un experto, no?«

Nachdem sie auch die zweite Dose untersucht hatten, forderten sie mich auf, mich auszuziehen, um mich zu betatschen und zu begrapschen und, von zynischen Kommentaren begleitet, alle Ein- und Ausgänge meines verschüchterten Körpers zu begutachten. Als ich mich endlich wieder in meine verschwitzten Kleider zurückziehen durfte, erklärten sie mich für verhaftet, legten mir Handschellen an und ketteten mich damit an ein großes blechernes Wandregal. Ohne ein weiteres Wort zu verlieren, verließen sie die Hütte und schlossen die Tür hinter sich.

Ich war schlagartig von vollkommener Finsternis umgeben. Es roch nach Schweiß, Urin und kaltem Rauch. Ich dachte an die einsamen Nachmittagsstunden im Kartoffelkeller meines Elternhauses, in den mich meine hilflose Mutter zu sperren pflegte, nachdem sie mich mit ihrem Teppichklopfer massiert hatte, weil ich ihr mal wieder meine pubertäre Verzweiflung in Form wüster Beleidigungen ins traurige Gesicht geschrien hatte. Es war kalt gewesen und feucht, und unter dem Regal mit den Einmachgläsern hatten die Ratten mit den Füßen gescharrt. Ich hoffte, diesmal wirklich allein zu sein.

Bevor ich mich allzu tief in meine nostalgischen Betrachtungen versenken konnte, ging die Tür wieder auf, und gemeinsam mit einem blendenden Sonnenstrahl erschien ein uniformierter Beamter. Er kettete mich los und führte mich in einen spärlich beleuchteten Nebenraum, wo er seine beachtliche Leibesfülle hinter einen wackeligen Schreibtisch quetschte. Das Plastikfurnier des Tisches rollte in possierlichen Spiralen auf eine wunderschöne altertümliche Schreibmaschine zu. Meine gerührte Dichterseele mühte sich redlich, meine aktuelle Lebenslage romantisch zu stilisieren. In nur wenigen Jahren würde es eine Kleinigkeit für mich sein, ganz vortreffliche Melancholie zu wohlgesetzten Reimen zu schmieden.

Zunächst aber schmiedete der Polizist und nahm meine Personalien auf. Meine Verteidigungsrede, da habe mir jemand etwas untergejubelt, ich sei so clean wie mein Hemdkragen am Tag meiner Konfirmation, unterbrach er mit einem gelangweilten Rülpser. Als ich höflich über seine Entgleisung hinwegsah und hastig weiterbrabbelte, brachte er mich mit einem donnernden Faustschlag auf den Schreibtisch zum Schweigen und zwang das betagte Möbelstück vorübergehend in die Knie. Ich fuhr mir unwillkürlich prüfend mit der Hand übers Gebiß und beschränkte mich auf die verlangten Auskünfte. Schließlich ließ er mich sein Werk unterschreiben, führte mich nach draußen und stieß mich von hinten in einen fensterlosen

Kleintransporter. Er knallte die Tür hinter mir zu, und ich war wieder allein. Eine Trennwand versperrte mir die Sicht zur Fahrerkabine, und nur durch eine leicht geöffnete Luke im Dach drang etwas Licht herein. Ich hockte mich auf den rechten Radkasten, zog die Knie unters Kinn und dachte an hungernde Kinder, an von Bomben zerfetzte israelische Linienbusse, an Kriege, vergewaltigte Frauen und gefolterte Männer. Ein todsicheres Mittel, mein Selbstmitleid einigermaßen in den Griff zu kriegen.

Der Extrabonus Adrenalin, den mir der erste Schock gegönnt hatte, zerbröckelte allmählich, und ich kämpfte bereits wacker gegen die Versuchung, mit Wutgeheul und um Hilfe schreiend, gegen die verfluchten Wände meines fahrbaren Gefängnisses zu trommeln.

Der unsichtbare Fahrer startete den Motor, und der Wagen ruckelte ganz offensichtlich an Bord der Fähre. Jedenfalls stand das Auto nach wenigen Augenblicken wieder still, eine Schiffssirene ertönte, Möwen kreischten, und ein sanftes Schaukeln vermittelte mir die Gewißheit, daß ich irgendeinem hübschen Knast auf europäischem Boden entgegentuckerte.

Ich sank in einen hoffnungslosen Schlaf und träumte vom Marktplatz meines nordhessischen Geburtsstädtchens. Ich stand auf einem hölzernen Podest und trug eine dicke Schlinge um den Hals. Der blonde Schönling im weißen Anzug war mein Henker und eben im Begriff, mir einen Schemel unter den Füßen wegzutreten, als ihm eine Windböe die Frisur vom Schädel riß. Eilig löste sich Karen aus der begeistert applaudierenden Menschenmenge und fing das Toupet wieder ein, auf daß der Schnösel seine Arbeit würdevoll zu Ende bringen möge. Als er zutrat, wachte ich auf. Ich war mit dem Kopf vornüber auf den Boden geknallt, wohl in dem Moment, als das Schiff mit heftigem Ruck an die Pier gestoßen war. Der Wagen setzte sich wieder in Bewegung und verließ im Schrittempo die Fähre. Der Motor heulte auf, als ein höherer Gang eingelegt wurde, und ich versuchte, mich an den wunderschönen Ausblick auf die Felsen von

Gibraltar zu erinnern, den Karen und ich im Grase liegend genossen hatten, bevor wir uns vor zweieinhalb Monaten nach Marokko eingeschifft hatten.

Für eine ganze Weile hörte ich nur noch das Brummen des Wagens und das Rauschen des Windes in den Bäumen. Dann ertönte fröhliches Kinderlachen, und ich verspürte das verzweifelte Verlangen, nach draußen zu sehen. Ich sprang mit ausgestreckten Armen nach oben, stürzte ein paarmal böse ab, schaffte es aber schließlich trotz der lästigen Handschellen, den Rahmen der Dachluke zu umklammern, mich heraufzuziehen und die Nase durch die enge Spalte zu stecken, im Bemühen, meiner vernachlässigten Zirbeldrüse die glückspendende Wirkung abendlicher Sonnenstrahlen zuzuführen. Beim Anblick des blauen Himmels und anmutig vorbeisegelnder Schwalben kroch dann aber doch nur abgrundtiefe Traurigkeit meinen Rücken herauf. Ich ließ mich fallen, rollte mich in einer Ecke zusammen und versuchte tapfer, mich mit den gedämpften Erwartungen an meine nähere Zukunft zu arrangieren.

Die Sonne hing tief und rot über den Gefängnismauern von Cádiz, als ich ein oder zwei Stunden später von zwei Beamten aus dem Transporter gezerrt wurde. Sie führten mich in das burgähnliche Gebäude und direkt zur Rezeption, wo allerlei Papierkram und gehässig klingende Bemerkungen ausgetauscht wurden. Zwischen den Beinen des Empfangskomitees erspähte ich mein zerwühltes Gepäck. Ein ganz in Braun gewandeter Mensch mit einem riesigen Schlüsselbund am Gürtel klopfte mir zur Begrüßung aufmunternd auf die Schulter, nahm mir die Handschellen ab und forderte mich auf, die Schnürsenkel meiner geliebten Turnschuhe herauszurücken. Dann reichte er mir eine verfilzte Wolldecke, führte mich einen finsteren Gang entlang bis vor eine dicke Eisentür, schloß sie auf und schob mich hinein. Inmitten einer abgerissenen Schar offensichtlicher Strauchdiebe, Kinderschänder und Vatermörder ließ ich mich benommen auf dem Boden nieder. Hier und da wurde eine buschige Augenbraue geringschätzig nach oben gezogen, aber im großen und ganzen schien sich niemand wirklich für mich zu interessieren. Die Herren spielten Würfel, lasen Comics oder dösten in den Stockbetten, die in drei Etagen an den schmutzigen Wänden aufgestellt waren. Der Raum in der Größe einer durchschnittlichen Garage beherbergte mindestens zwanzig von diesen düster dreinblickenden Gesellen. Möbel gab es weiter keine, auch ein Waschbecken war nirgends zu sehen. In einer Ecke stand ein verkrusteter Blecheimer mit einem gesprungenen Deckel. Es stank wie in einer Klärgrube.

Ich wagte es nicht, die introvertierte Schweigsamkeit der Anwesenden mit dreisten organisatorischen Fragen zu belästigen, und zog mich in die Nähe des einzigen winzigen Ausgucks zurück. Ich setzte meine Miniatur-Drehorgel, die ich ständig in der Hosentasche mit mir herumtrug, und die von den Polizisten wundersamerweise unbeachtet geblieben war, auf die türkis lackierten Gitterstäbe, und ließ sie eine metallisch verzerrte Version der ›Elise‹ spielen. Draußen rief ein Vogel nach mir.

Als die letzten matten Sonnenstrahlen verschwunden waren, und nur noch das staubige Licht einer einsamen Glühbirne über der Idylle hing, ertönte von irgendwoher ein Hupsignal, und die Gesellschaft erhob sich unter mißmutigem Knurren und Schimpfen und kroch in die Betten beziehungsweise rollte sich in die am Boden liegenden Wolldecken. Wenige Minuten später ging das Licht aus, und schon bald hob ein allgemeines polyrhythmisches Schnarchen an, von gelegentlichem schlaftrunkenen Wimmern und Weinen schaurig untermalt. Durch die Schießscharte über mir fiel fahles Mondlicht auf die Szenerie, und ich dachte an meinen Kuraufenthalt auf einer ostfriesischen Insel, zu dem mich mein Hausarzt in zartem Kindesalter überredet hatte, weil ich spindeldürr, käsebleich, und auch sonst alles andere als übermütig oder gar selbstbewußt gewesen war. Des Nachts hatte im Bett gleich neben mir ein von argem Heimweh gebeutelter Siebenjähriger im Tiefschlaf aufgeschluchzt, woraufhin eine sadistische Furie in Gestalt der wachhabenden Pflegerin hereingestürzt kam und dem verzweifelten Knaben den Hintern verdrosch. Noch in der Erinnerung schnürte mir der Haß die Kehle zu.

Ich hatte den Jungen nach Jahren wiedergetroffen. Er war inzwischen zum Juniorchef der Gang aufgestiegen, die mir regelmäßig an einer unübersichtlichen Ecke meines Schulwegs das morgendliche Wegegeld in Form von Ohrfeigen und Haarereißen abverlangte.

»Eierkopf!« Rumms!

»Du glaubst wohl, du bist was Besseres!« Wumms!

Mein Vater hatte zu der Zeit ein abendliches Hobby gefunden, indem er im örtlichen Stadtrat mitmischte, wo solch revolutionäre Leistungen wie der Bau einer mickrigen Stadiontribüne beschlossen wurden, während sich diese frustrierten Kerlchen damit abzufinden hatten, mit ihren dreizehnköpfigen Familien in schimmeligen Sozialwohnungen zu hausen, in denen ihnen das winterliche Hochwasser beim Gerangel ums karge Mittagessen bis in die Kniekehlen reichte.

Angesichts der feindlichen Übermacht hatte ich schnell gelernt, auf Widerstand zu verzichten und freundlich die zweite Backe hinzuhalten. Zum Trost hatte ich mir einen kommunistischen Leitfaden besorgt.

Ganz in meiner Nähe quietschte ein Bettgestell. Eine große schlanke Gestalt schälte sich aus der Dunkelheit, schlurfte zum Eimer hinüber und übergab sich. Auf dem Rückweg machte sie direkt vor mir halt, beugte sich herunter und betrachtete grinsend mein Gesicht. Vor mir stand Frankie. Er nahm meinen Kopf in beide Hände und gab mir einen feuchten Kuß auf die Stirn.

Ich hatte Frankie in Malaga kennengelernt. Karen und ich hatten ein kleines Café aufgesucht, wo wir gerade rechtzeitig eintrafen, um den Wirt daran zu hindern, einen jungen Mann allzu brutal auf die Straße zu befördern. Frankie hatte sich am hellichten Tage vollaufen lassen, weil seine Freundin, mit der er per Anhalter durch

Europa gereist war, am Tag zuvor in das Wohnmobil eines smarten Franzosen gestiegen und nicht wieder aufgetaucht war. Er war eingeschlafen und so auch noch seiner Gitarre verlustig gegangen, die ihm geholfen hatte, sich musizierend durch die Touristenzentren zu mogeln, während seine Freundin tanzend den Hut hatte kreisen lassen. Als er wieder wach wurde, hatte er die versammelte Kundschaft lauthals des Diebstahls und der Vergewaltigung seiner Freundin bezichtigt.

Eine knappe Stunde später lag er auf der Rückbank unseres Wagens, süffelte eine Flasche Bier, erzählte uns seine Geschichte und stieß hin und wieder höchst beeindruckende Freudenschreie aus. Er war restlos begeistert von der Aussicht, mit uns gemeinsam nach Marokko zu reisen. Schon als er noch in seiner Hütte auf einem Frankfurter Schrottplatz davon gelebt hatte, wiederaufgemöbelte Waschmaschinen und Kühlschränke zu verkaufen, hätte er von der Sahara geträumt. Er versprach sich tiefe existenzielle Einblicke vom Aufenthalt in der menschenleeren Ödnis und phantasierte davon, auf der Spitze einer Wanderdüne die Beine lotusmäßig unter sich zusammenzuschlagen und sich einen langen weißen Bart wachsen zu lassen. Er quasselte ununterbrochen, war ein herzensguter Mensch, der keiner Fliege einen Flügel ausreißen konnte, und wir hatten ihn auf der Stelle liebgewonnen. Wenn er für eine Sekunde innehielt, sah ich ihn im Rückspiegel, wie er mit todtraurigem Blick aus dem Fenster stierte, und es zog mir das Herz zusammen. Glücklicherweise gewann sein reizendes sonniges Gemüt schnell wieder die Oberhand.

Als ihm an der Grenze das Einreisevisum verweigert wurde, weil er nicht bereit war, sich von seiner stolzgepflegten Mähne zu trennen, hatte er sich unter Tränen von uns verabschiedet.

»So trifft man sich wieder«, sagte Frankie, hockte sich neben mich auf den Boden und bot mir eine selbstgedrehte Zigarette an. Wir rauchten und erzählten uns flüsternd von unseren Erlebnissen der vergangenen zehn

Wochen. Seine Freundin hatte Frankie nie wieder gesehen. Er hatte den größten Teil der Zeit bei einer Landkommune in den Pyrenäen verbracht, bis er die Schnauze voll hatte von Kräutertees, Kressesalat und dem Melken biodynamischer Schafe. Er hatte in der Nähe von Torremolinos bei einem Kanuverleih gejobbt, bis seine Arbeitgeberin unter dramatischen Umständen herausgefunden hatte, daß Frankie nicht schwimmen konnte. Er hatte sich vergeblich als Porträtmaler versucht und war schließlich in Sevilla in einem Musikgeschäft bei dem Versuch erwischt worden, sich eine Ukulele unters Hemd zu schieben.

»Das ist so eine Art Untersuchungsgefängnis hier«, sagte Frankie. »Ich bin schon seit drei Wochen hier. Es gibt da so einen pickeligen kleinen Pflichtverteidiger. Wenn du Glück hast, hat er irgendwann auch für dich fünf Minuten Zeit. Vorher lassen sie dich hier nicht mal telefonieren.«

Schöne Aussichten. Aber zumindest hatte ich jetzt einen Freund hier im Knast. Das baute mich ganz gewaltig auf. Und wen hätte ich auch anrufen sollen? Nach Mama und Papa schreien würde ich frühestens, wenn die Guillotine auf mich wartete. Und wenn ich in der vertrockneten Pampa, in der ich das Pech gehabt hatte, das Licht der Welt zu erblicken, so was wie Freunde gehabt hatte, dann war es mir ein Leichtes gewesen, sie mit meinen überdrehten Vorstellungen von Loyalität und brotloser Freigeisterei, schmackhaft zu Arroganz gebündelt, allesamt zu vergraulen.

»Mich werden sie wahrscheinlich demnächst außer Landes jagen. Dann hab ich den Ärger hinter mir«, sagte Frankie. »Bei dir sieht das schon anders aus. Mit zwei, drei Jahren mußt du rechnen. Aber nur, wenn du nicht bezahlst.«

»Bezahlen?«

»Na klar, Mann. Der Satz für ein Kilo Shit liegt bei drei- bis viertausend Mark. Hier drinnen kriegt man so einiges mit. Kaution, comprende?«

Und ob. Ein kleiner Hoffnungsschimmer kitzelte meine Nase und zwang mich zu einem Niesen. Mehrere Mörderstimmen grummelten böse im Schlaf.

»Hast du irgendwelche Aussichten, an die Kohle ranzukommen?« fragte Frankie.

Hatte ich. Falls Karen gewitzt genug war, die gerettete Hundefutterdose unter die Leute zu bringen, und sentimental genug, den Erlös für meine nervtötende Gesellschaft zu verplempern. Obwohl, um einen solchen Betrag zusammenzukriegen, mußte sie das Zeug schon in winzigen Portionen an obernaive Touristen verhökern, die blöde genug waren, kurz vor dem Paradies der Nebelfreunde die Preise des Stuttgarter Bahnhofsklos zu akzeptieren.

»Kommt Zeit, kommt Rat«, sagte Frankie, und verschaffte mir damit ein merkwürdiges Déjà-vu-Erlebnis. Er bot mir an, sein Bett mit ihm zu teilen, und wir kuschelten uns in die muffigen Decken. Ich dachte an Karen und nahm mir fest vor, nicht allzu laut zu jammern. Ich betete darum, möglichst bald aus einem bösen Alptraum zu erwachen, und schlief während der dritten Strophe ein.

Am nächsten Morgen wurde ich von einem lautstarken Tumult geweckt. Durch eine Klappe in der eisernen Tür wurde das Essen gereicht, und wie ich selber bald feststellen durfte, handelte es sich dabei um einen Fraß, den jeder hungernde Straßenköter ignoriert hätte. Der Alptraum blieb Wirklichkeit, und die aufgebrachten Insassen unseres unfreiwilligen Gemeinschaftsraumes tobten und brüllten dagegen an. Frankie drückte meinen Kopf auf die Matratze zurück.

»Tu so, als ob du schläfst. Die Jungs sind schwer geladen heute morgen, da halten wir uns besser raus.«

Im Laufe des Tages klärte mich Frankie über gewisse Hierarchien unter den Zellengenossen auf. Sie resultierten vor allem aus unterschiedlich ausgeprägten Neigungen zur Gewalttätigkeit. Pedro war der mehr oder weniger unangefochtene Chef im Ring. Man munkelte, er habe mehrere konkurrierende Heroinhändler gelyncht und trage auch hier im Knast mehr als nur ein Spielzeugtaschenmesser aus einem Kaugummiautomaten mit sich herum. Ein mit Tätowierungen übersäter Spanier in mittleren Jahren, mit Oberarmen im Durchmesser einer alten Eiche. Wenn er sein fieses Grinsen aufsetzte, weil er mal eben einem seiner Lakaien im Vorübergehen die Hoden gequetscht hatte, verzog sich die Narbe in seinem Gesicht zu einem überdimensionalen rotleuchtenden Reißverschluß.

Dann Steve, ein schnauzbärtiger amerikanischer Zuhälter mit graumelierten Schläfen, von dem es hieß, die Sittenpolizei habe bei einer Razzia in den Hinterzimmern seines Etablissements in Marbella mehrere blutjunge, von blauen Flecken entstellte Angolanerinnen unter fetten schwitzenden Touristen hervorgezerrt. Eine smarte Erscheinung mit Rolex-Uhr und gewählten Umgangsformen. Nur seine Augen blitzten kalt und heimtückisch, als er mit freundlichem Gesicht einem in der Nähe sitzenden Mithäftling die Reste der glibberigen Bohnensuppe ins Gesicht klatschte.

Und Joe, ein riesiger dunkelhäutiger Diamantenschmuggler aus Sierra Leone, der angeblich einem Matrosen im Streit mit einem Flaschenhals die Kehle durchschnitten hatte, ansonsten aber als Spezialist für den kleinen eisernen Würgedraht galt, der ihm provozierend aus der hinteren Hosentasche lugte.

Sie alle hatten hier im Handumdrehen einen Kreis von Untergebenen um sich geschart, indem sie je nach Gutdünken Tabak, Koks, Tritte oder Schläge verteilten.

Ich würde mich vorsehen müssen. Wenn man hier anfangen würde, mir den Arsch aufzureißen, könnte meine Theorie von der zweiten Backe verdammt schnell ins Wanken geraten.

An diesem ersten Tag kriegte ich keinen Bissen herunter. Das brachte mir einen Punkt bei Joe, der den angebotenen Teller mit den kalten fettähnlichen Geschwüren zufrieden grunzend akzeptierte. Aber trinken muß der Mensch, und schon der erste Schluck von dem fauligen Wasser bescherte mir wehmütige Erinnerungen an sehr viel bessere Zeiten. Ich war mehr als erleichtert, als Frankie mir versicherte, daß wir alle zwei bis drei Tage Gelegenheit zu einem Hofgang und dem Besuch einer Toilette bekommen würden. Schon zu unseligen Kindertagen, als man mich zur Teilnahme an einem dieser pfadfinderähnlichen Zeltlager überredet hatte, hatte ich es nicht über mich gebracht, mich mit heruntergelassenen Hosen zwischen feixenden Knaben auf einem stacheligen Holzbalken niederzulassen. So nahm ich mir vor, zunächst einmal zu fasten, um mir den Eimer zu ersparen, und über die körperliche Reinigung zur seelischen Läuterung zu finden.

Ich staune noch heute, wenn ich daran denke, wie schnell ich es schaffte, mich im Knast von Cádiz einzuleben. Ich tauschte meine Drehorgel gleich am zweiten Tag gegen einen Block Papier und einen Kugelschreiber ein, hielt mich zumeist an meinem Lieblingsplatz unter dem Fensterchen auf und versuchte meine Gedanken zu sortieren. Wenn du in der Öffentlichkeit schreibst, halten dich die meisten Menschen für einen absonderlichen Kauz. Das war auch hier nicht anders. Du bekommst so eine Art Narrenkappe verpaßt, wirst nahezu unantastbar wie der heilige Dorftrottel in einem Indianercamp. Natürlich hagelt es zunächst mal zynische Bemerkungen, der eine oder andere schaut dir über die Schulter, aber da du dich im Abstrakten versuchst, erweckt der Unsinn, den du formulierst, durchaus einen gewissen Respekt. So bewahrte mich die Aura des Poeten vor Aufdringlichkeiten und größerem Ärger.

Am dritten Tag war Joe neben Frankie der einzige, der mich ansprach. Er zeigte mir ein Foto seiner amerikanischen Freundin, die in einem Madrider Hotel vergeblich auf ihn wartete, und forderte mich auf, einen Brief an sie zu Papier zu bringen. Schreiben sei nun mal nicht seine

Stärke, sagte er und versprach mir zur Belohnung ein Päckchen Tabak, ich könne zwischen neun Sorten auswählen. Wie dieser Bär von einem Kerl dort neben mir hockte, an den Fingernägeln kaute und in stockenden unsicheren Worten schwülstige Liebesgeständnisse, unerträgliche Sehnsucht und verstörte Einsamkeit formulierte, wuchs er mir beinahe ans Herz. Ich gab mir allergrößte Mühe, seinen verdrehten Satzbau zu einem lord-byron-mäßigen Opus aufzublasen, und als ich ihm den Brief schließlich vorlas, drückte er verschämt eine Träne weg, quetschte mich derart heftig an seine Piratenbrust, daß ich fürchtete, zu ersticken, und händigte mir zwei Päckchen türkischen Feinschnitt aus. Wenn ich irgendein Problem hätte, könne ich mich jederzeit an ihn wenden. Von Steve und Pedro mißtrauisch beäugt, sah es ganz so aus, als ob ich innerhalb kürzester Zeit meinen Schutzpatron gefunden hätte. Während der verbleibenden Stunde, bis das Licht verlosch, warf ich immer mal wieder einen Blick zu seinem Bett hinüber, in dem er auf dem Rücken liegend seinen Liebesbrief studierte, den er ohne Zweifel gar nicht lesen konnte.

Am nächsten Morgen zwang der übermächtige Hunger die ersten Löffel aus dem Blechnapf in meinen geschwächten Körper hinein. Ein Gourmet bin ich nie gewesen, und da manche Menschen beim Essen lesen, will ich mich über die Konsistenz der Mahlzeit nicht weiter auslassen. Zumindest hatte ich richtig kalkuliert und durfte die Übelkeit im Laufe des Nachmittags auf einer unbeschreiblich verdreckten Toilette wieder loswerden. Der anschließende Rundgang auf dem engen Innenhof war dagegen weit weniger tröstlich, als ich gehofft hatte. Die grelle Sonne lächelte spöttisch auf uns herunter, der blaue Himmel ließ mich traurig von unendlichen Wiesen und wehendem Mädchenhaar träumen, ich stolperte, der hinter mir trottende Zellengenosse schubste mich weiter, ich fiel, bekam einen Tritt in die Seite, der nächste stürzte fluchend über mich, und ich kroch hastig auf allen vieren durch den Staub, bis ich zwei in Braun gekleidete Beine vor mir sah, aufschaute und in die Flinte eines Wärters blickte, die er mir entschlossen vor die Nase hielt. Er spuckte knapp an meinem Ohr vorbei und knurrte: »Uno ... dos ...!« Ich begriff, sprang auf die Füße, salutierte und reihte mich unter allgemeinem Gelächter wieder in die Polonaise ein.

Zurück in der Zelle zog ich erleichtert meinen Notizblock hervor und nutzte die Unterhaltsamkeit dieser Tage für den einen oder anderen weisen Haiku. Die höchste Form des Geistes sei die Heiterkeit, soll Karl Marx einmal gesagt haben, und so ersparte ich mir die Selbstvorwürfe, wenn meine Bemühungen zu so manchem ungewollten makabren Limerick anschwollen, und warf die zahlreichen Fehlversuche auch nicht in den Eimer, sondern stapelte sie fein säuberlich neben mir. Vielleicht würde ich in nur wenigen Tagen mit einlagigem Klopapier in den florierenden örtlichen Handel einsteigen können.

Und wo die Gleichförmigkeit der verrinnenden Minuten den Kuli zögern ließ, bemühte ich den Quell der Erinnerung als assoziativen Ritt über die Gefängnismauern. Ich träumte von der Freiheit, die ich genossen hatte, als ich von der Schule flog, weil ich mit einem harmlosen Grasjoint auf dem Klo erwischt und zu allem Überfluß dabei beobachtet worden war, wie ich aufklärende Flugblätter über die faschistische Vergangenheit des Direktors verteilt hatte.

Wenn ich mir die Nase zuhielt, meinte ich noch einmal den Duft von Freiheit und Abenteuer riechen zu können, den ich geatmet hatte, nachdem mich meine Mutter eines frühen Morgens mit meiner ersten Freundin im Bett ertappt und im himmelblau gesteppten Morgenmantel, die Schlafhaube auf dem zerzausten Kopf und ihren riesigen schwarzen Schäferhund am Halsband, mit der Polizei gedroht hatte, wenn ich dieses Flittchen nicht auf der Stelle hinauswerfen würde. Ich hatte meine Freundin stolz an der Hand genommen und aufrecht mein Elternhaus verlassen.

Und ich dachte an den rauhen Wind, der mir entgegenblies, als ich anschließend für mehrere Monate ohne Job und feste Bleibe gewesen war.

Als die abendliche Dämmerung durch das Fensterchen über mir hereinbrach, und die zänkische Atmosphäre, die tagsüber nicht selten in Handgemenge und Raufereien ausartete, einer allgemeinen schweigsamen Melancholie wich, war ich in Gedanken bei Karen, von der ich nicht wußte, wo sie war, was sie tat, und ob sie überhaupt noch irgendein Interesse an meinem verdrießlichen Schicksal aufbrachte. Mir wurde plötzlich bewußt, wie wenig ich sie tatsächlich kannte, wie wenig sie von sich erzählt hatte, wie wenig sie überhaupt gesprochen hatte in den kurzen Monaten unserer körperbetonten Verbindung. Aber ich hatte keine Wahl. Ich empfand meine wachsende Sehnsucht nach ihr als ein überwältigendes, beinahe schmerzhaftes Gefühl von Liebe, die es mir gleichzeitig verbot, ihr eine vergleichbare Einsamkeit zu wünschen, durch die sie womöglich zu ähnlich romantischen Entdeckungen vorgestoßen wäre. Vielleicht war das aber auch gar nicht nötig. Ich versuchte mich an Bildern gemeinsam erlebter Lust und Zärtlichkeit festzuhalten, und hoffte weiter …

Es war ganz unten im Süden Marokkos, in Tarazout, einem kleinen, wunderschön am Hang über dem Meer gelegenen Fischerdorf, wo wir eine Hütte gemietet und zwei großartige Wochen verbracht hatten. Die malerische Aussicht hatte uns über den Müll, der sich in den Gassen des Dorfes türmte, hinweggetröstet. Die grenzenlose Armut, die die mürrischen Einwohner mit ewig hungrigen Bäuchen herumlaufen ließ, verkrafteten wir, indem wir zwischen zwei Flaschen leckeren Landweines tief betroffene Bemerkungen über die Ungerechtigkeit der Welt austauschten und hier und da einen oder zwei Dirham an ein mageres Kind verschenkten.

Weit draußen zog die königliche Flotte in riesigen Netzen den verbliebenen Fischbestand an Bord. Nur vereinzelt schaukelte ein örtliches Fischerboot traurig in den

Wellen, um dann doch wieder leer und hoffnungslos zurückzukehren. Es wurde hier wie ein Wunder bejubelt, wenn ein aus welchen Gründen auch immer verendeter Fisch an den Strand gespült wurde, den halbnackte ausgemergelte Kinder überglücklich lachend nach Hause trugen, vorbei an verrottenden löchrigen Booten, die seit Jahren nutzlos im Sand steckten.

Seit Jahrhunderten hatte das Dorf vom Fischfang gelebt. Nun gab es einen Laden und ein Café für die Touristen, die die Küstenstraße hinunterbretterten, eine Rast einlegten, Aaahs und Ooohs ausstoßend durch den Ort streunten und ihren Dreck fallen ließen, wo immer sie standen und gingen. Der überwiegende Teil der Einheimischen lungerte untätig und ohne Zuversicht herum und versuchte es ihnen gleich zu tun.

Unsere Hütte lag etwas abseits, wir profitierten von den günstigen Preisen der wirtschaftlichen Krisenregion und hatten eine gute Zeit.

Eines Abends saß ich wie jeden Abend bis spät in die Nacht auf unserer kleinen Terrasse. Karen hatte sich bereits zum Schlafen zurückgezogen, und ich knallte mir ordentlich die Birne voll, tanzte und sang zu den orientalisch anmutenden Klängen, die aus ihrem kleinen gelben Radio drangen, und berauschte mich an dem philosophischen, endgültig alle Fragen dieser Welt umspannenden Roman, den ich gleich am nächsten Morgen zu schreiben beginnen würde, als plötzlich der Boden unter mir schwankte.

Wohl einen Joint zuviel geraucht, schoß es mir nach einer Schrecksekunde durch den Kopf. Ich setzte mich ins Plastikstühlchen und goß mir ein weiteres beruhigendes Gläschen ein. Dann wackelte der Tisch, und nun gab es keinen Zweifel mehr.

»Das ist ein Erdbeben!« Den Hinweis, den mir Karen aus dem Inneren der Hütte her zurief, hatte ich nun gar nicht mehr nötig. Ich sprang auf und rannte unter den Türbalken, ganz so, wie ich es in kalifornischen Katastrophenfilmen gesehen hatte.

»Komm raus! Schnell! Komm da raus!«

Nie werde ich das niedliche Patschen ihrer kleinen nackten Füße vergessen, als Karen, für mich unsichtbar, durchs Dunkel der Hütte eilte. Noch heute sehe ich ihr verstörtes Gesicht vor mir, wie sie im vom Mondlicht beschienenen Eingang auftauchte und, die Haare zerwühlt, die verschlafenen Augen weit geöffnet, in meine schutzsuchenden Arme fand. Ich zog sie hastig ins Freie.

Mir bleibt nichts anderes übrig, als von einem Moment der Erleuchtung zu prahlen. Wenn die Erde bebt, ist dein lebenslanges selbstherrliches Getue für die Katz. Ich bekam ein Gefühl der Ohnmacht serviert, wie ich es in dieser Qualität noch nie zuvor erlebt hatte. Und staunte mal wieder über die überlegene Ruhe meiner außergewöhnlichen Geliebten. Sie wirkte, als sei so ein Erdbeben die normalste Sache der Welt. Allerdings begriff auch ich, daß uns nun wohl nicht mehr viel passieren konnte, als wir eng zusammengerückt und Arm in Arm am Meer saßen und rätselten, wann der dritte, dann vielleicht wirklich verheerende Stoß folgen würde. Ich kramte noch in den drei oder vier arabischen Worten, die mir geläufig waren, auf der Suche nach dem passenden Gebrüll, um die Dorfbewohner in den längst verdunkelten Häusern zu wecken, als Karen zu meinem Entsetzen schon wieder zur Hütte flitzte, um kurz darauf mit einer weiteren Flasche Wein zurückzukehren.

»Das wird's wohl schon gewesen sein«, rief sie fröhlich und inzwischen hellwach. Sie zog sich ihr übergroßes knallrotes Jimmy-Cliff-T-Shirt über den Kopf und stürzte sich jauchzend in die pechschwarzen Fluten.

»Komm doch auch rein, es ist herrlich!«

Ich sinnierte über den Begriff des Seebebens, verkniff mir eine feige Erwiderung, riß die Flasche auf und ließ mich trinkend auf dem Rücken nieder. Wenige Augenblicke später stand Karen in ihrer ganzen energiegeladenen Schönheit über mir und schenkte mir ein strahlendes Lächeln, während unzählige Wassertropfen wie glitzernde Perlen an ihrem nackten Körper herunterrollten. Sie beugte sich herab, griff nach der Weinflasche neben mir, und ich versenkte meine aufgeregte Zunge zwischen ihren Beinen. Sie nahm einen kräftigen Schluck, trat einen Schritt zurück, befreite mich von meiner überflüssigen Turnhose und ließ sich mit einem wohligen Stöhnen sanft auf mich fallen. Durch ihre vom Salz verklebten Haare konnte ich den Mond schimmern sehen. Wir waren nun wirklich ganz allein auf dieser Welt, im zärtlich kratzenden Sand, allein mit den tosenden Wellen zu unseren Füßen und den funkelnden Sternen über uns. Karen hatte eine verdammt stilvolle Art, das Glück am Dasein zu feiern.

Ich verzichtete darauf, meine Tage in Gefangenschaft an der Wand abzustreichen. Schließlich hatte ich keine Ahnung, wieviele es werden würden, und dann wäre es mir doch trotz allem auch wie das Abhaken von Lebenszeit vorgekommen.

Es mag am zwölften, vielleicht aber auch am vierzehnten Tag gewesen sein, als sich die Meldung verbreitete, der einzige lokale Pflichtverteidiger sei nun endlich mal wieder im Hause, und tatsächlich wurde der liebe Frankie als einer der ersten aus der Zelle kommandiert. Als er mit einem breiten Grinsen im Gesicht wieder hereingeschubst wurde, war mir klar, daß er die erhoffte erlösende Nachricht bekommen hatte. Er schloß mich in die Arme, wir drehten uns überschwenglich im Kreis, und Frankie ließ sich seine glückliche Laune auch durch den derben Tritt, den ihm ein neidischer Panzerknacker verpaßte, überhaupt nicht verderben. Ich freute mich aus ganzem Herzen mit ihm und fieberte gleichzeitig mit einer gewissen Beklemmung meiner eigenen Audienz entgegen. Nachdem etliche Mitgefangene singend oder pfeifend, fluchend oder weinend von ihrem Anwaltstermin zurückgekehrt waren, wurde endlich in zackig militärischem Ton mein Name aufgerufen. Ich rappelte mich auf, und der wachhabende Wärter führte mich ins Besucherzimmer, wo ich von einem kleinen dicken Mann in einem abgewetzten speckigen Anzug begrüßt wurde.

»Aah, ein neues Gesicht. Na, wen haben wir denn da. Wo tut's denn weh«, sprudelte er mir in astreiner Falschheit entgegen. Eine kalte Alkoholfahne wehte mir ins hoffnungsfrohe Gesicht. Der Händedruck seiner kurzen Wurstfinger war schlabberig wie Weingummi, sein aufgeschwemmtes Gesicht pickelig wie ein Noppenschuh. Seine fettige Glatze glänzte unter der Glühbirne, als mich seine winzigen Schweinsäuglein von Kopf bis Fuß taxierten.

Nachdem ich meinen Ekel mühsam unterdrückt und mich selber höflich vorgestellt hatte, wühlte er minutenlang in einem Berg von Papierkram, um dann nachdenklich an seinem merkwürdig verkümmerten linken Ohrläppchen zu zupfen.

»Oh, là, là, Ihre Freundin, wie? Ein scharfes Hühnchen, mmmh.« Er beschrieb mit den Händen eine eigenartige wellenförmige Bewegung vor seiner eingefallenen Brust.

»Leider ein bißchen geizig. Will nicht einsehen, die Dame, daß auch ich meinen Teil verdienen muß. Aber wir bleiben in Verhandlung. Ich melde mich wieder.« Er schob seufzend die Papiere wieder zusammen. Ich brauchte einen Moment, bis ich begriff. Karen hatte mich also durchaus nicht vergessen, versuchte ganz offensichtlich, die erforderliche Kaution für mich zu bezahlen, und dieses geldgeile Arschloch von einem abgetakelten Rechtsverdreher behinderte den Handel mit seinen dreisten Forderungen nach Provision. Ich sprang auf, wild entschlossen, dem Schwein an die Gurgel zu gehen, aber schon hatten mich zwei Aufseher eisern in der Mangel und zerrten mich hinaus. Ich sah gerade noch, wie er einen Schluck aus einem Flachmann nahm, dann hörte ich nur noch sein entrüstetes Krächzen, als er mir drohend hinterherrief: »Vorsicht, mein Freund! Sie treiben die Preise in die Höhe.«

Als ich wieder neben dem fröhlichen Frankie hockte, war meine Wut schnell verraucht. Ich hatte ihm Bericht erstattet, und er boxte mich aufmunternd in die Seite.

»Ist doch klasse, Mann! Auf die Frau kannst du bauen. Die wird die Sache schon schaukeln.«

Ich dachte an seine verschwundene Freundin und gab ihm insgeheim recht. Karen gehörte nun einmal nicht zu diesen hysterischen Mädchen, die unter dem zappeligen Zwang des hehren Mitleidens jede Schweinerei vorschnell akzeptierten, um dann doch eines Tages, die Leidensfähigkeit sensibler junger Männer nun schamlos ignorierend, wegen einer dahergelaufenen durchtrainierten James-Dean-Attrappe die Kurve zu kratzen. Und auf ein paar Tage Knast mehr oder weniger kam es jetzt auch nicht mehr an. Karen würde mich nicht hängen lassen, soviel stand fest. Ich dachte an Gruschenka Alexandrowna und Anna Karenina, an Ingrid Bergman, Barbara Stanwyck und all die anderen großen Frauen der jüngeren Geschichte, die in unvergänglicher Liebe entbrannt bis zum glücklichen Ende zu ihren Helden standen, im gemeinsamen Kampf gegen eine böse mißgünstige Welt und für die Süße der privilegierten Zweisamkeit.

Noch beim nachmittäglichen Hofgang polterte mein heißes Herz, ich hätte jetzt nur zu gerne alleine unter einer Bettdecke aktiv unserer Zukunft gedacht, fühlte nun wirklich und ohne jeden Zweifel, wie sehr Karen und ich füreinander geschaffen waren.

Frankie marschierte neben mir, ergriff meine Hand und ließ einen prächtigen kleinen Joint in den Ärmelaufschlag meiner Knastjacke gleiten.

»Ich habe zur Feier des Tages meine Armbanduhr eingetauscht. Geh du nachher schon vor aufs Klo. Die Kabine ganz hinten. Ich komme dann unauffällig hinterher.«

Nachdem wir unser albernes Jogging beendet hatten, verbrachte ich einige Minuten des Wartens über dem Waschbecken, putzte mir die Ohren und ergatterte schließlich die vorgeschlagene Toilette. Ich zog die Tüte hervor und genehmigte mir einen ersten tiefen Zug, als ich ein leises Klopfzeichen hörte. Ich schob den Riegel zurück und amüsierte mich königlich über unsere subversive

Aktion. Dann flog die Tür auf und vor mir stand Pedro, ein blitzendes Messer in der rechten Hand. Seine gewaltige Linke schloß sich um meinen Hals, mir fiel vor Schreck der Joint ins Klo, Pedro drückte mich auf die Schüssel hinunter, ich knickte ein wie ein Strohhalm im Cocktailglas, er öffnete seinen Hosenschlitz und hielt mir sein unsagbar häßliches Ungetüm von einem schmutzigen Penis vor das Gesicht. Der penetrante Gestank von verwesendem Fisch stieg mir in die Nase. Mein benebeltes Hirn ratterte verzweifelt auf der Suche nach einem Ausweg. Sollte mir wirklich nur noch die Wahl bleiben, an einem Messerstich zu sterben oder mit diesem Teil im Mund an meiner eigenen Kotze zu ersticken? Ich preßte trotzig die Zähne zusammen. Pedro grunzte ungeduldig, gelblicher Schaum troff ihm aus dem Mundwinkel, nur wenige Zentimeter unterhalb seiner gebündelten Abscheulichkeit näherte sich das Messer meinem Hals.

Und dann tauchte Frankies erstauntes Gesicht über Pedros Schulter auf. Er überblickte die kompromittierende Situation und handelte, schlang seine langen dünnen Arme um Pedros dicken Hals und versuchte, ihn von mir wegzuzerren. Der Koloß schnaubte wie ein mit viel zu zartem Kaliber angeschossener Grizzly, schüttelte sich kurz, und Frankie fiel von ihm ab und prallte gegen die Wand der Kabine.

Oh nein! Scheiße! Um Himmels willen, tu das nicht! Mir schossen die Tränen in die Augen, während die Szene wie in Zeitlupe vor mir ablief, Pedro sich drehte, ich war erstarrt, gelähmt vor Schreck, wollte doch eingreifen und rührte mich nicht, nach Joe um Hilfe rufen und brachte doch keinen Laut hervor. Pedro hob den Arm und stach zu. Frankie taumelte rückwärts aus dem Klo, starrte ungläubig auf Pedros Hände, die die unseligen Utensilien seiner mörderischen Triebe verstauten, fiel hinten über und knallte mit dem Hinterkopf auf die kniehohe Pißrinne.

Als unzählige Wärter mit vorgehaltenen Macheten die rotbespritzte Kloake stürmten und sich mit routinierter Brutalität über Pedro hermachten, kniete ich neben meinem Freund, versuchte mich hilflos an meinen gottverdammten Erste-Hilfe-Kurs zu erinnern und preßte meine Hände auf den Einstich in seiner linken Brust. Das Blut quoll mir unaufhaltsam durch die Finger, ich beugte mich weinend über sein Gesicht, schaute ihm in die Augen und verlor jede Hoffnung. Frankie war tot. Ich dachte zweifelnd an IHN.

Ich bin nicht der Typ, der dazu neigt, den Kopf in den Sand zu stecken. Aber wenn die Scheiße auf dich runterkübelt, du Schuldgefühle nicht mehr von Selbstmitleid unterscheiden kannst, deine ganze beschissene Wenigkeit munter in die Matratze heult, dann fragst du dich schon mal, wie weiter.

Ich lag in Frankies freigewordenem Bett und suchte nach einer plausiblen Daseinsberechtigung.

Es mochte damals etwa fünf Jahre her gewesen sein, als mich ein langgezogener gellender Schrei im Morgengrauen aus dem Tiefschlaf gerissen hatte. Ich hatte einen Moment gebraucht, um mich zu sammeln, dann stürzte ich aus dem Bett und in den Flur, wo ich mit meiner Mutter zusammenstieß, die verschlafen und verwirrt damit beschäftigt war, sich den Morgenmantel über dem Bauch zusammenzuknoten. Ich rannte die Treppe hinunter und fand meine jüngere Schwester, die mich zitternd und schwankend, den Telefonhörer in der Hand, aus tiefen leeren Augenhöhlen anstarrte und stammelte: »Flo ist tot …«

Florian war ihr erster Freund. Ein aufgeweckter Bursche mit stets schalkhaft blitzenden Augen, ein Drogist allererster Güte mit einem ausgeprägten Hang zu allerlei Späßen und skurrilen Abenteuern. Es war die Zeit der vergeblichen Sinnsuche in einer Gegend, so trist und öde und langweilig, daß neben dem regelmäßigen Großbrand im örtlichen Sägewerk nur der Totalrausch blieb, um die eingeschlafenen Füße zu mobilisieren und die großen lebenswerten Ereignisse wenigstens im Schädel stattfinden zu lassen. Captagon und Valeron, Alkohol und Valium, LSD und Kokain. Wir lachten Tränen, wenn wir am Straßenrand standen und uns übergaben. Den Stoff bezogen wir von amerikanischen Soldaten, die dem Greuel von Vietnam zu entgehen trachteten, indem sie eine sechs Jahre währende Verpflichtung zum Dienst in diesem Landstrich eingegangen waren, den sie, ohne rechte Ahnung, was sie hier erwartete, einer zweijährigen Gefängnisstrafe in den USA vorgezogen hatten. Oder aber aus dem Medizinschränkchen meiner Mutter, die dort allerlei Pillen und Säfte gebunkert hatte, um Depressionen und Schlaflosigkeit zu bekämpfen, die ihr die Überstunden als Krankenschwester auf der Altenabteilung des städtischen Hospitals eingebrockt hatten.

Florian lebte gemeinsam mit seiner Mutter und seiner Schwester im Elternhaus. Sein Vater war selten da, pendelte zwischen Asien und Oberhessen und hatte sich im Souterrain ein Gästezimmer eingerichtet, wo er die Nächte seiner sporadischen Besuche mit ein oder zwei thailändischen Mädchen verbrachte, bevor er sie gegen Höchstgebot an lüstern sabbernde hessische Herrenmenschen verhökerte. Meine aufrichtige Bewunderung galt Florians Mutter, wenn sie sich wieder einmal dazwischen warf, um die Schläge abzudämpfen, die der Herr des Hauses auf seinen Sohn niedergehen ließ, weil der ein aufmunterndes freundliches Wort an die eingeschüchterte Handelsware gerichtet hatte.

Es war an einem lauen Sommerabend, ich hatte mit einem Cola-Whiskey in der Hand eine nette Stunde im Captain Jack, der einzigen Disko der Kleinstadt, zugebracht, wo ich einer gediegenen Prügelei zwischen einigen schwarzen GIs und einer Horde besoffener Bauerntölpel zugesehen hatte. Der mir näherstehende Verein hatte gewonnen und anschließend ein Tänzchen mit den italienischen Verkäuferinnen der Eisdiele riskiert. Aber mein Dope war zur Neige gegangen, vor Ort war alles verraucht, und ich hatte mir sagen lassen, Florian sei mit ein paar Freunden im Nachbarstädtchen zugange, in einer der wenigen Schnitzelkneipen, die über eine Jukebox verfügten. Ich hatte Harley-Dieter ein Bier spendiert und mich als Gegenleistung auf seinem Sozius hinübertransportieren lassen.

Vor dem Lokal angekommen flog die Tür auf, und Florian und drei seiner bedröhnten Kumpane torkelten heraus. Und es war nicht der Alkohol, der sie taumeln ließ, das erkannte ich sofort. Einer kroch auf allen vieren, schwafelte von patagonischen Leuchtfeuern und versuchte ein Kamel zu besteigen. Dieter stieß ihn verärgert von seinem Motorrad, er fiel auf den Hintern und lachte hysterisch. Die Tränen schienen ihm von überall her aus dem bebenden Körper zu spritzen, als er begeistert den tiefen Krater bestaunte, den er in seiner übersäuerten Wahrnehmung im Asphalt zu hinterlassen haben meinte.

Ein anderer pulte sich verzückt die niedergehenden Sterne aus der Jeansjacke, der dritte sah die Häuserwände atmen, und Florian brabbelte, sich selbst umarmend, er sei ein roter Feuerball und auf dem Weg zurück in den Mutterschlund.

Die Knaben halluzinierten in einer Dimension, die mir die Nackenhaare aufstellte. Ich hatte meine eigenen Erfahrungen mit LSD gemacht, und mich fror bei dem Gedanken an die selbstauferlegten Drahtseilakte, die mich so manches ungewollte Mal in den Abgrund des Wahnsinns hatten blicken lassen. Ich hatte fliegende Gitarren in der heißen Schokolade frisch gepflügter Äcker versinken sehen, während lange Reihen mit Tragbahren bewaffneter Sanitäter unerreichbar am Horizont entlanggestolpert waren.

Alles, was ich wollte, war ein Bröckchen Haschisch, und dann nichts wie weg. Nach mühsamem Hin und Her und jeder Menge grobem Kauderwelsch bekam ich, was ich suchte, und wir düsten von dannen. Hätte ich gewußt, was die ausgeklinkte Bande als nächstes tun würde, wäre ich geblieben, hätte sie notfalls an den nächsten Baum gefesselt oder den ärztlichen Notdienst angerufen, mit der ausdrücklichen Bitte um vier riesengroße Narkosehämmer. So aber saß ich wenige Minuten später mit Harley-Dieter unter einem Fliederbusch, wir rauchten ein gepflegtes Pfeifchen, und ich zog mir geduldig einen Intensivkurs über Kolben, Zylinder, Antriebswellen und Lederhosen rein, bevor ich mich verabschiedete und kurz darauf in meinem schmucklosen Jugendzimmer in die Decken rollte.

Am nächsten Morgen gegen fünf Uhr hatte das Telefon geläutet, und meine Schwester, die, wie sie mir später erzählte, seit Stunden keinen Schlaf gefunden hatte, war hinuntergelaufen und hatte von Florians tapferer Mutter die schreckliche Nachricht erhalten, Florian und sein bester Freund seien spät in der Nacht bei einem Autounfall ums Leben gekommen.

Ich stand meiner Schwester recht nahe, seitdem wir vor etlichen Jahren den Wohnzimmertisch auf den Kopf gestellt, eine Gardine gehißt und gemeinsam in eine schönere Welt gesegelt waren. So war es für mich ganz selbstverständlich, ihr im Tal der Trauer und der Verzweiflung beizustehen, so gut ich konnte.

Als die Überlebenden des Quartetts nach einigen Tagen und Tonnen von Beruhigungsmitteln so weit über den Berg waren, daß nach dem so grauenhaft ausgearteten Horrortrip keine bleibenden Schäden am Geiste mehr zu befürchten waren, bekamen wir die Erlaubnis, sie im Krankenhaus zu besuchen, und erfuhren endlich die ganze Geschichte.

Florian war auf seiner Reise in den Mutterschlund im Zimmer seiner schlummernden Mama angekommen, hatte es sich offenbar anders überlegt und dabei bewenden lassen, ihr den Autoschlüssel vom Nachtschrank zu stibitzen. Unter geflüstertem Hurra waren die vier in den roten Kadett geklettert, Florian, gerade einmal sechzehn Jahre alt und ohne Führerschein, hatte sich hinter das Lenkrad geklemmt, und ab ging die psychedelische Fahrt in eine zwanzig Kilometer entfernt gelegene Diskothek. Sie waren tatsächlich heil und, wie es hieß, ohne Schwierigkeiten dort angekommen, hatten einen zünftigen Voodoo aufs Parkett gelegt, zwei oder drei Tequilas geschlürft und beschwingt die Heimfahrt angetreten, als sie in eine Polizeikontrolle geraten waren. Florian hatte angehalten, aber die blau, gelb und rot durcheinanderflirrenden Blinklichter, zu Totenschädeln verzerrte Fratzen in Polizeiuniformen und gnadenlos überzeichnete Schreckensbilder drohender Konsequenzen hatten dazu geführt, daß sich der neben ihm sitzende Junge in seine Schulter verkrallte und kreischte: »Gib Gas! Nun mach schon! Gib Gas!«

Und Florian hatte gehorcht, war schlingernd an der Sperre vorbeigerast, und im nächsten Augenblick hatten sie mindestens drei heulende Bullenwagen hinter sich, die wild entschlossen schienen, unsere Freunde bis ans Ende der Welt zu jagen. Florian war rechts abgebogen, in eine kleine kurvige Allee, und sein von Panik geschüttelter Beifahrer hatte aberwitzigerweise die Scheinwerfer ausgeschaltet, wohl in der kindlichen Hoffnung, wenn wir nichts mehr sehen, sehen die uns auch nicht mehr.

Gleich in der nächsten Kurve war der Kadett mit hundertzwanzig Stundenkilometern frontal gegen eine mehrere Meter dicke Eiche geknallt. Es hatte mehr als drei Stunden gedauert, bis man zwei vom Armaturenbrett zerquetschte Tote und zwei im Fond wimmernde Schwerverletzte aus dem wie ein zertretener Joghurtbecher zusammengefalteten Auto geborgen hatte. Als unser Berichterstatter ins Detail ging und vom Alptraum der Geräusche Sterbender erzählte, zog ich meine kreidebleiche Schwester aus dem Krankenzimmer, und wir verließen das Hospital.

Draußen schien die Sonne, die Vögel zwitscherten vergnügt, wir setzten uns in einen Biergarten, und meine kleine Schwester sprach stolz von der Liebe, die niemals vergehen würde, daß sie Flo eines Tages wiedersehen würde und das Leben schließlich trotz allem weitergehen müsse. Es dauerte eine Weile, bis ich begriff, daß sie mich zu trösten versuchte, wohl bemerkt hatte, daß so etwas wie Schuld an mir nagte, diese nun sinnlosen Zweifel, ob ich nicht doch eine Katastrophe geahnt hätte, wäre ich nicht so sehr auf mich selbst und meinen friedlichen

Abend fixiert gewesen, als ich den Wahnsinn der vier Freunde gesehen und schleunigst das Weite gesucht hatte.

Als wir einige Tage später gemeinsam auf den ins Grab herabgelassenen Sarg schauten, ergriff sie aufmunternd meine zitternde Hand, mir, der ich mir doch so fest vorgenommen hatte, ihr eine aufrechte Hilfe zu sein. Und als ich sie acht Wochen später lächelnd Hand in Hand mit einem sympathisch dreinschauenden jungen Mann auf der Straße traf, war ich überglücklich, zu sehen, daß sie das Schlimmste nun wohl hinter sich hatte. Und denke noch heute voller Abscheu an all die verlogenen Schleicher dieser vergessenen Provinz, die sich das Maul darüber zerrissen, mit der Liebe zu Florian könne es bei meiner Schwester wohl nicht allzuweit hergewesen sein.

Frankie hatte mir nie erzählt, ob er Verwandte, Freunde oder sonst irgendwelche Menschen hatte, die sich für sein plötzliches brutales Ableben interessieren könnten. Seine treulose Freundin? Wer weiß.

Was würde wohl mit seinem Leichnam geschehen? Würden sie ihn nach Deutschland fliegen oder gleich hier hinterm Knast verscharren?

Pedro war verschwunden. Wahrscheinlich hatten sie ihn in irgendeinen isolierenden Kerker gesperrt, in dem er sich nun nur noch selber einen runterholen oder sonstwie Hand an sich legen konnte. Das Restchristentum in mir plädierte für Therapie statt Strafe, Rachegedanken waren mir fremd, aber ich hatte auch nicht gerade vor, seine verkorkste Kindheit zu recherchieren, eine Brieffreundschaft mit ihm anzufangen oder ihn in irgendeiner Gummizelle gütig in die Arme zu schließen.

Ich versuchte, die Gedanken an die beiden Unglücksraben so gut wie möglich zu verdrängen, und dachte ganz platonisch an Karen. Jeglichen erotischen Phantasien hatten die Ereignisse, wie man sich denken kann, einen rostigen Riegel vorgeschoben. Ich zog die Knie unters

Kinn, schmiegte meine Nase in die kratzige Schmusedecke, und als es draußen langsam heller wurde, schlief ich sogar ein.

Vom Geklapper der Essensausgabe geweckt, stieg ich schweißgebadet aus dem Bett und würgte etwas salzigen Haferschleim hinunter. Dann wurde ich aus der Zelle kommandiert und von zwei Herren in steifer Farblosigkeit und reichlich arrogantem Gehabe zu den Vorfällen befragt. Wirklich spannend wurde es nur einmal, als sie mir ein homosexuelles Verhältnis mit Pedro und die Anstiftung zum Mord aus Eifersucht unterjubeln wollten. Ich verweigerte sprachlos die Aussage und fing eine Ohrfeige. Ich blieb stur, die Detektive gähnten und ließen mich das Protokoll unterschreiben. Als sie sich dann noch meine deutsche Meldeadresse bestätigen ließen, war ich endgültig von der Rolle. Das konnte doch wohl nur bedeuten, daß man hier nicht mehr davon ausging, mir die Einladung zum Prozeß in den Knast schicken zu dürfen.

Und tatsächlich. Ich wurde nicht etwa in die Zelle zurückgeführt, sondern direkt in die Lobby, ein Ventilator brummte träge, mein Gepäck ruhte auf dem Schanktisch, und ich wurde aufgefordert, meinen Krempel durchzusehen und eine Empfangsbestätigung zu unterschreiben. Ich staunte nicht schlecht, als mir sogar die kümmerlichen Reste meines Barvermögens ausgehändigt wurden. Als ich den Wunsch äußerte, noch einmal in die Zelle zurückkehren zu dürfen, um meine surrealistischen Erfahrungsberichte einzusammeln, brachen die versammelten Zyniker in ein schmutziges Gelächter aus, einer kniff mir liebevoll in die Nase, drückte mir meine Reisetasche in die Arme und führte mich kopfschüttelnd zum Ausgang. Scheiß drauf! Man kann nicht alles haben. Das große schmiedeeiserne Tor ging auf, ich trat hinaus und blinzelte verschämt in die Sonne.

Auf der gegenüberliegenden Straßenseite wartete Karen und winkte fröhlich. Bei ihrem Anblick pochte mir sehnsüchtig das Herz. Sie war so schön wie noch nie, trug ein mir unbekanntes, tief ausgeschnittenes weißes Chiffonkleid und eine rote Nelke im schwarzen Haar. Neben ihr lehnten lässig ein hochmütig grinsender, frischgegelter Adonis und ein großer brauner Hund. Beide kamen mir irgendwie bekannt vor. Ich ging hinüber, und Karen begrüßte mich mit einem flüchtigen Kuß auf die Backe. Ich wollte sie in die Arme schließen, aber sie trat einen Schritt zurück und sagte mit seltsam verlegenem Unterton in der Stimme: »Darf ich vorstellen? Das ist Hermann. Du hast ihm deine Freiheit zu verdanken.«

Ihre Worte versetzten mir einen Stich, mein strapazierter Magen krampfte sich zusammen, ich würdigte den Schnösel keines weiteren Blickes, als ich mit krächzender Entgeisterung hervorstieß: »Soll das etwa heißen, *er* hat die Kaution für mich bezahlt?« Karen nickte stolz und schaute strahlend zu ihrem Begleiter auf. Mir schoß der absurde Gedanke durch den Kopf, daß ich den Knast auf gar keinen Fall verlassen hätte, wäre mir klar gewesen, wer mich da freigekauft hatte. Jetzt war es zu spät. Kalte Wut stieg in mir hoch.

»Und jetzt soll ich brav danke sagen, oder wie?«

Hermann reagierte an Karens Stelle, demonstrierte seine nachsichtige Überlegenheit mit einer wegwerfenden Handbewegung und erwiderte kühl: »Vergiß es. Begreif die Kaution einfach als Ablösesumme. Wir sind quitt, okay?«

Er streckte mir seine manikürte Hand entgegen, und ich brauchte einen Moment, bis ich die Ungeheuerlichkeit seiner Bemerkung begriff. Dann stürzte ich mich auf ihn. Sekunden später rollten wir ineinander verkeilt durch den Straßenstaub, der Köter zerrte an meiner Hose, Karen an meinem Hemd, dann brachten mich wildes Hupen, quietschende Autoreifen und ein plötzlich über unseren Köpfen hereinbrechender Schatten halbwegs zur Besinnung. Wir krochen unter dem LKW hervor, der uns um Haaresbreite überfahren hätte, der Fahrer gestikulierte wild hinter seiner Windschutzscheibe, ich ließ mich völlig erledigt auf dem Bürgersteig nieder, und der blonde Engel zog in sicherem Abstand verwirrte kleine Kreise und stammelte: »Der Kerl ist verrückt, einfach verrückt.«

Es war wieder einmal Karen, die die Situation in den Griff bekam. Sie tauschte flüsternd einige Vertraulichkeiten mit diesem nun gar nicht mehr souveränen Fatzke aus, der sich daraufhin in einem am Straßenrand geparkten grasgrünen Range Rover verschanzte. Dann nahm sie den Hund an der Leine, hakte sich bei mir unter und zog mich energisch mit sich.

»Laß uns einen Spaziergang machen. Ich glaube, wir haben uns eine Menge zu erzählen.«

Nach einem letzten Blick auf das antike Gebäude, das mich die vergangenen zwei Wochen beherbergt hatte, trottete ich niedergeschlagen neben ihr her. Wir wanderten schweigend durch schattige Alleen, die zu dieser Mittagsstunde nahezu menschenleer waren, überquerten eine kleine, in der Hitze flimmernde Brücke, die über ein ausgetrocknetes Flußbett führte, und erreichten schließlich die verwinkelten Gassen der Altstadt von Cádiz.

Ich kam mir unendlich kindisch und erniedrigt vor, hatte wieder einmal jede Würde vermissen lassen. Ich dachte an meinen zehnten Geburtstag, an dem ich meiner älteren Schwester die Nase blutig schlug, weil sie mich zum dritten Mal hintereinander beim Eierlaufen besiegt hatte. Und ich dachte an meinen Vater, wie er eines Tages aus seinem Arbeitszimmer gestürzt kam, um sein hölzernes Lineal auf meinem geliebten Cockerspaniel zu zertrümmern, weil der ihn mit seinem Winseln in der Konzentration gestört hatte. Ich fragte mich, ob Jähzorn denn erblich sein könnte.

Schließlich konnte mir das Geschwätz dieses eitlen Affen doch wirklich gleichgültig sein. Karen würde die Sache ja wohl klarstellen. Was bildete der sich denn ein? Wenn sie ihn nur nicht so merkwürdig angesehen hätte …

Vielleicht waren aber auch die vergangenen vierundzwanzig Stunden einfach nur zu viel für mich gewesen.

Und dazu kam die wirklich extreme Hitze dieses Tages. Da konnte auch ein aufrechter Botschafter des Friedens und der Verständigung, wie ich doch einer war, schon mal überkochen.

Ich war noch immer eifrig damit beschäftigt, in meinem Ausredenkatalog zu blättern, als mich Karen in ein kleines Café lotste, den Hund an einem Tischbein anseilte und zwei Osborne bestellte.

Am Tresen hockten, in mürrisches Schweigen versunken, mehrere uralte Spanier mit riesigen farbenfrohen Sombreros auf den faltigen Köpfen. Einer fächelte sich mit einem Bierdeckel die stehende Luft unter die Krempe, ein anderer wippte träge mit dem Stiefel im Takt zu einem Song aus der frühen Phase der Beatles, der gemeinsam mit dem häßlichen Surren eines Moskito-Geschwaders für die Geräuschkulisse sorgte. Ein etwas jüngerer Kellner, dem das Eintreffen weiterer Gäste offenbar restlos die Laune verdorben hatte, schlurfte mit aufreizender Gemächlichkeit an unseren Tisch und servierte die Drinks.

Karen zog einen kleinen Taschenspiegel hervor und richtete ihr Make-up. »Puh, ich wußte gar nicht, daß du so temperamentvoll sein kannst.«

Mit einem Kompliment hatte ich jetzt am allerwenigsten gerechnet. »Aber irgendwie erschreckt mich deine Aggressivität. Muß ziemlich schlimm gewesen sein da drinnen, mmh?«

Ihre Hände blieben mit sich selbst beschäftigt, obwohl meine doch deutlich sichtbar nach Zuwendung heischend auf der Tischplatte lagen. ›I wanna hold your hand‹, zwitscherte ein liebestrunkener Paul McCartney, und Karen nippte an ihrem Osborne. Ich stürzte meinen hinunter.

Nun ist es ja bekanntlich so, daß frisch Verliebte nur von sich selbst und, ohne jeden Sinn und Verstand, von ihrem maßlos idealisierten Geliebten quatschen möchten. Für gewöhnlich haben sie nicht das geringste Interesse an irgend etwas anderem als ihrem vermeintlich einzigartigen Glück. Zu meinem grenzenlosen Entsetzen machte Karen exakt diesen Eindruck auf mich, so wie sie mir mit diesem stupiden Lächeln verklärter Glückseligkeit gegenübersaß und ungeduldig an ihrem verfluchten Dekolleté nestelte. Sie hatte ganz offensichtlich längst vergessen, daß sie sich eben noch in gewisser Weise nach meinem Knastaufenthalt erkundigt hatte, wollte jetzt endlich erzählen, sich die ganze Last des Glücks vom Herzen reden. Und mich interessierte sie, die ganze gottverdammte Wahrheit. Wie schmerzhaft sie auch immer sein mochte. Ich versuchte vergeblich, mir den wachsenden Kloß im Hals mit einem weiteren Osborne hinunterzuspülen, erkundigte mich gehässig nach der Herkunft ihres neuen Fummels, und dann brach es aus ihr heraus.

›Can't buy me love‹, log die knarzende Lautsprecheranlage, während Karen mir von Hermanns selbstloser Großzügigkeit zu schwärmen begann, von seiner Sanftmut und seiner unfaßbaren Sensibilität. Wie er in ihrer verzweifelten Lage für sie dagewesen sei, endlich habe sie sich wirklich als Frau fühlen dürfen, mit einem wahrhaften Beschützer an ihrer Seite, er habe sie mit auf seine Yacht genommen (»Hermann ist sehr reich, weißt du, er hat die Prothesenfabrik seines Vaters geerbt, ein millionenschweres Unternehmen«, säuselte sie verzückt, ganz so, als sei die Profitmaximierung anhand von menschlichen Ersatzteilen von Mutter Theresa persönlich erfunden worden), sie sei doch schließlich völlig mittellos gewesen, und er habe überhaupt keine Bedingungen gestellt.

›Yesterday ... all my troubles seemed so far away ...‹ Das Herzschmerz-Gesülze der Fab Four zog mir allmählich die Schuhe aus. Meine Tränendrüsen standen unter Druck wie eine Pennäler-Blase.

»Und Hermann ist ein so empfindsamer Mensch.« Karens Stimme drohte sich vor Begeisterung zu überschlagen. »Sein Reichtum macht ihn ganz schrecklich einsam. Alle wollen immer nur sein Geld. Wir haben wirklich großartige Gespräche geführt, abends bei Sonnenuntergang auf dem Oberdeck, regelrecht philosophisch. So etwas war zwischen uns doch einfach nicht möglich ...«

Ich hockte wie versteinert auf meinem Stuhl und glotzte sie ungläubig an. Sie zog eine Dose spanischen Hundefutters aus ihrer nagelneuen krokodilledernen Handtasche und stopfte sie mit einem verschwörerischen Augenzwinkern in meine Reisetasche. Dann griff sie doch noch nach meiner Hand, patschte großmütterlich auf ihr herum und stieß einen schweren seligen Seufzer aus.

»Und jetzt bin ich einfach furchtbar durcheinander. Irgendwie muß ich mir über meine Gefühle klarwerden. Ich bin sicher, du verstehst ...«

›I think, I'm gonna be sad, I think, it's today, yeh, the girl is driving me mad, is going away ...‹

»Und dann, weißt du«, sie sah mir verlegen und zugleich träumerisch in die Augen, »Hermann ist so unglaublich zärtlich und geduldig, manche Frauen finden einen solchen Mann ein Leben lang nicht, du warst immer so hektisch und mehr mit dir selbst beschäftigt«, sie schaute sich kurz um, senkte die Stimme und gab ihr einen beinahe verruchten Anstrich: »Du weißt doch sicher, was ich meine, oder?«

Genug ist genug. Meine lädierten Nerven ließen mich nun endgültig im Stich. Für einen Moment wurde mir schwarz vor Augen, dann sprang ich auf, schmiß den Tisch um, Gläser und Aschenbecher polterten in Karens eleganten Schoß, ich griff nach meiner Tasche, spuckte dem Hund zwischen die Augen und rannte hinaus, nicht ohne von dem nun erstaunlich sportiven Kellner noch einen kräftigen Tritt in den Hintern mitzubekommen. Greises spanisches Gezeter applaudierte meinem heißblütigen Abgang.

Ich hastete wie blind und ohne Ziel durch die glühenden Straßen, rannte wutschnaubende Passanten über den Haufen, trat einer kreischenden Katze auf den Schwanz, ein Moped schlingerte haarscharf unter meinem Kinn vorbei, es war mir egal, egal, egal, ich war einzig und allein damit beschäftigt, mir mit manischem Eifer selber Schmerzen zuzufügen, ließ unablässig Bilder sexueller Ekstase an mir vorüberziehen, kam selber nicht vor in dem Film, aber Karen, die sich weit draußen vor der Küste auf einem leuchtenden Dreimaster in höchster Verzückung dem Prothesenkönig hingab, in Stellungen der Unterwerfung, die selbst Henry Millers schamloser Tinte die Zornesröte aufgenötigt hätten, wollte mir ein Auge ausstechen, mit Reißnägeln gurgeln, mein gedemütigtes kleines Selbst in Fetzen reißen und ein für allemal den mediterranen Winden anheimgeben.

Es mag ja sein, daß zu dieser Form des Schmerzes nur wahre Egozentriker fähig sind, emotional Minderbemittelte, die die Gelegenheit nutzen, sich selber mal eben mächtig einen über die Tiefe ihres Herzens in die Tasche zu lügen. Schon bald würde mir eine korpulente Dame in Lila, bei Kerzenschein und Räuchernebel, dies weise Buch vom frommen Erich reichen, auch Liebe wolle gelernt sein, geh in dich und sei glücklich, denn sie ist es und du liebst sie. Ach Scheiße, was soll ich hier schönreden, was häßlich ist, so furchtbar häßlich, und was weh tut, tut weh, und so wird es auch immer bleiben. In Ewigkeit, Amen.

Ich kann heute nicht mehr sagen, wie lange ich derart geistig umnachtet durch die Gegend geirrt bin. Irgendwann jedenfalls muß ich am Rande der Stadt entkräftet in eine verdörrte Wiese gekippt sein. Die Kratzer, die mir die unzähligen Disteln gönnten, kamen der ausgefuchsten Dramaturgie meines Seelenleidens gerade recht. Ich sah glitzernde Sternchen hinter meinen geschlossenen Augen kreisen, mein Herz raste bis zum Anschlag, ich keuchte atemlos und hoffte auf ein schnelles Ende, als mich der spanische Hilferuf einer weiblichen Stimme ins Leben zurückrief. Ich schlug die Augen auf und sah ganz in meiner Nähe einen jungen Mann, der an einem verzweifelt schluchzenden Mädchen zerrte, sie rüttelte und schüttelte und ganz offensichtlich gnadenlos beschimpfte. Der Gedanke an meine wahre Bestimmung half mir vorübergehend über den Berg. Ich mühte mich auf die kraftlosen Beine und wankte hinüber, um den Ritter zu geben. Ich legte dem kleinen Macho meine schmale Pranke auf die Schulter und herrschte ihn an, mit all der Wut, die ich noch in Reserve hatte. Er brüllte zurück, ließ dann aber doch von dem Mädchen ab und trottete mit hängendem Kopf davon. Zum Dank zischte mir die Kleine eine wüste Boshaftigkeit ins Gesicht und rannte dem Kerl mit ausgestreckten Armen schreiend hinterher.

Verschlungen sind die Wege weiblicher Zuneigung, dachte ich, hockte mich auf einen Stein und zählte die hüpfend kopulierenden Grillen.

Ich fühlte mich vollkommen leer und erschöpft, die Kraft zum Leiden war zunächst einmal verbraucht, und dann war ich jetzt auch viel zu durstig, um weiter den schrillen Sägen meines gebrochenen Herzens zu lauschen. Ich sah mich um und entdeckte mein Gepäck, das etwa zwanzig Meter entfernt in den Büschen lag, schlurfte hinüber, entschuldigte mich bei der Hundertschaft neugieriger Ameisen, bevor ich sie rücksichtslos von der Tasche fegte, schulterte den Krempel und machte mich auf die Suche nach einer Wechselstube.

Nach einem Ort, an dem sie dir das Fell über die Ohren ziehen, habe ich noch nie lange suchen müssen, und so stand ich nur wenige Augenblicke später mit einem Fingerhut voller Pesetas in einem Gemischtwarenladen, orderte eine Flasche Wasser und eine Gallone Rotwein, lockte die freundliche Omi hinterm Ladentisch hervor, um mir draußen auf der Straße in einer Art Taubstummensprache den Weg zum Strand beschreiben zu lassen, und marschierte los.

Der Himmel begann sich rot zu färben und spiegelte seine neugewonnene Farbe stolz im Meer, die allergrößte Hitze war endlich vorüber, und zahlreiche silberne Fische turtelten aufgekratzt im Fluge über den sich leise kräuselnden Wellen, als ich mich im Sand niederließ und die

Flaschen entkorkte. Ganz in der Nähe hüpfte eine ausgelassene Schar spanischer Jugendlicher fröhlich kreischend um ein kleines Feuer. Mit müden Augen suchte ich verstohlen den Horizont nach frischgetünchten Luxusyachten ab, entdeckte aber nur einen rostigen Tanker, der in einer riesigen graublauen Rauchwolke zu ersticken drohte.

Wahrscheinlich lag es eher an der bauchigen Korbflasche, die ich mir inzwischen in den Hals gesteckt hatte, als an meiner lebenslustigen Ausstrahlung, die die Gäste der Strandparty zu meiner Rechten auf die Idee brachte, nach mir zu rufen, freundlich zu winken und mir klarzumachen, ich solle ihnen doch Gesellschaft leisten. Muchas gracias, muchachos, aber gutgelaunte Menschen waren so ziemlich das allerletzte, was ich jetzt vertragen konnte. Und den Wein brauchte ich wirklich ganz dringend für mich alleine, hatte er doch gerade erst angefangen, meine frierende Seele ein ganz klein wenig aufzuwärmen. Ich raffte meinen Kram zusammen und entfernte mich grußlos, trottete an ein entlegenes Ende des Strandes, um in aller Ruhe am sauren Tropfen zu nuckeln und von der Wirkung ermutigt an der Restaurierung meiner zerbröckelten Eigenliebe zu basteln.

Nach einer knappen Stunde kam ich mir schon ziemlich weise vor und staunte nicht schlecht über mein selbstloses Verständnis. Von ihrer verzweifelten Lage hatte Karen gesprochen, und daß sie sich nach einem Beschützer gesehnt habe. Okay, wegen ähnlicher Bedürfnisse hatte ich mich zwar nicht gleich in Pedros starke Arme fallen lassen, aber irgendwie konnte man das auch nicht miteinander vergleichen. Sie müsse sich nun über ihre Gefühle klarwerden, hatte sie gesagt. Na gut, dann mach mal, ich habe Geduld. Und wenn sie erst mal zur Besinnung gekommen war, ihren schrecklichen Irrweg verlassen hatte und reumütig zu mir zurückgekehrt war, würde ich mich eben ordentlich reinhängen. Nobody's perfect, ich würde hart an mir arbeiten, und sie würde sich als Frau fühlen an meiner Seite, wie noch nie zuvor in ihrem Leben. Dafür würde ich schon sorgen. Irgendwie.

Und bis es soweit war, würde ich ganz in Schwarz und stolz und in staubigen Stiefeln die Pampas durchqueren, der einsame Wolf, den keinerlei ihm allüberall dargebotene weibliche Gunst von seinem einmal eingeschlagenen Weg abbringen kann, denn er weiß, nur er allein, wem auf immer sein Herz gehört. Oder so ähnlich.

Ich stand auf, schwankte ein paar Meter, pißte gegen die steil aufragende Böschung, die den Strand begrenzte, rollte mich in den Schlafsack und sank in einen bleischweren traumlosen Schlaf.

Als die erste Welle meine Füße kitzelte, zog ich die Knie unters Kinn und ließ mich nicht weiter stören. Als das Wasser meinen Hintern erreichte, robbte ich fluchend ein Stück den Strand hinauf und schlief weiter. Dann schlugen die Wogen über mir zusammen, und ich war schlagartig hellwach. Die nächtliche Flut war über mich gekommen, ich schaute aufs Meer hinaus und bestaunte meine Turnschuhe, die im glitzernden Sternenlicht anmutig auf den Wellen tanzten. Gleich daneben versank meine Reisetasche. Ich sprang auf und watete hastig hinterher, wollte retten, was zu retten war, schrie vor Schmerzen, als ich auf einen eklig spitzen Gegenstand trat, es war meine Kamera, na prima, dann war die ja wohl auch hin jetzt, fischte sie heraus, bekam meine Tasche zu fassen und endlich auch meine Schuhe, und kämpfte mich zurück ans Ufer, wo mir mein Schlafsack, aufgebläht wie ein Segel, freudig entgegenstürzte.

Mit all dem tropfenden Krempel schwer beladen, kletterte ich den Hang hinauf, rutschte ein paarmal ab, suhlte mich dabei noch mal ordentlich im Dreck, kam endlich oben an, breitete den Schlafsack im Grase aus und schlüpfte zurück ins klamme Innere.

Das nächste Mal wurde ich von ungeduldigen Fußtritten geweckt. Ich schlug die Augen auf und blickte, von der grellen Morgensonne geblendet, in die feisten, von bösartiger Schadenfreude entstellten Gesichter zweier Polizisten, die mir befahlen, mich auszuweisen. Sie hatten eine Menge Spaß an meiner offensichtlichen Blödheit, meine Klamotten waren noch immer reichlich feucht und von Sand, Erdklumpen und salzigen Krusten übersät, und nichts schien einem gelangweilten Cop der Costa de la Luz mehr Freude zu bereiten, als einen liebeskranken Tramp in der Patsche liegen zu sehen. Während ich noch damit beschäftigt war, meine verklebten Papiere zu entknittern, zog mich einer der beiden bereits an den Haaren aus dem Schlafsack. Mit seinem cholerischen Gebrüll schien er mir klarmachen zu wollen, daß wildes Campen strengstens verboten sei, und ich von Glück sagen und seiner Gnade danken dürfe, wenn er mich nicht gleich an Ort und Stelle erschießen würde.

Dann piepste ein Funkgerät an ihrem protzigen Motorrad, und so blieb mir der Pulverdampf erspart. Dafür pusteten sie mir zum Abschied eine leckere Schwade Benzingemisch ins verkaterte Gesicht und brausten davon.

Zum Morgenmuffel neige ich nun wirklich nicht, das kann mir niemand unterstellen, bin ich normalerweise doch stets bereit, mir nach dem Öffnen der Augen die nötige Seifenblase aufzublasen, um einen weiteren sinnlosen Tag stilistisch erhöht für begehbar zu erklären, aber in diesem Augenblick, ich schwöre es, fühlte ich mich wie vom Schicksal erdrückt und platt wie ein zertretener Käfer. Das Hirn versengt vom Fusel und der schon wieder brutal herunterknallenden Sonne, ging mir jegliche mundgemalte Zuversicht vollständig ab. Hand in Hand mit ungebremstem Selbstbedauern stieg die Erinnerung an Schande und Leid der vergangenen Tage wie eine Horde Würmer in mir hoch. Ich sehnte mich nach einem warmen heimeligen Bett, wollte am Daumen lutschen, meinen Kopf zwischen Mamas großen gefüllten Brüsten bergen, suchte Schutz und Geborgenheit, kurzum, mir war schon wieder mal zum Heulen zumute. Und wenn ich weinen möchte, komme ich mir vor wie ein kleines

Kind. Und wenn ich mich wie ein kleines Kind fühle, denke ich ängstlich an meinen Vater. Weinen war nicht erlaubt.

Was mich rettete, war mein Hang zur Wut. Ich wühlte gerade in meiner Tasche, suchte vergeblich nach trockenen Tabakresten, als ich auf die Konservendose mit dem vermeintlichen Hundefutter stieß. Die hatte ich doch tatsächlich schon wieder vollkommen vergessen.

Ablösesumme, hatte dieser Scheißkerl gesagt. Und da lebte meine untreue Geliebte nun in Saus und Braus und hatte sich nicht geschämt, mir gnädigerweise diese Almosen rüberzureichen. Aber nicht mit mir, Freunde. Ich griff nach der Dose, holte aus wie ein Diskuswerfer im Testosteronrausch und schleuderte sie im hohen Bogen aufs Meer hinaus. Das sah zwar ganz hübsch aus, wie sie dort golden funkelnd durch die Sonne segelte, aber die erhoffte Erleichterung wollte sich trotzdem nicht einstellen, als die Wellen donnernd über ihr zusammenschlugen. Statt dessen kam ich mir nun endgültig ziemlich kindisch vor. Noch vor wenigen Stunden hatte ich mir eine ganz und gar würdevolle Zukunft ausgemalt. Und nun versank das Geld für die staubigen Stiefel im Meer, ganz davon abgesehen, daß ich ohne tägliche Mahlzeit wohl schon bald als hohlwangiges Gespenst durch die Landschaft schleichen würde. Die Sache mit der weiblichen Gunst konnte ich mir dann definitiv abschminken. Ich sah mich um, vergewisserte mich, daß mich niemand beobachtete, rutschte einen schmalen Pfad hinunter, riß mir die Kleider vom Leib und ging tauchen.

Eine halbe Stunde später saß ich in einem heruntergekommenen Restaurant, zählte meine verbliebenen Peseten und betrachtete die Konservendose auf dem Stuhl neben mir. Sie war ein bißchen verbeult und hatte ihr albernes Etikett verloren, aber daran würde der Handel wohl kaum scheitern. Das morgendliche Bad hatte mir gutgetan, und ich beschloß, mich zusammenzureißen. Ich bestellte zwei Spiegeleier und ein Glas Milch und überlegte, in welcher dunklen Ecke der Stadt wohl die gierigen Konsumenten darauf warteten, mir meinen erstklassigen Stoff abzukaufen, als mein Blick auf eine uralte verblichene Landkarte fiel, die überm Tresen an der Wand hing. Bis Portugal waren das über den Daumen gepeilt vielleicht gerade mal zweihundert Kilometer. Und hatte mir nicht mein alter Jugendfeind Oskar, Globetrotter und bekennender Egoist, aus unerfindlichen Gründen im Frühjahr eine Karte aus Lagos geschickt, ich könne ihn jederzeit besuchen, für Unterkunft würde er schon sorgen? Und wenn sich irgend jemand mit dem Absatz hirnerweichender Pfeifenfüllungen auskannte, dann war er das. Und nebenbei, auch Karen hatte des öfteren von Portugal geschwärmt, wollte das kleine Land unbedingt kennenlernen, es war einmal unser nächstes Ziel gewesen …

Endlich entwickelte ich wieder so etwas wie einen Plan. Ein konkretes Vorhaben war genau das richtige, um mein leidiges Trübsalblasen für eine Weile abzuwürgen und möglichst bald das angestrebte männlichere Selbstbild zu installieren. Ich spürte, wie so ganz langsam ein Hauch von Lebenslust zurückkehrte, und machte mich mit einem tiefen Seufzer über mein erstes Essen in Freiheit her. Von spanischen Bullen hatte ich sowieso die Nase gestrichen voll, und irgendwie würde ich die Dose jetzt auch nach Portugal reinbringen, eine grüne Grenze nehmen oder sie einfach hinüberschleudern, wie gut ich darin war, hatte ich mir ja eben erst bewiesen.

Dermaßen aufgerichtet, legte ich die Gabel zur Seite, zahlte mein karges Frühstück und trat auf die Straße hinaus. In einer mächtigen Staubwolke rauschte ein grasgrüner Range Rover vorbei. An der Heckscheibe klebte das hämische Gesicht eines großen braunen Hundekopfes. Ich würgte den aufsteigenden Kummer hinunter, schließlich war der Wagen in der richtigen Richtung unterwegs, lud mir mein Gepäck auf und stiefelte hinterher.

Vielleicht lag es an dem roten Halstuch, das ich mir zum Schutz vor der Hitze piratenmäßig über den Kopf geknotet hatte, aber nach drei Stunden hockte ich noch immer am Ortsausgang und winkte schüchtern mit dem Daumen. Meine Demut entsprang einzig und allein meiner unermeßlichen Schauspielkunst, hatte ich doch schon seit geraumer Zeit das dringende Bedürfnis, faustgroße Steine hinter den aufgemotzten, mit lächerlichen Wimpeln verzierten Wohnmobilen, mit Kanus, Fahrrädern und kompletten Möbelgarnituren gnadenlos überladenen Kleinwagen und stinkend aufjaulenden Motorrädern herzuschleudern. Jeder zweite Fahrer deutete mit dem Daumen auf sich selbst oder zeigte mir den Vogel. Und wenn tatsächlich mal eine Frau am Steuer saß, schaltete sie ihren Karren bei meinem Anblick auf Autopilot und verkroch sich voller Angst unterm Armaturenbrett.

Irgendwie verstand ich nur zu gut, warum sich auf dieser Strecke seit Stunden kein Einheimischer hatte blicken lassen. Was hier in stockenden Karawanen an mir vorüberdümpelte, waren häßliche Heerscharen holländischer, österreichischer und vor allem deutscher Mittelmeerkolonialisten auf Zeit, deren Oberhäupter hektisch darauf drängelten, sich von kostengünstigen portugiesischen Streikbrechern den Hintern ölen zu lassen oder fünfmal am Tag in tiefstem urwaldbayrisch nach Schweinshaxen und Weißbier zu brüllen.

Oh doch, so eine gesunde Wut tat schon verdammt gut. Bis mir auffiel, daß auch ich bisher noch nie auf die Idee gekommen war, meine peinliche Staatsbürgerschaft an einen asylsuchenden Vietnamesen abzutreten, überhaupt nur auf die Vorteile harter deutscher Währung zu verzichten. Man will ja schließlich was sehen von der Welt …

Bevor ich mich allzutief in selbstkritische Widersprüche verstricken konnte, hielt zu meiner Verblüffung direkt vor meinen Augen ein kleiner grauer Citroën. Ich hatte ja nicht einmal mehr meine Tramperfaust herausgehalten, war doch gerade damit beschäftigt gewesen, mir grübelnd den Kopf zu kratzen. Aber wahrscheinlich wollte da sowieso bloß jemand wenden, weil er seine aufblasbare Ente oder den Lehnstuhl des ruhigzustellenden Sippenältesten vergessen hatte.

Aber nein! Aus dem seitlichen Klappfenster dieser Spielzeuglimousine ragte nun tatsächlich ein hübscher kurzgeschorener Mädchenkopf heraus und erkundigte sich freundlich nach meinem Reiseziel.

»Bloß weg hier«, stammelte ich, erntete ein verständnisvolles Nicken und fand mich gleich darauf auf der schmalen Rückbank wieder, eingeklemmt zwischen Bergen luftiger Sommerkleider, einem zusammengeknüllten Zwölfmannzelt, einem Haufen Bücher und leerer Weinflaschen sowie einer riesigen schwarzweißen Perserkatze, die mich mit finsterer Miene mißtrauisch beäugte. Ich riskierte es, ihr zur Begrüßung den Nacken zu kraulen, und da sie keinerlei Anstalten machte, mir ins Gesicht zu springen, entspannte ich mich, so gut es ging, in der beengten Räumlichkeit, mit all meinem eigenen Gepäck auf den Knien.

Am Steuer saß eine zweite junge Dame, die blonden Haare neckisch über dem Kopf zusammengesteckt, ich bewunderte ihren zart geschwungenen Hals und versuchte einen Blick ihrer leuchtend blauen Augen im Rückspiegel zu erhaschen. Das Verdeck war ganz nach hinten geklappt, und mir blies eine angenehme Brise ins Gesicht, während sich das Autochen im Schrittempo einen steilen Berg hinaufmühte. Die Mädels unterhielten sich angeregt und fröhlich auf französisch. Da fehlte mir leider der Zugang, aber daß sie kein weiteres englisches Wort an mich richteten, schob ich auf ihre verständliche Schüchternheit. Man liest als junges Mädchen ja nicht alle Tage einen einsamen, von der Sonne und tieferem Wissen attraktiv gegerbten Desperado auf der Straße auf. Ich wühlte gerade in meinem reichhaltigen poetischen Wortschatz, hoffte, ihnen ihre Scheu nehmen zu können, indem ich sie in ein Gespräch verwickelte, wollte möglichst bald zur schwierigen Entscheidung finden, welche der beiden Schönheiten mir für einen harmonischen Abend besser zur Seite stünde, als der Wagen an einer Ampel hielt, und die zwei Süßen sich einem ausgiebigen Zungenkuß nebst intensivster Streicheleinheiten hingaben. Das sah zwar verdammt aufregend aus, aber mein bescheidener moralischer Aufschwung sank in sich zusammen wie ein zerstochenes Schlauchboot.

Ein wildes Hupkonzert verhinderte den Höhepunkt der Performance, die Ampel stand auf grün, und ab ging die Fahrt, nun rasend bergrunter und durch allerschärfste Kurven. Ich verkrallte meine Fingernägel im Sitzpolster und traute meinen Augen nicht. Die Mädchen gaben der Karre nun lachend die Peitsche, diesem putzigen französischen Kleinwagen, in dem man doch fürchten mußte, im Falle einer Karambolage mit einer verirrten Eintagsfliege bräche das Teil widerstandslos auseinander, womöglich vom höhnischen Gelächter des fortflatternden Insekts begleitet. Aber bis auf mich schienen sich alle prächtig zu amüsieren. Die Katze saß nun aufrecht neben mir und ließ sich den Sturmwind um die Nase pfeifen, und wenn sich das Wägelchen in einer weiteren furchterregenden Rechtskurve nach links neigte und auf zwei Rädern quietschend an verwundert pinkelnden Kleinkindern vorüberfegte, neigte sich das imposante Haustier in der Manier eines chinesischen Stehaufmännchens steil nach rechts und hielt auf diese Weise, ganz drollig mit den Ohren zuckend, würdevoll die Stellung. Ich bemühte mich ihr nachzueifern und die Spiegeleier noch eine Weile bei mir zu behalten.

Als mir dann auch noch ein niedlicher kleiner Damenjoint nach hinten gereicht wurde, hatten wir glücklicherweise wieder Flachland erreicht. Ich simulierte zwei kurze Lungenzüge, gab das Teil wieder nach vorne und versuchte mich an die entspannenden Atemübungen des Hatha-Yoga zu erinnern, die ein glöckchenschwingender Mönch in gelbem Gewand vor etlichen Jahren meiner Mutter im Billig-Pack an der Haustür angedreht hatte.

Wir tuckerten nun wieder gemächlich dahin, unter Palmen und immer am tiefblauen Meer entlang, ich hatte eingesehen, daß die Mädchen sich selbst genügten, und schaute in relativer Ruhe, fast ganz ohne Panik, auf mein vergurktes Liebesleben zurück.

Ich dachte an Frankie, wie aufrecht er den Verlust seiner Gefährtin weggesteckt hatte, und daß ihm danach weit Schlimmeres widerfahren war. Und dachte lieber ganz schnell an Eva, meine allererste Freundin. Auch nicht gerade ein behagliches Resümee, aber zumindest war die Sache ohne jedes Blutvergießen abgegangen, auch wenn mir die Gute gegen Ende unserer Liaison ein Brotmesser hinterhergeschleudert und mich nur um Haaresbreite verfehlt hatte. Aber zu dem Drama hatte ich ganz sicher meinen Teil beigetragen und war ein leise nagendes Schuldgefühl nie wieder ganz losgeworden.

Von meiner Neigung zum gelegentlichen Selbstvorwurf ist der geduldige Leser ja nun schon zur Genüge unterrichtet worden, aber ich sauge mir derartige Tragödien schließlich nicht aus den Fingern, habe für meine jungen Jahre doch schon eine ganze Reihe tiefer Leidenschaften erlebt, mich aufgeführt wie ein emotionaler Berserker, in seelischen Untiefen gewühlt und so manches verbitterte junge Mädchen links und rechts meiner instabilen Wegstrecke nach wahrer Liebe hungernd zurückgelassen. Mich selbst beschwichtigend, ein Ende mit Schrecken sei uns nach allem nun wirklich vergönnt.

Was soll ich machen, ich bin nun mal von ungeheuer draufgängerischem Naturell, verliebe mich innerhalb von Sekunden, und nach einigen mehrstöckigen Schnäpsen kann es durchaus vorkommen, daß ich riskiere, mich ansprechen zu lassen.

Und mit Eva, wie gesagt, hatte das alles einmal angefangen. Sie war damals gerade fünfzehn Jahre alt, ein knappes Jahr jünger als ich, und verfügte doch schon über genau das Quentchen Erfahrung, das mir noch so dringend fehlte. Wir hatten uns in der Geisterbahn einer Dorfkirmes kennengelernt, und noch in der gleichen

Nacht wurde ein hypernervöser Debütant in die allerwichtigsten Geheimnisse liebevoller körperlicher Kommunikation eingeweiht. Anschließend hatten wir uns für einige Monate gefühlt wie das glücklichste Paar der Welt. Erst mal auf den Geschmack gekommen, hatten wir uns geliebt, wo immer sich eine Gelegenheit bot. Auf Heuböden und unter Brücken, in kratzigen Hecken und auf dem steinharten Beton leerstehender Neubauten. Weiche Betten standen uns nur selten zur Verfügung, seitdem mich Evas Vater mit der Mistgabel stochernd vom elterlichen Hof gejagt, und meine Mutter ihre absurden Besitzansprüche mit Hilfe ihres lechzenden Bluthundes untermauert hatte.

Die unvermeidlichen Pausen überbrückten wir, indem wir händchenhaltend in Gänseblümchenfeldern herumlungerten und albernes romantisches Zeug faselten, von Romeo und Julia und wie sie alle heißen mochten, und daß unsere Liebe die Welt verändern würde.

Denn die reagierte eher böse auf unser junges Glück. In der Schule ließen wir uns kaum noch sehen, und Eva, die sich ganz nebenbei zu einer leidlich begabten Ladendiebin entwickelt hatte und mich regelmäßig mit Kisten voller Obst, schillernden Unterhosen und silbernen Nasenringen bombardierte, war irgendwann in eine Pechsträhne geraten und hatte gleich zwei Gerichtstermine auf einmal am Hals gehabt.

Ich will mich jetzt hier nicht als verklemmter Spießer outen und die Kleine im nachhinein eine Nymphomanin schimpfen, aber irgendwie schien ihr das alles nicht zu genügen. Jedenfalls mehrten sich irgendwann die Anzeichen, daß sie mir eventuell und unter Umständen nicht ganz treu sein könnte. Ich fiel aus allen Wolken, war verletzt wie nie zuvor, machte ihr Vorhaltungen, zermürbte sie von nun an mit allen nur erdenklichen Verdächtigungen, besorgte ihr psychoanalytische Lehrbücher, versuchte sie zu trösten, womöglich hatte ich mich geirrt, aber es war zu spät. Ihr bis dahin immer fröhliches lebensbejahendes Wesen war bald einer kratzbürstigen bleichen Depression gewichen, mit stetig wachsendem Konsum verwüstender Drogen, ich selber drohte restlos zu verknöchern, unsere rasende Zuneigung war schlicht und einfach zur klassischen Haßliebe verkommen. Zwei blutjunge Menschen, die sich nicht mehr verstanden, aber auch nicht voneinander lassen konnten.

So kam es nun immer öfter zu brachialen Auseinandersetzungen, die stundenlang andauerten, bis wir uns schließlich weinend in den Armen lagen und geschwind entkleideten. Ein schales Gefühl aber blieb.

Der traurige Höhepunkt war erreicht, als Eva sich eines Tages in einem unbeobachteten Moment eine Großpackung Valium reinhaute und erst im letzten Augenblick von einer Freundin entdeckt und gerettet wurde. Ich begriff, welch Zwang zur Verantwortlichkeit in dieser Beziehung lauerte, kratzte angstvoll die Kurve und stürzte mich kurzzeitig in die wollüstig ausgebreiteten Arme einer reiferen Dame.

Jahre später sind wir uns noch ein einziges Mal über den Weg gelaufen. Eva war inzwischen verheiratet, hatte einen kleinen Sohn und einen dummdreisten Segellehrer zum Mann, der sich in ihrer Gegenwart vor gemeinsamen Freunden mit seinen zahlreichen Liebschaften brüstete. Sie erzählte mir stolz und mit flackerndem Blick, daß sie nun bald endgültig runter sei vom Heroin, und überhaupt, mit uns damals, das sei doch wirklich die ganz große Liebe gewesen.

Eine gewagte Vollbremsung unterbrach meine fadenscheinigen Nachbetrachtungen. Ohne das schwere Gepäck auf dem Schoß wäre ich mit Sicherheit zwischen den beiden Damen auf der Gangschaltung gelandet. Wir hatten den portugiesischen Grenzübergang erreicht. Direkt vor uns fertigte ein freundlich lächelnder Beamter einen zur Gartenlaube umgebauten italienischen Leichenwagen ab, die Katze putzte sich den dicken Hals, und die Mädchen betrachteten kichernd ihre verjährten Paßfotos.

Und mir brach mal wieder der Schweiß aus. Anstatt mir einen vernünftigen Plan zurechtzulegen und mich endlich als trickreichen Schmuggler zu beweisen, hatte ich mich die halbe Reise mit den Rechtfertigungsversuchen dezenter Jugendsünden herumgeplagt.

Ich verschränkte die Arme über meiner Reisetasche und ließ sie langsam und Stück für Stück zwischen meinen Beinen nach unten gleiten, bis ich hoffen konnte, daß sie für Außenstehende nicht mehr zu sehen war. Die Katze miaute neugierig, und ehrlich gesagt hätte ich ihr in diesem Moment für einen Büchsenaufkleber mit ihrem Lieblingssteak zur Not wohl auch einen kleinen schmackhaften Ringfinger spendiert.

Ich nahm die Dose aus der Tasche und schob sie listig unter den Fahrersitz. Als ich den Kopf wieder hob, staunte ich direkt ins Gesicht des Grenzbeamten, der mit gerecktem Hals von oben durchs geöffnete Verdeck auf uns heruntersah. Wenn er mich ertappt hatte, saß ich mal wieder in der Falle, aber zumindest ließ er sich nichts dergleichen anmerken, als er mit gleichbleibend freundlicher Miene meine blöden Ersatzpapiere studierte. Dann bat er um einen Moment Geduld, verschwand in dem kleinen Kabuff zu seiner Linken, kam wieder heraus und forderte uns auf, rechts ranzufahren und auszusteigen.

Ich stammelte ein unbeholfenes Stoßgebet, versuchte den grauenvollen Gedanken an die kleine feuchte Einzelzelle zu verdrängen, die irgendwo im portugiesischen Hochland auf mich wartete, und suchte den Horizont nach möglichen Fluchtwegen ab. Aber die schwitzende Bagage genervter Sonnenanbeter, die sich hier in grellbunten Horden schimpfend und meckernd durchs Nadelöhr der Grenzlücke quälte, würde zweifellos nicht erst den Aufruf kriminalistischer Fernsehsendungen abwarten, um mir johlend hinterherzujagen, meinen tropfenden Skalp als ein erstes Urlaubssouvenir triumphierend zu schwenken, in der Hoffnung, mit dem möglichen Kopfgeld ihre Reisekasse aufzupolieren.

Inzwischen war ein zweiter Beamter hinzugekommen,

kletterte in den Wagen und stöberte eifrig in unseren Privatangelegenheiten. Als er allzu genießerisch in der Garderobe der Mädels zu schnüffeln begann, stellte sich die Katze böse fauchend auf die Hinterbeine, entblößte eine blendende Reihe hübscher kleiner Haifischzähne und holte zum Schlag aus. Der verschreckte junge Mann verzichtete daraufhin auf die Inspektion des Fußbodens und kroch mit hochrotem Kopf im Rückwärtsgang aus dem Wagen. Wir bekamen unsere Papiere zurück, mein Herz war um einige Steine leichter, und unsere reizende Chauffeurin warf den Motor wieder an. Sie wollte eben durchstarten, zögerte dann aber und beugte sich nach unten übers Gaspedal, leise einen unverständlichen frankophilen Kommentar murmelnd. Dann ging die fremdartige Lautmalerei in ein erfrischendes Gelächter über, und die Wahnsinnige reichte mir hemmungslos und mit unbestreitbarer Grazie meine verbeulte Konserve über die Schulter. Ich nahm sie entgegen, was blieb mir auch anderes übrig, schenkte dem verschämten Zollfahnder ein letztes verkrampftes Lächeln, und weiter ging die Reise.

Um ein Eigenlob kam ich diesmal gar nicht herum. Kaltblütig bis in die Fußspitzen hatte ich gut dreihundert Gramm Haschisch ins Land geschmuggelt, war weder in Panik verfallen noch hatte ich voreilig um Vergebung gefleht. Hätte man die Dose im Auto der Mädchen gefunden, hätte ich selbstverständlich alle Schuld auf mich genommen. Ehrensache, gar keine Frage.

Und nun würde ich in wenigen Tagen reich sein wie noch nie in meinem Leben, würde Karen Komfort und Reisen bieten können, nach Paris oder London oder vielleicht sogar New York.

Sicher, mit den Millionen des Krückenmagnaten würde ich vorläufig noch nicht ganz mithalten können, aber das war auch gut so, denn schließlich wollte ich sicher sein dürfen, daß es sich um wahre Liebe handelte, die sie bald in meine Arme zurückgetrieben haben würde.

Ich strotzte vor Zuversicht, wollte derart heiter gestimmt ein klein wenig angeben und mich gerade nach einem Büchsenöffner erkundigen, kam dann aber doch noch rechtzeitig zur Besinnung. Zu gerne hätte ich in aller Gelassenheit über die bewundernden Blicke der charmanten Freundinnen hinweggesehen, aber vielleicht würde es auch ganz anders kommen und ihnen gar nicht so gut gefallen, welch dickes Ei ich ihnen da unter den Sessel geschoben hatte. Wir fuhren in die richtige Richtung, und ich wollte schließlich noch eine Weile an Bord bleiben und die angenehme sympathische Gesellschaft genießen.

Eine gute Stunde später war unsere gemeinsame Reise dann leider zu Ende. Wir hatten Faro erreicht, die Mädchen würden nun ins Landesinnere abbiegen, und ich selber wollte geradeaus nach Lagos. Wir verabschiedeten uns herzlich, ich hockte mich wieder an die Straße und mußte diesmal gar nicht lange warten, bis mich ein freundlicher LKW-Fahrer auflas und mir einen gemütlichen Platz zwischen einer Herde freudig blökender Schafe anbot, die sich auf der Ladefläche tummelte. Die Fahrerkabine hielt seine sechsköpfige Familie besetzt, die zur Begrüßung allerdings erst mal komplett aus dem Auto stürmte und mir jede Menge frisches Obst und sogar ein plattgesessenes Sandwich heraufreichte. Mir wurde warm ums Herz, und noch während ich kaute, beschloß ich, mir so bald wie möglich ein neues Notizbuch zuzulegen, um einen melancholischen Fado zu zimmern, der meine soeben erwachte Liebe zu Portugal inbrünstig zelebrieren würde.

Wir rauschten behende durch die einsetzende Dämmerung, vorbei an armseligen Wellblechhütten, Tankstellen und Souvenirläden, wurden immer mal wieder von heißgemachten Mofas überholt, die ohne Licht und ohne Auspuff durch die rot schimmernde Landschaft knatterten, über uns kreisten vereinzelte Flugzeuge, und ab und zu rieb ein zärtliches Schaf seine Stirn an meiner Schulter.

Ich fühlte mich frei und glücklich wie lange nicht

mehr. Ein kühler Wind zerzauste meine Haare, ich sog begierig die salzige Seeluft in mich auf, stieß einen begeisterten Freudenschrei aus, und die Schafe stimmten heiser mit ein.

Als die Sonne hinter den Bergen verschwand und die Dunkelheit hereinbrach, bettete ich meinen Kopf in ein weiches Fell, hielt die niedliche kleine Pfote eines schwarzen Lämmchens in der Hand und döste zufrieden vor mich hin.

Endlich in Lagos angekommen, kletterte ich vom Laster, wurde überschwenglich verabschiedet und fand mich inmitten einer weißgekleideten Menge irritiert in die Gegend glotzender Touristen wieder, die die Uferstraße entlang promenierten und ihre entblößten Weichteile zur Schau trugen.

Ich verzichtete auf größere Provokationen, war doch erfüllt von seltenem Frieden, und marschierte die fünfzig Meter bis zum Wasser. Dort suchte ich Schutz vor einer möglichen Flutwelle, kuschelte mich in ein im Sande liegendes Fischerboot und zählte die Bären am Himmel, während ein dumpfer deutscher Karnevalsschlager dröhnend zu mir herüberwehte.

Am nächsten Morgen wurde ich in aller Frühe von einem geduldigen Fischer geweckt, der mich in vollendeter Höflichkeit um sein Arbeitsgerät bat. Ich räumte den Kahn, bedankte mich artig für die Schlafgelegenheit und half ihm, das Boot zu Wasser zu lassen. Nachdem ich ihm eine verträumte Weile nachgeschaut, die am wolkenlosen Himmel frohlockenden Möwen und einen so früh schon sportlich planschenden kleinen Jungen beobachtet hatte, hockte ich mich in den Sand und schaute mich um.

Ohne die sogenannten Feriengäste, die zu dieser Stunde noch nicht auf den speckigen Beinen waren, bot das Städtchen einen durchaus idyllischen Anblick. Erste Cafés öffneten ihre Türen, Jalousien wurden heraufgezogen und Stühle herausgestellt, lederhäutige Männer standen in Grüppchen beisammen, diskutierten ihre

Träume oder auch einfach nur das anstehende Tagewerk, begrüßten eintreffende Lieferwagen mit ausgiebigem Hallo, tranken Kaffee aus winzigen Tassen und rauchten die ersten Morgenzigaretten.

Im Rücken der Promenade erhob sich ein kleiner Berg, dicht besiedelt mit weißgekalkten Häusern, zwischen denen sich enge kurvige Gassen hinaufschlängelten bis zu einer hübschen mittelalterlichen Kirche.

Der Ort erinnerte mich vage an ein Städtchen auf Elba, wo ich meine Eltern das erste und letzte Mal hatte knutschen sehen, nachdem sie von der aufgeregten Oma per Telefon darüber informiert worden waren, daß ich den Eignungstest für die Grundschule bestanden hatte.

Um richtig munter zu werden und mir gleichzeitig den Odem von Schafscheiße und Fisch abzuspülen, ging ich eine Runde schwimmen. Die sanften Wellen streichelten meine steifen Gelenke, ich legte mich auf den Rücken, versenkte Ohren, Arme und Beine im Meer und betrachtete, endlich mal völlig frei von Gedanken, den strahlend blauen Himmel, als mich eins dieser stinkenden raumschiff-enterprise-mäßigen Luftkissenboote aus der Meditation riß. Mit unvermeidlichem Getute kam es hinter der Mole hervorgeschossen und flog auf die Anlegestelle zu, wo es nun garantiert gleich den nächsten Stoßtrupp weltfremder Pauschalreisender ausspucken würde.

Ich kraulte in Rekordzeit an den Strand zurück, wollte mich so schnell wie möglich und ganz unauffällig unter die Einheimischen mischen, bevor mich irgendein schwäbischer Staubsaugervertreter entdecken und kumpelhaft in die Arme schließen konnte.

Mein erster Gang führte mich in eine Wechselstube, ich betrachtete mit betretenem Gesicht die erhaltenen Münzen, aber in der düsteren Bar, in die ich gleich anschließend flüchtete, stellte ich erleichtert fest, daß ich wohl noch ein oder zwei Tage würde durchhalten können. Trotzdem, es wurde Zeit, daß ich Oskar fand. Während ich einen Kaffee und ein leckeres Marzipanhörnchen verdrückte, suchte ich in meiner Tasche nach seiner Ansichtskarte, fand sie schließlich und las, daß er fast täglich im Café Fresco vorbeischaue, dort bei jedermann bekannt sei, und wir uns auf keinen Fall verfehlen würden. Nur daß der Schrieb inzwischen fünf Monate alt war …

Ich erkundigte mich nach dem Weg, stiefelte durch anwachsendes Gedränge den halben Berg hinauf, dann noch mal rechts ab, und schon entdeckte ich einen mit fröhlich flatternden rot-gelb-grünen Fähnchen geschmückten Eingang. Ich linste hinein, und richtig, das mußte es sein, das sah ich sofort, hier war man unter sich. Hier blies der Reggae zum Sturm auf die beschauliche morgendliche Ruhe der Anwohner, halbnackte Schwedinnen pfiffen auf die zurückgebliebenen örtlichen Vorstellungen von Sitte und Anstand und ließen verschämt vorübereilende portugiesische Hausfrauen mit hochroten Köpfen das Weite suchen oder brachten die feixenden Söhne vom Schulweg ab. Kaum hatte ich einen Fuß in den Laden gesetzt, zischelten zwei ausgemergelte Holländer munter auf mich ein und bedrängten mich mit angeblich hochwertiger pakistanischer Rauchware, deren Geruch und Konsistenz mich eher an Bruchstücke erhitzter Autoreifen erinnerte. Ich mimte den Weisen, der derlei Kinderkram längst hinter sich hat, bejubelte innerlich die nahende Pleite der unlauteren Konkurrenz und wartete darauf, bedient zu werden, um mich bei der Gelegenheit nach Oskar zu erkundigen.

Ein betagter Engländer mit silberner Mähne, in einem weiten bunten Gewand und über und über mit meterlangen Ketten aus Muscheln, Hasenkrallen und ähnlichen Klunkern behangen, schlurfte barfüßig herbei, wischte sich gähnend eine Spur weißer Krümel aus dem Bart und nahm meine Bestellung entgegen.

»Oskar? Aber sicher, klar kenne ich Oskar. Jeder kennt jeden hier. Wir sind eine große Familie.«

»Wo könnte ich ihn denn finden?«

»Vielleicht kommt er vorbei, vielleicht auch nicht. Immer cool, Mann, cool. Genieß dein Leben, es wird ein schöner Tag.«

Während er in die Küche zurückschlich, um mir meinen Kaffee aufzubrühen, dachte ich krampfhaft darüber nach, wie ich der drohenden Adoption entgehen konnte. Der Schuppen war einfach nicht meine Welt. In wenigen Wochen würden die meisten dieser ach-so-herrlich-ausgeflippten Feierabend-Outlaws wieder in Immobilienbüros, an Bankschaltern oder auf Fortbildungsseminaren herrschsüchtiger leitender Angestellter vor sich hin schimmeln, die Blusen hochgeschlossen, von Krawatten stranguliert, verächtlichen Blickes für jedwede ärmliche Randfigur, ganz so, wie Obrigkeit und Kontostand verlangen.

Der britische Oberguru reichte mir eben mein Täßchen, als mein Blick auf eine vertraute Gestalt fiel, die sich am Eingang eins der Fähnchen aus dem Gesicht wischte. Im nächsten Moment stand ein grinsender Oskar im Lokal, winkte gekonnt in die Runde, und schon schlossen wir uns verlegen in die Arme.

Ich kannte Oskar seit vielen Jahren. Schon im Kindergarten hatte er mir ein blaues Auge geschlagen, weil ich mich geweigert hatte, meinen Schokoladenpudding an ihn abzutreten. Er hatte lebendige Frösche auf Zäunen aufgespießt, schwangere Schwäne mit Knüppeln beworfen und alte Omas auf dunklen Waldwegen erschreckt. In seiner späteren Karriere als Kleinstadtdealer war er mehrmals vor den Staatsanwalt zitiert worden, hatte sich unendlich kooperativ gezeigt und jede Menge hessischer Drogenfreunde angeschwärzt, woraufhin die gegen ihn anhängigen Ermittlungsverfahren allesamt wegen Geringfügigkeit eingestellt worden waren.

Vor etwa einem Jahr dann hatte er sich auf einer kleinen roten Vespa, in einen zerschlissenen Ledermantel der Wehrmacht gehüllt und mit einer uralten Fliegerbrille auf der Nase, auf eine, wie er es nannte, große Weltreise begeben. Einen ersten Brief hatte er mir aus Neapel geschickt, wo er ein siebzehnjähriges Mädchen verführt und, wie er schrieb, aus Versehen entjungfert hatte. Am nächsten Morgen hatte die versammelte Familie an der Zimmertür zur Verlobung gratuliert. Oskar hatte nicht gezögert und war durchs Badezimmerfenster getürmt, nicht ohne die Ersparnisse der armen entweihten Maria mitgehen zu lassen, war auf seinem niedlichen Roller durch die Gassen Neapels gerast, den wutschnaubenden messerwetzenden Clan zu elft in einem Fiat immer dicht auf seinen Fersen. Er hatte eine Einbahnstraße von hinten genommen, war knapp um einen entgegenkommenden Kleinbus herumgeschlingert, und hinter ihm hatte es gekracht. Mit den Geräuschen zerberstender Karosserien in den Ohren war er kichernd und schenkelklopfend entkommen.

Ich hatte ein durchaus gespaltenes Verhältnis zu Oskar. Einerseits stand er den Verlockungen eines faden vorgezeichneten Lebens ähnlich gelassen gegenüber wie ich selbst, seine Gesellschaft war immer für ein Abenteuer gut, er liebte die Unabhängigkeit und genoß jede Minute, die ihm gegönnt war, sein Spaß am unermüdlichen Vorwärtsdrang war von hochgradig ansteckender Qualität. Andererseits wollte ich um keinen Preis mit ihm verdurstend in der Wüste unterwegs sein. Sollte zufällig ein Motorrad vorbeikommen und einen freien Sozius anbieten, würde er ohne jedes Zögern aufspringen und ohne Blick zurück davonbrausen, da hatte ich nicht den geringsten Zweifel.

Ein kräftig gebauter, tief gebräunter Bursche, wie er mir hier nun gegenübersaß, mit lockigem blonden Wuschelkopf und diesen ewig unruhig wandernden Augen, in denen ich neben dem üblichen Dollarzeichen und einem tief und für immer eingestanzten großen Ich nur ganz selten so etwas wie eine merkwürdig fragende Unsicherheit hatte entdecken können.

Aber ich wollte seine Hilfe. Und brauchte ganz nebenbei auch mal jemanden, bei dem ich mich ausquatschen konnte. Meine jüngere Geschichte hing mir noch immer wie ein Sack Blei auf den Schultern, und ein Kerl von seinem skrupellosen Format taugte sicher nicht schlecht dazu, mir den bitteren Geschmack meiner verbliebenen Gewissensbisse auszutreiben.

Zunächst aber redete er. Erzählte mir stolz, wie seine große Reise weitergegangen war, wie er von Neapel nach Palermo gefahren war, seinen Roller gegen ein Schiffsticket nach Algier eingetauscht, sich nach Marokko durchgeschlagen und dort in Tetuán schließlich sein Knowhow mit den finanziellen Möglichkeiten eines ehemaligen Baseball-Profis aus Sacramento zusammengeworfen hatte. Mit einer zweisitzigen Propellermaschine hatten sie den Stoff gleich zentnerweise bei Nacht und Nebel über die spanische Grenze geflogen. Zweimal war alles gutgegangen, sie hatten prächtig verdient, den Hals nicht vollgekriegt und der Maschine beim nächsten Mal zuviel von dem heißen Ballast zugemutet. So endete der dritte Nachtflug an einer Steilwand der Sierra Nevada, Oskar hatte sich wie durch ein Wunder unverletzt in den Armen einer Blautanne wiedergefunden, während unter ihm der Flieger samt Ladung und Sportrentner explodierte.

Ansonsten hatte er die eine oder andere arabische Prinzessin beglückt, im Alleingang einen Tunnel in die Bank von Barcelona gegraben und die Spieltische der Costa del Sol abgeräumt.

Vielleicht übertrieb er hier und da ein wenig, aber so kannte ich ihn, und gegen eine kleine unterhaltsame Rolle Seemannsgarn habe ich normalerweise nicht viel einzuwenden. Vielleicht aber hatte ich ihm auch seit einer Weile nicht mehr richtig zugehört, war doch eine schwabbelige rothaarige Tragödie, im Bikini einer Magersüchtigen steckend, die Hände stützend unter ihren hängenden Brüsten, den überdimensionierten Hintern rhythmisch schwenkend, hinter seinem Rücken dazu übergegangen, mir aus ihren glühenden Vogeläuglein lüsterne Blicke zuzuschleudern, während sie sich mit ihrer riesigen Zunge auffordernd über die Oberlippe fuhr.

Als Oskar aber schließlich mit melancholisch in die Ferne gerichtetem Blick davon sprach, er sei auf der Suche nach sich selbst, war ich wieder ganz Ohr und mir fiel nun endgültig der Kaffeelöffel aus der Hand. Eine schüchterne Erwiderung lag mir durchaus auf den Lippen, irgendwas Angelesenes in der Art von Lao-tse, von wegen der heilige Mensch treibt hinaus sein Selbst und sein Selbst tritt ein, aber da war Oskar schon aufgesprungen, verkündete, es sei Zeit zum Aufbruch, und spazierte zur Tür hinaus. So hatte ich es nun auch wieder nicht gemeint, aber nun blieb mir nichts anderes übrig, als unsere gemeinsame Rechnung zu bezahlen, erhielt zum Dank einen altenglischen Segen, wand mich vorbei an züngelnden Federboas und folgte ihm.

Sein aktuelles Domizil lag etwa zwanzig Kilometer außerhalb beziehungsweise im Landesinneren. Wir nahmen den Bus und erreichten nach einem anschließenden halbstündigen Fußmarsch einen großen Garten, der zu einem einsam daliegenden heruntergekommenen Landhaus gehörte. Zwischen unzähligen Obstbäumen, deren Äste sich unter der Last reifer Feigen, Orangen und weiterer mir unbekannter exotischer Früchte krümmten, stand ein komfortabel aussehender Mercedes-Bus. Nur daß ihm Räder und Nummernschilder fehlten. Oskar fuhr mit weltmännischer Geste über meinen fragenden Blick hinweg, murmelte irgendwas von einem Versicherungsdeal, und daß ihm der Wagen für eine Weile als Unterkunft zur Verfügung stünde. Er warf mein Gepäck hinein und führte mich ins Haus, um mich mit den Bewohnern bekanntzumachen.

Wir betraten ein geräumiges fensterloses Zimmer, das offenbar eine Art Wohnküche darstellte. An einem klebrigen eisernen Herd stand ein graublondes Weiblein, vielleicht fünfzig, vielleicht auch hundert Jahre alt, und rührte mit ihren kurzen stämmigen Ärmchen energisch in einem großen Kochtopf. Sie trug ein zerschlissenes, vor Urzeiten wohl einmal farbiges Kleid, hatte sich ein Tau um den mächtigen Bauch geschlungen, die geschwollenen Füße steckten in breitgetretenen Jesuslatschen. Ihre verschmitzten Augen musterten mich freundlich, als sie mir zur Begrüßung einen runzligen Ellenbogen entgegenstreckte.

Auf einer grobgezimmerten Holzbank hockte ein etwa gleichaltriger bärtiger Mann. Er steckte in einem Fischerhemd und einer ausgeleierten Badehose, aus seinem Mund ragte eine vergilbte Meerschaumpfeife. Wenn er nach ihr griff, schrumpften die Adern seiner Hand, die auf dem Tisch ruhend kuwaitischen Pipelines ähnelten, in Sekundenschnelle auf Normalmaß zurück. Er beließ es bei einem Brummen und widmete sich dann wieder ganz den astrologischen Studien, die auf einem großen massiven Tisch vor ihm ausgebreitet lagen.

Auf dem kahlen Steinboden wälzte sich ein etwa zehnjähriger Junge, nur mit einer Turnhose bekleidet und im zärtlichen Ringkampf mit einem sabbernden Bernhardiner vereint.

In den Ecken und Ritzen des Zimmers glitzerten zahlreiche, vom durch die Tür hereindringenden Sonnenstrahl beschienene Spinnweben.

»Pierre war Mode-Designer, und Johanna hat irgendein feministisches Kampfblatt in Norddeutschland geleitet. Vor ein paar Jahren haben sie alles hingeworfen, den kleinen Marko adoptiert und dieses Haus gekauft«, erzählte Oskar, während wir durch einen langen Flur in die Tiefe des Hauses spazierten, aus der uns fanatisch klappernde Geräusche entgegenschlugen. Wir kamen an mehreren halb offenstehenden Türen vorbei, hinter denen zwangloses Jauchzen und Stöhnen gegen den wachsenden Lärm ankämpfte. Über uns gurrte eine Taube, ich schaute hinauf und sah, wie sich durch strohige Löcher im Dach der grauweiße Mist wie Lava türmte und die Wände herunterkroch.

Der Flur endete schließlich in einem völlig vernebelten Zimmer, in dem vier oder fünf bleichgesichtige junge Burschen, die Haare grün und rosa gefärbt und zu gefährlich spitzen Spiralen nach oben gezwirbelt, auf kleinen zerlöcherten Akustikgitarren schrammelnd eine Art rasenden Pogo intonierten. Ein kahlgeschorenes Mädchen im knallengen Lederimitat drosch mit einem Hammer rhythmisch auf einen umgekehrten Waschzuber ein und spuckte von Zeit zu Zeit einen Nagel oder eine Rasierklinge aus dem Fenster.

In einer Ecke hockte ein zahnlos grinsender Rastafari und stopfte eine Familienpackung Marihuana in einen ausgehöhlten Baumstamm. Ein Mädchen mit schulterlangem henna-roten Haar, im grünen Dirndlkleid und schnurlosen Turnschuhen, rutschte rücklings eine Wand hinunter und steuerte mit piepsender Stimme, die Pupillen bis in die Augenwinkel verdreht, die Arme mit gespreizten Fingern über dem Köpfchen kreisend, ominöse asiatische Klangcollagen bei. Zu ihren Füßen dösten mehrere verstrubbelte Hunde, während eine kleine weiße Ratte im Handstand trippelnd das Zimmer durchquerte.

Oh ja, die hier waren echt, die waren wild, die mochte ich sofort. Ich fing an, mich heimisch zu fühlen und grüßte mit einem freundlichen Kopfnicken. Niemand reagierte, aber dann wurde meine steife Höflichkeit auch schon von einem schrillen Pfiff aus der Küche unterbrochen. Sofort schleuderte jedermann sein Handwerkszeug von sich, und die ganze Bande stürmte an uns vorbei und den Flur hinunter, strahlende verschwitzte Gestalten traten aus den seitlichen Zimmern und schlossen sich an, und schon saß ein aufgeregt palaverndes buntes Völkchen um den großen Tisch, auf dem Johanna inzwischen die tropfenden Spaghetti verteilte. Die Stühle waren schnell besetzt, und so hockte ich mich mit Oskar und den dampfenden Tellern auf die Stufen der Eingangstür.

»Keine Bange, die sind alle schwer in Ordnung hier«, nuschelte Oskar mit vollem Mund, während das fröhliche Stimmengewirr englischer, deutscher, finnischer und französischer Sprachfetzen zu uns herüberdrang.

»Manche sind schon seit Monaten hier, andere kommen und gehen. Jedenfalls ist immer mächtig was los. Und draußen im Bus haben wir eh unsere Ruhe.«

Ich nickte begeistert und sammelte einige Nudeln aus meinem T-Shirt.

»Aber fürs Essen muß natürlich bezahlt werden. Wir

legen hier alle zusammen, und Johanna organisiert das Futter, okay?«

Ich schluckte, dachte an meine Dose und nickte wieder. In einer ruhigen Minute würde ich ihm die Lage erklären, und mit seiner Unterstützung wären die öden Geldprobleme schnell beseitigt. Dann würde ich mich hier ein paar Tage erholen und mich anschließend auf die Suche nach Karen begeben. Die hockte inzwischen wahrscheinlich wie die Loreley auf irgendeinem spitzen Felsen und weinte bittere Tränen ins Meer, weil ihr der blonde Schlappschwanz längst über war, und sie nun fürchten mußte, unsere einzigartige Liebe für immer ruiniert zu haben.

Nach dem Essen stoben Punker, Blumenkinder, Rastas und Astrologen in alle Himmelsrichtungen davon, ich half Johanna beim Abwasch, und Oskar haute sich in die Sonne und rieb sich zufrieden grunzend den Bauch.

Den Nachmittag verbrachten wir im Garten, endlich hatte ich die Gelegenheit, vom Knast, von Frankies Tod und dem Seitensprung meiner verwirrten Freundin zu erzählen, und Oskar stellte sein selbstloses Mitgefühl unter Beweis, indem er mir ab und zu gähnend auf die Schulter klopfte und tröstende Bemerkungen wie »Stell dich doch nicht so an, das Leben geht weiter ...« vom Stapel ließ.

Am Abend hockten wir in seinem Wohnmobil, er präsentierte mir stolz ein zweites ausklappbares Bett direkt unterm Dach, und ich holte die Konservendose aus der Tasche. Oskar war hellauf begeistert, knackte die Dose, und zwei Stunden später starrte ich todtraurig auf meine Schmuggelware, die inzwischen um einen babyfaustgroßen Brocken kleiner geworden war. Aber Oskar rollte und rauchte und rollte und rauchte und redete ununterbrochen von seinen fabelhaften Verbindungen zur portugiesischen Drogenmafia. Alles prima Leute, und soo nett, und vor allem total korrekt. Und dann forderte er mit breitem Grinsen fünfzig Prozent vom Gewinn.

»Du bist ja wohl nicht ganz dicht!« fauchte ich ihn an,

griff nach dem, was vom Stoff noch übrig war, stopfte ihn in die Tasche zurück, packte meinen Kram und ging.

Ich hatte noch keine fünf Meter zurückgelegt, als Oskar schon drängelnd an meiner Seite klebte.

»Okay, okay, sagen wir vierzig. Ich will ja nicht so sein. Aber schließlich verlange ich keine Miete von dir, und denk doch mal, das Risiko, das ich auf mich nehme …«

Ich schwieg und marschierte weiter. Oskar war scharf auf das Zeug, und was das Feilschen betraf, da hatte ich oben in Ketama mein Lehrgeld bezahlt. Oskar zerrte an meinem Arm.

»Also gut, weil du's bist. Um unserer alten Freundschaft willen. Dreißig Prozent. Aber das ist wirklich mein letztes Angebot!«

Stur stapfte ich weiter durchs weiche Gras, schwarze Vögelchen trällerten aus gelben Schnäbeln das Lied vom Stolz und der unnachgiebigen männlichen Härte, da fiel mir auf, daß Oskar meinen Arm losgelassen hatte und zurückgeblieben war. Ich versuchte mich an Abduls herablassende Miene zu erinnern, setzte sie mir auf und drehte mich um: »Das letzte Angebot mache ich. Zwanzig Prozent.«

Wir einigten uns schließlich auf fünfundzwanzig, kehrten in den Wagen zurück und kletterten in die Kojen. Noch im Halbschlaf konnte ich Oskar unter mir unablässig böse grummeln hören: »Mensch, daß du dich mal so verändern würdest, richtig geldgeil bist du geworden, ich weiß gar nicht, was ich davon halten soll …«

Die nächsten fünf Tage lag ich zumeist nackt auf dem Rücken im Garten. Ich hatte Oskar einen weiteren kleinen Brösel als Probe mitgegeben, im Gegenzug hatte er mir ein paar Escudos als Vorschuß ausbezahlt und sich mit dem Köder auf den Weg gemacht. Irgendwo im Haus hatte ich ein dickes zerfleddertes Buch gefunden, las nun amüsiert die reizenden Versuche der Beauvoir, die Mandarine von Paris zu imitieren, bestaunte die maßlose Unterwürfigkeit dieser angeblichen Feministin und philosophierte über die Gretchenfrage, ob wohl das Einteilen des Lebens oder eher das Austeilen im Leben die Zeit sinnvoll verlängern möge. Hin und wieder plumpste eine reife Orange ins Gras, und dann stattete mir der liebe Marko von Zeit zu Zeit einen Besuch ab, um Zigaretten zu kurbeln und begeistert von Raumschiffen und dem Leben auf einem anderen Planeten zu berichten. Sein Bernhardiner war stets mit dabei und fand eine Menge Spaß daran, mir mit seinem kratzigen Lappen von einer Hundezunge das Gesicht abzuschlecken.

Auch Rastaman George gesellte sich gelegentlich zu mir. Ein schlaksiger Molukke, dessen Beweglichkeit ich schon seit geraumer Zeit bewunderte, wie er trotz eindeutig steifen linken Beins, seinen Baumstamm immer unterm Arm, flink durch Feld und Wiesen streifte. Er setzte sich neben mich, füllte und entzündete den Schornstein und erzählte mir, welch großer Herzensbrecher er sei, und daß er sich dem Ansturm der Frauen normalerweise kaum erwehren könne. Nur ein einziges Mal habe er sich verkalkuliert. Er hatte schlechtes Dope geraucht, eine Flasche Whiskey getrunken, und wollte im vollbreiten Zustand einer stolzen Schönheit ungefragt um den Hals fallen, als die Dame erschreckt zurückgewichen war. Nur daß sich George da bereits im Anflug befunden hatte. Er war der Länge nach auf den Amsterdamer Asphalt geknallt und hatte sich bei der Gelegenheit die Kniescheibe ruiniert.

Am zweiten Tag, gleich nach dem Mittagessen, kam Mütterchen Johanna zu mir heraus, ließ sich im Schneidersitz hinter mir nieder, legte meinen Kopf in ihren Schoß und massierte mir zärtlich die Schädeldecke. Ich fühlte mich unendlich wohl, glaubte einzuschlafen und stellte zu meiner Verwirrung urplötzlich fest, daß ich eine stattliche Erektion bekam. Ich spürte, wie mir die Sonnenbräune aus dem Gesicht wich, wollte mich schleunigst auf den Bauch drehen, aber Johanna gab mir kichernd einen Kuß auf die Stirn und schlurfte ins Haus zurück. Kurz darauf war sie wieder da, warf mir ein Spültuch über die Peinlichkeit und erzählte mir, wieviel Mühe es sie gekostet habe, ihrer norddeutschen Nachbarin den kleinen Marko abzuschwätzen. Einer schwindsüchtigen Frau mit einem ausgeprägten Hang zum Trinken und der Neigung, spätestens nach der dritten Flasche Bier ihren Kopf gegen die Wand zu schlagen oder sich mit dem Kartoffelschäler Arme und Beine aufzuritzen. Die ewigen Blutspritzer hatten Marko zum lebensmüden Stotterer gemacht, und es waren viel Zeit, liebevolle Zuwendung und der große weiche Hund vonnöten gewesen, um ihn seelisch und körperlich wieder aufzupäppeln und die verweinten Fragen nach seinem leiblichen Vater seltener werden zu lassen.

Zwei dicke Tränen tropften auf Johannas runde rosige Wangen, als sie schließlich am Ende ihrer traurigen Geschichte angekommen war. Ich rubbelte ihr mitfühlend die fleischigen Hände, bemühte mich nicht loszuschluchzen und gestand ihr statt dessen, daß auch ich den gebeutelten Knaben vom ersten Moment an ins Herz geschlossen hatte. Das tat ihr sichtlich gut. Sie erhob sich, strich mir lächelnd übers Haar und ging einen Stapel Sid-Vicious-T-Shirts und dreieinhalb zerschlissene Jeans aufhängen.

Aus den abendlichen Karaoke-Sessions, schwarzen Messen und sonstigen Orgien hielt ich mich weitgehend heraus. So hatte ich es mir schließlich vorgenommen, auch wenn es nicht immer ganz leicht war, wenn mir die hübsche Rothaarige mal eben wieder im Vorbeigehen ihr Dirndl über den Kopf gestülpt und mehr als nur einen kurzen Einblick in den dem Klima angemessenen Verzicht auf Unterwäsche gegönnt hatte.

Statt dessen hockte ich brav auf einem Bambusstühlchen vor unserem Wohnmobil und machte mir erste optimistische Notizen fürs Happy-End eines epischen Liebesromans, dessen Konstruktion sich in groben Zügen wie von selbst vor mir auszubreiten schien.

Oskar ließ sich erst am dritten Abend wieder sehen.

Ganz hektische Geschäftigkeit, wichtig, wichtig, er habe da ein dickes Ding am Laufen, wollte nichts weiter verraten, schlief eine Runde und war wieder verschwunden.

In einer ruhigen harmonischen Vollmondnacht tauchte er zwei Tage später wieder auf. Meine süße Verehrerin saß im Trachtenkleid mit mir im Gras, las mir aus der Bhagavadgita vor, und ich schnitt ihr die Fußnägel, als mein ungehobelter Geschäftspartner wie ein Hurrikan über uns hereinbrach.

»Los, gib mir den Stoff, schnell, schnell, nun mach schon!« zischte er mir konspirativ ins Ohr und stürzte in den Bus, wo er, ganz offensichtlich vollgekokst bis zum Stehkragen, den halben Meter zwischen Kochnische und Stockbett vibrierend auf und ab marschierte.

»Nur die Ruhe, Oskar. Ich komme mit.«

»Was? Bist du verrückt? Ich kann jetzt keine Komplikationen gebrauchen. Im Fernsehen zeigen sie Benfica gegen Porto, da geht kein portugiesischer Bulle außer Haus. Die ideale Gelegenheit zur Übergabe. Aber wenn ich jetzt mit einem fremden Gesicht ankomme, geht die Sache in die Hose. Du versaust mir meine Connection, kapierst du?«

Diese Art, einen kleinen provinziellen Drogenhandel zum Agentenaustausch auf der Glienicker Brücke hochzustilisieren, ging mir gehörig auf den Wecker.

»Ich hoffe, DU kapierst endlich. Ohne mich geht mein Hasch nirgendwohin. Dann kannst du dir deinen Deal abschminken!«

Ich war hart wie John Wayne und bewunderte mich selber.

»Mann, was bist du für ein Idiot«, fluchte Oskar und zog zum ungefähr siebenundzwanzigsten Mal die Nase hoch. »Dann komm halt mit, aber schnell. Und du hältst dich komplett raus! Kein Wort, verstanden?«

Ich griff mir die Dose, reichte dem staunenden Mädel die Nagelschere, und schon galoppierte Oskar den Feldweg zur Straße hinunter, und ich versuchte mit hängender Zunge einigermaßen Schritt zu halten.

Wir erwischten den letzten Bus nach Lagos, hetzten durch die Stadt, und wenn ich hier und da vor einer Kneipe stehenblieb, um mich nach dem aktuellen Spielstand zu erkundigen, zerrte Oskar wütend an meinem Arm, schimpfte mich einen blutigen Amateur, und weiter ging es, immer tiefer hinein in die dunklen Gassen eines menschenleeren Randbezirks.

»Gleich sind wir da«, flüsterte Oskar hinter vorgehaltener Hand, als wir eine lange hohe Friedhofsmauer erreichten. Irgendwo schrie ein Käuzchen, die vertrauten Klänge eines südländischen Ehekrachs schallten aus einem der verfallenden Häuser zu uns herüber, dann wurde ein Fenster zugeknallt, und für einen Moment herrschte vollkommene Stille.

Oskar blieb stehen und legte eine Hand auf meinen Arm. Dann rollte scheppernd eine Cola-Dose über die Gasse, eine schwarze Katze rieb miauend ihren Kopf an meinem Hosenbein, und mich beschlich das beunruhigende Gefühl, daß wir nicht alleine waren.

Die düsteren Gesellen, die Sekunden später mit einem gemeinen Grinsen im Gesicht aus dem Portal der Grabesstätte ins Mondlicht heraustraten, erinnerten mich ganz verteufelt an ein Quartett bissiger junger Hunde. Fleischlose Gliedmaßen flatterten an überölten Gelenken, saßen locker wie das Springmesser in der feuchten Hand eines greisen Samurai. Zwei kratzten sich genüßlich den Hoden, ein dritter klatschte einen niedlichen kleinen Totschläger von der rechten in die linke und zurück in die rechte Hand. Der vierte, offenbar der Anführer dieser durchtrieben pubertierenden Gangsterbande, trat auf uns zu, spuckte mir ungeniert einen breiigen Klumpen zwischen die Füße und kam in geschniegeltem Schulenglisch ganz ohne Umschweife zur Sache. »Dann kommt mal rüber mit dem Zeug, nicht so schüchtern!«

Seine Kumpane lachten hämisch, und Oskar zischte: »Tu's nicht!« Und fuhr mit kräftig zitternder Stimme fort: »Wo ist Frederico? Ich bin mit Frederico verabredet!«

Das zynische Gelächter der vier Freunde hallte in der

Gasse wider wie der selbstzufriedene Schluckauf des Würgers unter den Brücken von Soho. Die Katze suchte quiekend das Weite.

»Freddy? Den kannst du vergessen. Der kühlt sich jetzt irgendwo den zertretenen Arsch. Wollte sich doch tatsächlich ins Geschäft drängen, der Zwerg. Aber nicht mit uns! Und jetzt laßt endlich sehen, was ihr zu bieten habt.«

Mir wurde speiübel vor Wut. Einen blutigen Amateur hatte Oskar mich genannt. Und ruckzuck in die nächste Scheiße geritten. Die Burschen würden uns gnadenlos abziehen, da hatte ich nicht den geringsten Zweifel. Inzwischen hatten sie einen Halbkreis um uns gebildet und kamen bedrohlich nahe. Das Schattenspiel der sich leise im Wind wiegenden Friedhofsulmen verlieh ihren fahlen Gesichtern eine Art schwarzgelbe Kriegsbemalung.

Verdammt jung sahen sie aus, waren kleiner als wir und eigentlich ziemlich schmächtig. Würden morgen früh wahrscheinlich wieder brav an Mamas leckeren Schinkenbroten knabbern. Aber heute abend wurde das Spiel der harten Kerle gespielt.

Ich behielt die Hände mit der Dose eisern hinterm Rücken und peilte die Lage. Der blinkende Totschläger hüpfte nach wie vor ungeduldig in der Hand meines Gegenübers auf und ab.

»Gooooooooooooooool!«

Der ekstatische Torjubel, der urplötzlich aus den nun gar nicht mehr so verschlafen wirkenden Häusern herunterdröhnte, störte für einen Moment die Konzentration der Gang. Der Kleinste fummelte hektisch an seinem Anorak, zog ein Transistorradio hervor und schaltete es ein. Die vier steckten die Köpfe zusammen und lauschten entzückt. Oskar warf mir einen hastigen Blick zu. Ich holte tief Luft und nickte entschlossen. Um den verbliebenen Lohn all meiner Mühen zu retten, war ich bereit, für heute abend auf meine pazifistische Kinderstube zu pfeifen. Ich holte die Dose als Rammbock nach vorne, zog den Kopf zwischen die Schultern und stürzte mich in der

Manier eines angestochenen Jungstieres auf die verdatterten Sportsfreunde. Im nächsten Augenblick lag die ganze Bande fluchend auf dem Hintern, ich selbst oben drauf, und nun riskierte auch Oskar in seiner typischen hinterfotzigen Art eine Attacke über die rechte Flanke und teilte in rasendem Tempo fiese kleine Fußtritte aus. Dann pfiff der Totschläger haarscharf an meinem Kopf vorbei, streifte schmerzhaft mein linkes Ohrläppchen, ich bekam einen Hieb in den Magen, verlor die Dose aus der Umklammerung, die Reste des zerbrochenen Radios zerschellten auf meinem Schädel, ich kroch über die Pflastersteine, erwischte den schwitzenden Anführer mit meiner Dose in der Hand, biß ihm kräftig in die Finger, grabschte die Dose, rammte ihm einen Ellenbogen unters Kinn, rappelte mich auf und rannte um mein Leben.

Oskar war bereits einige Meter voraus, ich hörte sein meckerndes Lachen und hinter mir die tobenden Verfolger, die mit jedem Schritt ein Stückchen näher kamen. Dann jagten von links mehrere freudig hupende Autos heran, mit grölenden, riesige bunte Fahnen schwenkenden Burschen auf dem Dach. Ich zögerte keine Sekunde und flitzte über die Kreuzung. Ob ich nun von einem Auto zu Hackfleisch verarbeitet wurde oder von den schäumenden Sprintern hinter mir, war nun schließlich ziemlich egal. Und ich hatte Glück, entging dem Zusammenprall mit dem jubelnden Corso und schlug bei der Aktion sogar einen kleinen Vorsprung heraus, als die freudetrunkenen Schlachtenbummler zwischen mir und den rachsüchtigen Knaben vorüberjohlten.

Oskar bog rechts ab, ich jagte hinterher, und wir erreichten den Kai. Müde glotzenden Möwen fielen erschrocken die Brotkrumen aus den Schnäbeln, ein kleiner gefleckter Köter hastete mit eingekniffenem Schwanz davon, dann hatte ich Oskar schließlich eingeholt. Er wandte mir sein schnaufendes Gesicht zu, um ein siegesgewisses Grinsen zu demonstrieren, übersah das dicke Tau, das sich wie eine Python über den Asphalt schlängelte, und knallte der Länge nach hin.

Sentimental wie ich nun einmal bin, stoppte ich meinen Rekordversuch und half dem Profi auf die Beine. Er spuckte ein paar Zähne ins Meer, schüttelte sich verwundert, und schon war unser schöner Vorsprung auf drei, vier Meter zusammengeschmolzen. Und noch immer war keine Rettung in Sicht. Jeder südhessische Kegelclub wäre mir jetzt recht gewesen, oder von mir aus auch eine dieser hochpeinlichen japanischen Foto-Safaris, solange sie nur ein paar gestandene Gerechtigkeitsfanatiker in ihren Reihen hätten, die den Mumm aufbrachten, uns schützend in ihrer Mitte aufzunehmen. Es konnte sich nur noch um Sekunden handeln, bis mir die wutschnaubenden Grünschnäbel meinen schmerzenden Hinterkopf endgültig zertrümmern würden.

Dann wurde ich zu allem Überfluß auch noch von einem ekligen Hustenkrampf heimgesucht. Ich hatte mich eindeutig übernommen. Vergiß den Rekord, sagte ich mir, vielleicht sollte ich mich ganz einfach quer auf den Boden fallen und die unbarmherzige Meute in voller Fahrt über mich stolpern lassen, um so zumindest noch mal einen klitzekleinen Aufschub für einen allerletzten asthmatischen Rückblick auf mein viel zu kurzes Leben zu erzwingen …

»Oskar! Hier rüber! Schnell!«

Kein Zweifel, die rettende Einladung kam aus der jeepähnlichen Limousine, die plötzlich zu unserer Linken aufgetaucht war und nun mit offenstehenden Seitentüren langsam neben uns herfuhr. Ohne sich großartig nach mir umzuschauen, sprang Oskar auf den Beifahrersitz. Ich hechtete ungefragt in den Fond, landete in einer butterweichen Polstergarnitur und knallte die Tür hinter mir zu. Mindestens sechs frisierte Zylinder jaulten auf, der Wagen machte einen Satz nach vorne, und schon rauschten wir, von getöntem Sicherheitsglas umgeben, mit Vollgas durch die Nacht. Ich riskierte einen Blick durch die Heckscheibe und sah die portugiesische Langlaufstaffel, wie sie sich in einer gewaltigen Abgaswolke resignierend auf der Bordsteinkante niederließ. Zutiefst erleichtert, daß ich offenbar niemanden ernstlich verletzt hatte, sank ich erschöpft ins Büffelleder und betastete vorsichtig mein blutendes Ohrläppchen.

»Na Oskar, steckst mal wieder in Schwierigkeiten, hmm?«

Irgendwoher kannte ich diese vornehme Stimme. Während Oskar eine unverständliche Erwiderung lispelte, stemmte ich mich in Sitzhöhe, um unseren Retter zu begutachten. Ich traute meinen Augen nicht! Diese aristokratische Nase, das energische Kinn, akkurat gescheiteltes Blondhaar und ein säuberlich vom Flaum befreiter Nacken beschworen ungute Erinnerungen herauf an düstere Schandflecken und unverheilte Wundmale, an Trauer und Wut, an Haß und Verzweiflung. Ich dachte an Karen, und die erneuerte Qual ließ mich meinen Brummschädel für einen Moment völlig vergessen. Dann trafen sich unsere Blicke im Rückspiegel, und meine schlimmsten Befürchtungen wurden zur Gewißheit. Am Steuer dieses angeberischen parfümverpesteten Range Rovers saß niemand anders als der schöne Hermann!

Er erkannte mich sofort, riß erschrocken die Augen auf und zitterte wie ein Schmetterling bei Westwind.

»Oh nein, Oskar, wo hast du denn diesen Wahnsinnigen aufgelesen!« säuselte er mit spitzer Zunge und war kurz davor, die Kontrolle über den Wagen zu verlieren.

»Ach, das ist ein harmloser Spinner«, stieß Oskar zwischen geschwollenen Lippen hervor. »Der ist schon in Ordnung, warum?«

»Harmlos? Der Kerl hätte mich beinahe umgebracht! Dabei säße er ohne mich noch immer im Gefängnis.«

»Was? Du warst das?« Oskar brach in ein brüllendes Gelächter aus, das allerdings sofort wieder in dumpfe Schmerzenslaute überging. Er hielt sich den Kopf und zählte die Schneidezähne. Ich selbst hielt zunächst mal die Klappe, schwankte zwischen dem dringenden Bedürfnis, das Auto auf der Stelle zu verlassen, und der brennenden Neugier, den Aufenthaltsort meiner nun so lange schon schmerzlich vermißten Geliebten zu erfahren. Die besten Karten hatte ich wahrscheinlich, wenn ich erstmal friedlich bleiben und im günstigen Moment einen kleinen Tratsch zwischen Kennern inszenieren würde. Umdrehen und ausschütteln konnte ich das Muttersöhnchen schließlich immer noch, wenn die sanfte Tour zu nichts führte.

Hermann hatte sein edles Köpfchen tief zwischen die Schultern gesteckt, hing völlig verkrampft über dem Lenkrad, seine Nasenspitze berührte die Windschutzscheibe. Er hätte ganz offensichtlich liebend gerne eine bruchfeste Trennwand zwischen uns hochgezogen, um haßerfüllten Attacken aus meiner Richtung vorzubeugen.

»Und jetzt hast du mich schon wieder gerettet«, schleimte ich statt dessen, reckte meinen Arm nach vorne und klopfte ihm auf die Schulter. »Darauf sollten wir unbedingt einen trinken, was meint ihr?«

Hermann zuckte zusammen und warf Oskar einen ängstlich fragenden Blick zu.

»Klar, machen wir das. Für 'n Zahnarzt ist es jetzt sowieso zu spät«, brummte Oskar, als die funkelnden Lichter der Uferpromenade von Lagos vor uns auftauchten. Hermann lenkte den Schlitten durchs abendliche Gedränge, dann ein paar Meter in eine Seitenstraße hinein, und parkte schließlich gegenüber einer relativ touristenfrei aussehenden Billardkneipe. Ich schob die Dose unter die Sitzbank, und wir betraten das Lokal.

Eine lange Reihe ultracooler mexikanischer Pferdediebe hing in perfektionierter Schwermut am Tresen und glotzte auf einen kleinen schwarzweißen Monitor. Sie sahen ganz danach aus, als hätten sie mindestens eine Herde Lipizzaner auf die falsche Mannschaft gesetzt. Wenn Benfica gegen Porto spielt, zieht sich ein tiefer Graben durch Fadoland.

Zwei vergnügte Knaben stocherten mit ihren Queues im abgewetzten Moos eines der zahlreichen Billardtische, die einzige weibliche Anwesende, eine hochtoupierte schwarzhaarige Schönheit im neongrünen Tüllkleid, bewegte sich anmutig auf hochhackigen Stiefelchen durchs Schummerlicht und sammelte klebrige Gläser ein.

Oskar und ich steuerten zunächst mal die Toilette an, um unsere Wunden zu lecken. Der Riß in meinem Ohr war halb so schlimm, und auch die Beule auf meinem Kopf war zu ertragen. Aber Oskar sah scheußlich aus, mit diesen abgebrochenen Stümpfen hinter der reifendicken Oberlippe. Meine mitleidigen Bemerkungen ließ er erst gar nicht an sich heran, versicherte mir, der Schaden sei reparabel, und die Sache mit dem Deal würde er auch wieder in Ordnung bringen. Und überhaupt, ich hätte mich ja erstaunlich tapfer verhalten, er müsse sich schon sehr wundern über meine Veränderung in diesen Tagen.

Sein Lob ging mir runter wie Öl, stolz spiegelte ich meine lädierte Fassade, spielte kurz mit dem Gedanken, mir ein fesches clark-gable-mäßiges Bärtchen wachsen zu lassen, verwarf ihn dann wieder und kehrte mit breitbeinig wiegenden Schritten in den Saloon zurück, wo der Millionärssohn inzwischen die erste Runde doppelter Medronhos geordert hatte.

Wir stießen auf den Zufall unserer gemeinsamen Bekanntschaft an, und schon das zweite Glas lockerte Hermanns verzagtes Schweigen. Er erzählte mir, daß er ganz in der Nähe, an der Straße nach Portimão, ein Häuschen besitze, das er gemeinsam mit seiner Schwester bewohne. Die Sonne sei einfach verdammt gut für seine Haut, und die Geschäfte in Deutschland liefen auch ohne ihn wirklich ausgezeichnet. Ich schnalzte mit der Zunge, sparte nicht mit Komplimenten für seinen beneidenswerten Lebensweg, und er fing eben an, von der Einsamkeit der Herzen mißverstandener Industrieller zu faseln, als Oskar ihn grinsend unterbrach und uns zum Duell am Billardtisch aufforderte, der Verlierer zahle die nächsten Runden.

Es stellte sich schnell heraus, daß Oskar ein mehr als geübter Spieler war, und so traten Hermann und ich gemeinsam gegen ihn an, um unsere Konzentration gebündelt in die Waagschale zu werfen. Mir schien, als huschten schon bald erste Anzeichen brüderlich-solidarischer Gefühle über Hermanns gepflegte Visage, und mein Plan nahm langsam Formen an. Oskar putzte uns trotzdem weg, ich ließ mir von Hermann einen Schein geben und marschierte zum Tresen, um die nächsten Drinks zu besorgen.

Die Interviews und Nachbetrachtungen des Fußballspiels waren inzwischen einer Art Softporno gewichen, und die Männer starrten weiter gebannt auf die Mattscheibe. Ich näherte mich einem freien Barhocker in ihrem Rücken und riskierte ein Schwätzchen mit der hübschen Kellnerin, die einem kleinen Flirt nicht abgeneigt war. Wir waren kurz davor, unsere Adressen auszutauschen, als Oskar mir auf die Schulter tippte und mit dem Kopf in Richtung der schweigsamen Reiter deutete. Ich schaute hinüber und staunte nicht schlecht über die staubigen Herrschaften, die sich komplett vom Bildschirm abgewandt hatten, um mir mit todessehnsüchtigen Blicken ihren kollektiven Besitzanspruch an der reizenden Lady zu demonstrieren. Nicht ganz sicher, ob es wirklich ihr eigener Tod war, den sie sich wünschten, hob ich beschwichtigend die Hände, zeigte ihnen zum Zeichen meiner Unschuld die geöffneten Innenseiten, nickte freundlich, zwinkerte der Dame ein letztes Mal verstohlen zu und stiefelte an Oskars beunruhigter Seite an unseren Tisch zurück, wo ein mittlerweile reichlich betrunkener Hermann mit schielendem Blick vergeblich versuchte, die Kugel zu treffen.

»Hey, Kumpel«, quatschte ich ihn vertraulich von der Seite an und reichte ihm seinen Schnaps. »Was macht eigentlich Karen dieser Tage?« Ich versuchte es so beiläufig wie möglich. Aber Hermann hatte augenscheinlich mit der Frage gerechnet. Er gab sich kühl bis ins Mark, stürzte den nächsten doppelten Obstler hinunter und mühte sich auf schwankenden Beinen, seine angeborene Überlegenheit zur Schau zu stellen. Was diesmal gründlich in die Hose ging. Sein nächster eleganter Versuch, eine Kugel einzulochen, endete in einem mittleren Desaster. Sein Queue kratzte mit einem widerlichen

Quietschen über den grünen Belag, Hermann geriet ins Stolpern, krachte zu Boden, der Stock zersplitterte in tausend Teile, und ich dachte darüber nach, ob wir es vielleicht besser mal mit einer Partie Halma versuchen sollten.

»Karen? Kannste vergessen, das Luder«, lallte Hermann und schaute aus glasigen Augen zu mir herauf. Ich half ihm auf die Beine. Entweder soff der Kerl für gewöhnlich nur Milch, oder er hatte sich vor unserem Zusammentreffen schon so manchen gemütlichen Dreistöckigen genehmigt. Mir wurde warm ums Herz. Ein Luder hatte er sie genannt. Führte sich hier auf wie ein gedemütigter Liebhaber. Großartig! Blieb nur noch die Frage, wo Karen jetzt steckte. Aber Hermann schob mich zur Seite, schwankte zum Tresen und wedelte großkotzig mit einem Bündel Geldscheinen, um den angerichteten Schaden zu begleichen.

Das liebliche Gezwitscher wollte so gar nicht zu dem aggressiv malochenden Specht passen, der mir seit einer guten Stunde auf der Stirn herumsprang und einen metertiefen Krater übers linke Auge hämmerte. Keine Ahnung, wie der unbemerkt hier reingeraten konnte. Außerdem war's verdammt heiß in der Kiste, und düster und klamm. Trotzdem war mir eine wirklich fabelhafte Beerdigungszeremonie geboten worden. Oskar hatte eine akzeptable Lobeshymne verlesen, nur unwesentlich von harmlosen Sticheleien durchsetzt, und dazu den riesigen Ghetto-Blaster auf seiner Schulter mit einem tierisch abgehangenen Remix der Salzburger Totenmesse zum Gelingen der Veranstaltung beitragen lassen. Hermann saß eingegipst bis zum Hals in einem motorisierten Rollstuhl und zerpflückte leise weinend eine Handvoll Gänseblümchen. Gleich hinter ihm schwenkte eine gesichtslose Gemeinde traurig die Fahnen der zapatistischen Befreiungsbewegung.

Meine heißgeliebte Karen aber hatte mal wieder den Vogel abgeschossen. Im bodenlangen hochgeschlossenen schwarzen Kleid hatte sie sich zum Abschiednehmen über mich gebeugt. Das weite Gewand wallte über die Ränder der Kiste, fiel auseinander und bot mir, und nur mir allein, eine wundervolle Aussicht auf die unübertroffene Schönheit ihres aufgeregt pulsierenden Körpers. Wohin auch immer meine Seele unterwegs sein mochte, meine Sinne waren hier und nirgendwo anders. Brannten vor Verlangen, ihr den glänzenden kleinen Bauch zu lecken, ihre frohlockenden prallen Brüste zu verschlingen. Wenn der Tod bedeutete, zur Untätigkeit verdammt dabeisein zu müssen, war jede Angst vor ihm nur allzu berechtigt gewesen. Aber nun saß Karen schon rittlings auf dem Sarg, schenkte mir dies unvergleichlich einladende Lächeln, zog das übel nach Apotheke muffelnde Leichentuch zur Seite, legte mir eine Hand auf den Mund und führte mich mit der anderen energisch in ihr patschnasses Innere. Dann brach sie in ein rhythmisches Schluchzen aus, dessen Vibrationen mich geradewegs in den Himmel beförderten. Welch ein Abgang, welch süße Erlösung am Ende des Tunnels, verklemmter irdischer Prüderie auf immer entkommen!

Karen verharrte einen Moment über mir und legte ihren Kopf neben mein Ohr. »Deine Schwester ist auf dem Weg der Besserung«, flüsterte sie zärtlich und schloß mir sachte die toten Augen.

Und nun lag ich hier in der Dunkelheit des vernagelten Sarges und wartete mit pochendem Schädel aufs goldig flatternde Empfangspersonal. Dann hörte ich Wasser rauschen, verspürte einen mächtigen Druck auf der Blase, schlug die Augen auf und glotzte direkt in den wundgescheuerten Hintern einer fleischfarben zerfließenden Wanduhr mit gezwirbeltem Oberlippenbart, aus deren Haut vorwitzige kleine Wecker wie Geschwüre hervorwucherten. Nicht gerade mein Geschmack, das Gemälde. Und auch nicht unbedingt geeignet, meine wachsende Verwirrung zu entknittern. Ich entließ den erschlafften Griechen aus meiner rechten Faust, setzte mich auf und schaute aus dem Fenster.

Mein verkaterter Anblick verjagte einen fröhlich piepsenden Spatz, ich sah glitzernde Sonnenstrahlen, die sich im Morgentau des Laubes brachen, und einen süßen kleinen Wildbach, der einen Felsen hinunterplätscherte.

Der Traum verlangte nach Analyse, soviel stand fest. Eben noch restlos beglückt, und nun wieder vollkommen zerknirscht. Ganz ohne Frage hingen mir die Schrecken der vergangenen Nacht noch wüst in den Knochen. Nachdem die Wirtin der Billardkneipe großzügig für das zertrümmerte Queue und die zerfetzte Tischbespannung entschädigt worden war, hatte Hermann nach einer Lokalrunde verlangt, woraufhin die mürrischen Mexikaner schweigend von ihren Hockern gerutscht und einer nach dem anderen zum Ausgang spaziert waren. Ich hatte verbittert an meine verrostete Kamera gedacht, war niedergekniet und hatte, immer auf der Suche nach der Tiefe des Raumes, den langen runden Tunnel bewundert, den die O-Beine der müde in den Nebel hinausstiefelnden Cowboys kreierten.

Anschließend hatten wir noch zwei Drinks genommen, dann hatte uns die erschöpfte Chefin hinauskomplimentiert, und wir waren ins Café Fresco weitergezogen. Auch dort war nicht mehr allzuviel los, aber der Reggae waberte noch heftigst durch die gruftigen Gemäuer, und Oskar legte mit Hermann, ganz in diesem fiesen Stil gutgelaunter Bundeswehrfrischlinge auf Ausgang, einen wahrhaft beschämenden Ringelpiez auf den Tanzboden. Ich selbst verkroch mich in eine dunkle Ecke, um meine Strategie zu überdenken, als mich ein vertrautes Vogelgesicht erspähte, sich kichernd an mich heranschlich und mit der ganzen Sensation ihres übermenschlichen Körpergewichts reibend gegen die stachlige Bretterwand drückte. Ich versuchte es höflich, wollte sie nicht beleidigen, versicherte ihr, wie schön sie sei, aber ich sei leider verheiratet, kurz darauf, ich sei schwul, dann impotent, es nützte alles nichts.

»Das wollen wir doch mal sehen«, gurrte das liebestolle Weibsbild und biß mir wollüstig in den Hals.

Für mich war der Abend gelaufen. Hatte genug von dem Streß, wollte doch nur mal kurz mit Hermann quatschen, aber der wußte in seinem Zustand ja nicht einmal mehr, was das ist. Er trank weiter, bis er endgültig unterm Tisch lag. Dann hoben wir ihn auf, zahlten aus seinem Portemonnaie und schleiften ihn, einer links, einer rechts, die Gasse hinunter zu seinem Auto.

Was nun folgte, war eine zutiefst unwürdige Nachtfahrt in Richtung Portimão. Die Erinnerung daran preßte mich mit einem gequälten Stöhnen in die seidene Bettwäsche zurück. Ich hatte hinten gesessen, einen gnadenlos abkotzenden Hermann im Arm, und ihm geholfen, seinen unkontrolliert schaukelnden Kopf aus dem Fenster zu halten. Sein Mobiliar war mir ziemlich egal, aber ich hatte nicht die geringste Lust, den stinkenden Schleim zwischen meinen Beinen herunterlaufen zu sehen. Und kam mir schon blöde genug vor, wenn ich ihm in einer Atempause hier und da mit einem Fensterleder die Mundwinkel ausputzte. Oskar saß am Steuer, singend und johlend, und raste im aberwitzigen Tempo durch die immer dicker werdende Suppe, in der man doch seine eigene Hand kaum noch vor den Augen sehen konnte. Fuhr einem oder zwei schüchtern die Straße kreuzenden Rehen die Hacken ab, drückte einen einsamen Motorradfahrer in den Graben und setzte den Wagen schließlich in einer hoffnungslos unübersichtlichen Kurve mit großem Hallo in die Büsche. Hermann knallte mit dem Kopf auf die Wagentür, rülpste kurz auf und sank wieder röchelnd in sich zusammen. Oskar stieg aus, untersuchte fluchend zwei platte Reifen, versicherte mir dann, es seien höchstens noch vier Kilometer bis zu Hermanns prächtiger Hütte, und wir marschierten los. Die frische feuchte Nachtluft hatte unseren Gastgeber schon bald ein wenig ernüchtert, und so ließen wir ihn nach einigen hundert Metern entkräftet den Buckel herunterrutschen und selber laufen.

Ich dachte an einen ähnlich betrunkenen Ausflug, den ich vor etlichen Jahren mit Oskar und meiner älteren

Schwester lebend überstanden hatte, der allerdings weit weniger glimpflich abgegangen war. Oskar hatte an dem Tag seine erste Fahrstunde absolviert, Grund genug, in der Kneipe an der Ecke ein kleines Besäufnis zu zelebrieren. Meine Schwester war zufällig vorbeigekommen, und wir hatten sie überredet, ihr Kleingeld herauszurücken, um die nächste Gallone Rotwein zu bestellen. Wobei ich ein durchaus sauberes Gewissen hatte, waren ihre entsetzlichen, jedes frohe Leben verneinenden Asthma-Anfälle im Rausch doch immer recht selten gewesen. Auch wenn ihr ihre vorsichtige verantwortungsvolle Lebensweise derartige Einsichten wie von selbst verbot. Wie auch immer, wir hatten eine Menge Spaß gehabt an diesem Abend, und sogar meine schüchterne Schwester hatte ab und zu kurz aufgelacht, wenn wir sie mit dem ganzen geballten Unsinn unserer pubertären Allmachtsphantasien überzogen, in diesem lächerlichen Alter, in dem wir regelmäßig lauthals an Stammtischen saufend die Sinnlosigkeit menschlichen Daseins herausposaunten. Einmal noch hatte sie sich gegen uns Volltrottel durchsetzen können und tief in der Nacht zum Aufbruch überredet. Aber in ihrem schicken kleinen Studentenauto hatte die Katastrophe dann unweigerlich ihren Lauf genommen. Oskar wollte seine eben erst erlernten Künste beweisen und den Karren lenken, meine Schwester protestierte verzweifelt, ich nannte sie einen verkalkten Spießer, und so gab ihre weichherzige angeheiterte Seele schließlich nach und stimmte einem kleinen Umweg über die Feldwege zu. Als sie an der Einbiegung zur Landstraße wie vereinbart wieder die Plätze tauschen wollte, hatte Oskar sich lachend geweigert, die Stereoanlage aufgerissen und war mit Karacho weitergebraust. Das Bitten und Betteln meiner Schwester ging im einsetzenden Lärm unter. ›This is the end, my friend‹, sang der schöne Morrison, und gleich darauf ›When the music's over‹, traf damit exakt den Nerv unserer aufgeblasenen Sehnsucht nach wahrhaftiger Grenzerfahrung, wir fielen grölend ein, auf irgendeine haarsträubende Art und Weise lustvoll mit dem Tode kokettierend, und erst eine hundsgemeine S-Kurve stopfte uns das Maul, ließ uns das Blut gefrieren und in panischer Angst in den Abgrund blicken. Oskar fuhr schlicht und einfach zu schnell für seine bescheidenen Möglichkeiten. Ein geübterer Fahrer hätte vielleicht noch etwas retten können, aber Oskar beging den gröbsten aller Fehler, indem er voll ins Bremseisen stieg und wild am Steuer herumriß. Der Wagen geriet ins Schleudern, schwankte, kippte um und rauschte mit ohrenbetäubendem Getöse über den Asphalt. Im flackernden Scheinwerferlicht sah ich die Obstbäume rasend schnell auf uns zukommen, schloß die Augen und drückte die Knie durch.

Es kann sich nur um den Bruchteil von Sekunden gehandelt haben bis zum finalen Knall, und ich werde wohl nie begreifen, wie mir in diesem kurzen Zeitraum derart viele häßliche Gedanken durch den Kopf schießen konnten. Ich hatte mit dem Leben abgeschlossen, soviel weiß ich, war nun seltsam frei von Angst und durchaus einverstanden. Was mich quälte, war ganz allein ein tonnenschweres Gefühl von Schuld, Schuld und nochmal Schuld. Ich dachte an den fürchterlichen Fausthieb, den ich in wutentbrannter Hilflosigkeit meiner mir im kindlichen Ringkampf haushoch überlegenen Schwester verpaßt hatte. Und wie bequem ich all die Jahre die beängstigende Möglichkeit verdrängt hatte, daß der daraus resultierende Nasenbeinbruch mit einhergehender Verengung der Atemwege durchaus seinen Teil zu ihrer schweren Krankheit beigetragen haben könnte. Als ich sie mit fünfzehn zum ersten Mal dabei ertappte, wie sie dem Erstickungstod nahe im Treppenhaus kauerte, sich routiniert den Arm abband und eine höllische Dosis Valium verpaßte. Schob es lieber auf ein psychisches Dilemma und damit auf meinen Vater, der sie jahraus, jahrein und Tag für Tag am Mittagstisch zum Opfer seiner dröhnend sezierenden schlechten Laune auserkoren hatte. Oder hatte sie gar eine Ahnung gehabt, daß sich unsere so lieblos aneinander vorbeilebenden Eltern wohl niemals das Ja-Wort gegeben hätten, ohne die Schwangerschaft am ersten Kind?

So betete ich jetzt wirklich nicht um mich, sondern einzig und allein ums Überleben meiner Schwester.

Der Wagen knallte gegen eines der Bäumchen, überschlug sich ein weiteres Mal, landete auf dem Dach und kam schließlich zur Ruhe. Ich riß die Augen auf, sah einen blitzenden Funkenregen niedergehen und rief den Namen meiner Schwester. Vollkommene Stille. Ich rief noch einmal, mit einer mir völlig fremden hysterischen Stimme, versuchte mich aufzurappeln, um nach ihr zu sehen, und endlich, endlich, nach einem unerträglich lang anhaltenden Moment des Schweigens, vernahm ich ein klägliches »Ja …«.

Und dann ging alles ganz schnell. Sie stieß die Tür auf, kletterte in Windeseile aus dem Wrack, ich selbst war noch immer wie gelähmt, und schon öffnete sie die Heckklappe hinter mir, griff nach dem Benzinkanister, rannte ein paar Meter und schleuderte ihn im hohen Bogen aufs Feld hinaus. Dann brach sie wimmernd zusammen.

Wie ich selbst, so war auch Oskar vollkommen unverletzt geblieben. Meine unschuldige Schwester aber verbrachte die nächsten zehn Tage mit einer schweren Gehirnerschütterung, inneren Blutungen, Hautabschürfungen und Quetschungen auf der Intensivstation. Und war bei allem Übel auch noch so freundlich und gewieft genug, zunächst jede Aussage zu verweigern, um am Ende schließlich die Verantwortung für die Wahnsinnsfahrt ganz allein auf sich zu nehmen. Bei ungünstiger Wetterlage schwillt ihr die Narbe auf der Stirn bis zum heutigen Tage zu einem fingerdicken wurmähnlichen Gebilde.

Die Angelegenheit hatte mich vorübergehend tief in die Knie gezwungen, das gebe ich gerne zu. Mein Flehen um Vergebung richtete sich kleinlaut und verschämt an IHN.

Alles nur Katzenjammer, beschwichtigt sich der erfahrene junge Trinker. Jetzt erstmal pissen gehen und dann in Hermanns Giftschränkchen nach Aspirin suchen. Ich stieg ächzend aus dem Bett und trat in den Flur hinaus. Dort wäre ich beinahe über Oskar gestolpert, der, selber noch in der Unterhose, eifrig damit beschäftigt war, mit einem antiken Schürhaken eine der Dielen aus dem glänzenden Holzboden zu hebeln.

»Was soll das denn werden?« fragte ich erstaunt.

»Pssst, mach doch bitte nicht einen solchen Lärm«, zischte Oskar durchs ramponierte Gebiß. »Ich suche Geld. Ich weiß genau, die beiden haben's hier irgendwo versteckt.«

Noch viel zu schwach, um mich moralisch aufzubäumen, stieg ich gähnend über ihn hinweg und schlurfte ins Badezimmer. Als ich wieder herauskam, war Oskar verschwunden. Ich zog mich an und ging in den Garten, wo ich von einer frischen morgendlichen Brise begrüßt wurde. Der Himmel war ein klein wenig bewölkt, und auch der etwas herbe Geruch in der Luft machte mir schmerzhaft bewußt, daß der lange heiße Sommer so ganz allmählich seinem Ende entgegenging. Unter einer riesigen Trauerweide saß Hermann im feuchten Gras, schon wieder total unmöglich herausgeputzt, im himmelblauen Leinenanzug, gelbem Hemd und rosaroter Krawatte. Nur sein aufgedunsenes zerfurchtes Gesicht hätte heute durchaus noch eine Extraschicht vom Zuckerguß vertragen können. Seine nackten Zehen spielten gedankenverloren im Bach, als ich auf ihn zutrat und einen fröhlichen guten Morgen wünschte. Hermann grunzte ganz und gar unstandesgemäß und drehte sein Gesicht zur Seite. Ich hatte fast den Eindruck, als wollte er seine verweinten Augen vor mir verbergen. Vorsicht! Irgendwo in meinem Schädel sprang eine Ampel auf Rot. Mitleid war nun wirklich nicht angebracht. Ich wollte Informationen, und zu dem Zweck war ein kaltes Herz bitter nötig. Wie sonst sollte ich es über mich bringen, das Kerlchen notfalls ins Rinnsal zu schubsen und unterzutauchen, bis er mir endlich sagte, wo Karen abgeblieben war.

Ich ließ mich neben ihm im Gras nieder und nahm einen neuen Anlauf. »Na, hast du schon gefrühstückt?«

»Ach nein, ich habe keinen Hunger. Aber wenn du möchtest, in der Küche findest du, was du brauchst.«

»Nee, nee, schon gut, das hat Zeit. Aber du siehst aus, als könntest du 'ne Aspirin vertragen. Willst du?«

Hermann drehte sich um und nahm mit gesenktem Blick eine der Pillen entgegen. »Ich bin den Alkohol nicht gewöhnt, habe sonst bestenfalls mal zu Silvester ...«, er unterdrückte ein Bäuerchen und entschuldigte sich verlegen. »Aber die Sache hat mich schon ganz schön mitgenommen.«

»Welche Sache? Sprich dich ruhig aus, ich sag's nicht weiter.« Mit der vertrauensseligen Unterwürfigkeit eines Hamsters, den man im letzten Augenblick vorm Kastrationsmesser gerettet hat, schaute er mich aus kugelrunden Augen treuherzig an. »Du weißt schon, Karen ...«

Endlich kam die gesunde Wut zurück. Aber ich hielt mich im Zaum. Ließ sich ja ganz gut an, das Palaver. »Du hast sie geliebt, hmm?« fragte ich zärtlich.

»Ich weiß nicht ... ja ... nein ... vielleicht ... Meine Schwester hat mir die Hölle heißgemacht. Von wegen die Schlampe sei nichts zum Heiraten. Und Karen stand direkt daneben! Ich dachte, sie kratzt ihr die Augen aus. Aber sie hat bloß schallend gelacht. Heiraten, was für eine unglaubliche Scheiße, hat sie gesagt. Von einem Jammerlappen zum nächsten!«

Mir blieb die Spucke weg. Beruhigte mich mit dem Gedanken, daß sie wahrscheinlich den knieweichen hessischen Kanonier gemeint hatte, der einmal mein Vorgänger gewesen war. Trotzdem, wirklich sicher war ich mir nicht. Ich zündete mir die erste Kippe des Tages an und verfluchte meine zitternden Hände. »Und dann ist sie gegangen?«

Hermann schluchzte auf, ich strich ihm mitfühlend über die Pomade und wischte mir die Finger an der Hose ab. »Jetzt reiß dich mal zusammen. Eigentlich wollte ich mich mit dir duellieren, du Penner. Im Morgengrauen, gleich unten an der Biegung des Flusses, die Raben wären die einzigen Zeugen.«

Hermann rutschte verschreckt einen Meter von mir ab und wühlte in der Hosentasche. Wahrscheinlich suchte er seinen kleinen handlichen Damenrevolver. Fand aber nur ein possierlich gefaltetes Taschentuch, dessen Duftnote meiner kitzelnden Speiseröhre einen netten kleinen Brechreiz abzwang.

»Puff«, sagte ich und vertrieb pustend den Dampf von der Zigarettenmündung. »Hast du's schon mal mit 'ner Therapie versucht?«

»Was soll das denn heißen?« fragte Hermann und klammerte sich angstvoll an den Stamm der Weide.

»Naja, mit der Schwester ficken, ich meine, auch wenn's nur zum Spaß ist, aber da dreht sich der Papi doch im Grabe um, oder?«

»Hör mal, so redest du nicht mit mir«, flötete Hermann und kroch ein paar Zentimeter den Baum hinauf. Ich zerrte ihn auf den Boden zurück. »War ja nicht so gemeint, kleiner Scherz, okay? Du bist aber auch empfindlich heute morgen.«

»Hat Karen auch gesagt. Ich sei so schrecklich sensibel. Aber ihr könnt euch das ja gar nicht vorstellen. Ohne meine Schwester würde ich die Verantwortung einfach nicht ertragen. Seit wir die Firma geerbt haben, schlafe ich unglaublich schlecht. All die Arbeitsplätze, ganze Familienschicksale, die von so einem Geschäft abhängen. Und erst die Häme, die man einsteckt. Von wegen Ausbeuter und so. Dabei bin ich doch wirklich sehr für die betriebliche Selbstverwaltung. Aber die Leute sind mit ihrer Bildung doch gar nicht in der Lage …«

Oh Gott, was zog ich mir da schon wieder für eine Sülze rein. Hatte er mir nicht gestern erst erzählt, wie gut der Laden lief, während er hier die Beine hochlegte und sich das pikierte Näschen bräunen ließ? Was für ein entwürdigendes Affentheater. Ich dachte an den pickeligen Studenten, der im Straßenkampfparka, das obligatorische

Palästinensertuch um den Hals, an der Auffahrt zur Schule für irgendeine obskure ›Liga gegen den Imperialismus‹ agitiert und ganz nebenbei unter der Hand mit unverzollten amerikanischen Armeezigaretten den Kinderchen das zusammengesparte Kleingeld aus der Tasche gezogen hatte.

»Jetzt laß aber mal stecken, Hermann. Du zockst ordentlich ab und schiebst hier 'ne ruhige Kugel. So besorgt sich halt jeder auf seine Art ein mieses Karma. Aber glaub bloß nicht, ich hänge hier mit dir rum, um den Unternehmensberater zu spielen. Deine Alibis mußt du dir schon selber schnitzen. Ich will wissen, wo Karen ist, und schon bist du mich los, okay?«

»Und ich hatte gedacht, endlich würde sich mal jemand für meine Probleme interessieren«, heulte der beladene Klassenfeind. Wenn das so weiter ging, würde das Bächlein im Handumdrehen zum reißenden Strom anschwellen.

»Tu ich ja, tu ich ja, ist schon gut, nun beruhige dich doch, willst du noch 'ne Aspirin?«

Hermann schüttelte den Kopf und legte nun endlich die ganze Beichte ab. Es zog mir das Herz zusammen, als er davon prahlte, welch wunderschöne Zeit er mit meiner Geliebten verbracht hatte. Wäre er ins Detail gegangen, hätte ich für nichts garantieren können. Aber Hermann war klug genug, schnellstens das düstere letzte Kapitel ihrer unglücklichen Affäre aufzuschlagen. Nachdem sie sich einige Tage turtelnd und turnend auf seiner Yacht amüsiert hatten, hatte er sie mit in sein Häuschen genommen, wo sie von Anfang an auf den geifernden Widerstand seiner dominanten Schwester gestoßen waren. Gleich am ersten Morgen, im Garten, beim Frühstück zu dritt, hatte sie Hermann vor möglichen Geschlechtskrankheiten gewarnt und vor Karens Gier auf seinen Reichtum, warum er denn immer noch so entsetzlich naiv wäre. Über derlei Unverschämtheiten hatte Karen noch kühn hinweggesehen. Als die von Eifersucht zerfressene Schwester aber eines Nachts Hermanns Schlafzimmer gestürmt, den beiden die Bettdecke weggezogen und hemmungslos weinend damit gedroht hatte, sich umzubringen, zog sie die Konsequenzen. Noch vor Sonnenaufgang telefonierte sie kurz, packte ihre Sachen und machte Hermann in deutlichen Worten klar, daß ihm jegliches Rückgrat abgehe, er keinerlei Durchsetzungsvermögen habe, und überhaupt, seine altbackenen Vorstellungen von Treue und dem großen Glück zu zweit seien sowieso nicht ihr Ding. Dann war sie zum Gartentor marschiert, wo ein kerniges Mannsbild mit wehender Haarpracht und einem breiten Grinsen im Gesicht neben einem offenen roten Sportwagen auf sie wartete. Hermann war ihr nachgerannt, ihr verzweifelt zu Füßen gefallen, hatte ihr seine immerwährende Liebe beteuert, aber es war zu spät. »Schluß mit dem Quatsch, und heul jetzt bloß nicht rum wegen dem Typ«, hatte sie nur noch gesagt, »mir geht's nicht um Liebe, ich will meinen Spaß, und euer kleingeistiger Besitzanspruch geht mir schon lange auf den Wecker.« Und daß der Kerl verdammt sexy sei, sehe er doch wohl selber. Dann hatte sie ihm einen letzten flüchtigen Kuß gegeben, war mit dem Dreamboy in den Wagen gesprungen und winkend davongebraust.

»Und mich hat sie überhaupt nicht erwähnt?«

»Nein, kein einziges Mal.«

»Und wo sie hingefahren sind, weißt du auch nicht?«

»Nein. Aber daß es ihr in Portugal sehr gut gefalle, hat sie immer wieder betont. Ich wollte ihr alles zeigen. Die Felsen von Sagres, die Atlantikküste, Lissabon, das war doch alles abgesprochen.« Hermann schlug die Hände vors Gesicht. Sein jämmerlicher Anblick war mir Ansporn genug, die Haltung zu wahren. Ich mochte keine Sekunde glauben, daß Karen so herzlos war, sich nun wahllos querfeldeinvögelnd durch die Lande zu schlagen. Und wenn doch, dann sicher nicht für lange. Ich hatte da meine eigenen Erfahrungen mit postkoitalem Weltschmerz zu verarbeiten gehabt. Und daß sie für kurze Zeit auf den zartbesaiteten Hermann hereingefallen war, okay. Dafür hatte ich Verständnis. Eine Frau braucht Zeit und Aufmerksamkeit, möchte auf Händen getragen werden, und dem hatte nur allzu oft mein Hang zur künstlerischen Produktivität im Wege gestanden. So hatte sie sich mit dem Instinkt der vorübergehend frustrierten, aber eben doch aufrichtig liebenden Gefährtin an einen Mann gewandt, der ihr niemals wirklich etwas bedeuten würde. Und was den Macker am Gartentor betraf, der war einfach nötig gewesen, um Hermann die Flausen auszutreiben und endgültig klarzumachen, daß nun Schluß war mit lustig Händchenhalten. Genau! Das klang doch ziemlich einleuchtend.

»Hör zu, Hermann. Der Schmerz geht vorbei. Und wenn du dich mal wieder verguckst, dann mach halt rechtzeitig klar, ob das Mädel nicht schon vergeben ist. Du hast es ja nicht anders verdient. Und schaff dir bloß deine Schwester vom Hals. Wo ist die eigentlich jetzt?«

»In Lagos, bei einer Freundin. Glaubst du, sonst hätte ich euch mit hierhergenommen?«

Mir reichte es mal wieder. Wer hatte denn hier wen mitgenommen? Der Kerl würde noch eine Menge leiden müssen, bis er von seinem einsamen Hochsitz herunterkroch. Ich ließ ihn mit seinen Tränen allein und ging frühstücken.

Während ich noch mit den vergoldeten Greifarmen einer vollautomatischen Espressomaschine kämpfte, erschien ein schlechtgelaunter Oskar in der Tür und lehnte sich gegen den Rahmen. »Scheiße, ich kann's nirgendwo finden.«

»Vergiß es. Zeig mir lieber, wie das Ding hier funktioniert. Nach dem Kaffee holen wir die Dose aus dem Auto. Du wolltest da noch was gutmachen, erinnerst du dich?«

Oskar nickte müde und setzte sich an den Tisch.

Wir waren seit einer Weile damit beschäftigt, zwei knallharte Avocados mürbe zu klopfen, als Hermann mit hochrotem Kopf am Küchenfenster auftauchte. »Ihr müßt sofort verschwinden! Meine Schwester ist gerade vorgefahren. Schnell, kommt hier durchs Fenster. Bitte! Nun beeilt euch doch!«

Wir taten ihm den Gefallen, rafften unseren Kram zusammen und gingen. Von der Straße aus warf ich einen letzten Blick zurück und sah eine kleine drahtige Frau mit einem großen braunen Hund an der Leine, wie sie keifend mit dem Zeigefinger vor Hermanns traurigem Gesicht herumstocherte, woraufhin der sich in abwehrend geduckter Haltung ins schützende Gestrüpp einer dornigen Hecke zurückzog. Es tat fast ein bißchen weh, ihn so hilflos seinem Elend zu überlassen, aber er hatte es schließlich nicht anders gewollt. Und dann hatte ich jetzt auch wirklich Wichtigeres vor, als den verkorksten Lieblingsbruder vor seiner masochistischen Tagesration zu bewahren. Und daß Karen den Hund zurückgelassen hatte, stimmte mich vorübergehend geradezu fröhlich. Meine Chancen, irgendwann mal wieder ganz alleine mit ihr zu sein, stiegen ständig weiter.

Sie war also höchstwahrscheinlich noch im Lande. Und ich würde sie finden! Da ließ ich keinerlei Zweifel an mich heran. Jetzt endlich den Stoff zu Geld machen und dann wieder auf Reisen gehen. Was kann sich ein überquellender junger Schriftsteller denn schöneres wünschen. Die Felsen von Sagres besichtigen, vielleicht auch die staatliche Brauerei, dann die berühmten Strände der Atlantikküste und schließlich Lissabon, die Stadt des Weines, der Lyrik und der Melancholie. Wobei ich durchaus fest vorhatte, mir jede Form von Traurigkeit zunächst mal vom Leibe zu halten. Meine linke Augenbraue hüpfte schon seit geraumer Zeit verdächtig unkontrolliert auf und nieder, und dann fühlten sich auch meine Lippen zwischendurch seltsam taub an. Kein Wunder, daß ich inzwischen ein klein wenig mit den Nerven zu Fuß war, bei all der Aufregung und dem ständigen Auf und Ab. Ich beschloß, tapfer darauf zu pfeifen und schlenderte beschwingt durch die kurvigen Alleen, deren Bäume sich über unseren Köpfen berührten und zu einem langen schattigen Dach vereinten. Es war nun doch noch ein strahlend schöner Morgen geworden, die Sonne blinzelte listig durchs dichte Blätterwerk, die Vögelchen zwitscherten vergnügt, und meine Stimmung hob sich mit jedem Schritt. Nur Oskar war wortkarg wie selten, hatte offensichtlich große Mühe, meinem energischen Tatendrang einigermaßen vergleichbares entgegenzusetzen. Ab und zu murmelte er ein paar unverständliche Worte in den sprießenden Stoppelbart, und ich war schon sehr gespannt auf seine allerneueste kriminelle Eingebung, mit der er die Scharte der vergangenen Nacht hoffentlich ein für alle Mal auswetzen würde.

Bald hatten wir den zerbeulten Rover erreicht, ich griff mir die Dose, hielt den Daumen heraus, und schon eine knappe Stunde später wanderten wir die grasbewachsene Zufahrtstraße zu Pierres und Johannas Landhaus hinauf.

Merkwürdig still war es rundherum, wie ausgestorben lag das Anwesen heute vor uns. Ich vermißte den unermüdlich nervenden Klang der ekstatischen Trommelei, das vielstimmig durcheinanderschwirrende Geschrei und auch die dichten braunen Rauchschwaden, die während der vergangenen Tage doch rund um die Uhr aus jeder Luke und jeder Ritze des Hauses hervorgequollen waren. Sogar die Grillen schienen sich auf eine außerplanmäßige Konzertpause verständigt zu haben.

Dann aber flog die Tür auf, und ein jubelnder Bernhardiner stürzte schwanzwedelnd auf uns zu, gefolgt von Marko, dem zwar gleichfalls die Freude über unser Wiedersehen ins Gesicht geschrieben stand, der uns aber nach einer ersten herzlichen Begrüßung mit belegter Stimme darüber aufklärte, daß die ganze Bande der so liebenswert undogmatischen Kommunarden die idyllische Gemeinsamkeit am frühen Vormittag fluchtartig aufgekündigt hatte. Mit den unterschiedlichsten absurden Begründungen. Der eine wollte plötzlich seinen Reisepaß verlängern lassen, von dem hier doch jeder wußte, daß er ihn längst verkauft hatte, ein anderer unbedingt seiner Oma zum neunzigsten Geburtstag gratulieren, ein dritter mal eben mit der Hundeversicherung über einen letzten Zahlungsaufschub verhandeln. Die meisten aber hatten schlicht und einfach behauptet, nun einige ruhige Tage am Strand verbringen zu wollen. Darunter dieselben rigorosen Punks, die doch beinahe panisch darauf bedacht gewesen waren, jedem Moment nahender Stille aus dem Weg zu gehen, jeden kleinsten Sonnenstrahl zu meiden, um ihre so stilsicher gepflegte Blässe nicht unnötig zu gefährden.

Wir betraten das Haus, und ich begriff. Johanna und Pierre hockten niedergeschlagen am Küchentisch, ihre Gesichter, Arme und Beine waren von unzähligen roten, teilweise eitrig nässenden Abszessen übersät. Ich selbst hatte mir vor Jahren einmal die sogenannte Krätze eingefangen, wußte, daß es sich dabei um kleine gemeine Milben handelte, die sich ganz ohne anzuklopfen direkt unter der Haut eine gemütliche Wohnstube herrichteten, aber einen derart rücksichtslosen Aufmarsch fleischfressender Parasiten hatte ich noch nirgendwo gesehen. Das Haus war zur Einflugschneise für Pusteln, Gonokokken, Schleppscheiße oder gar Pestbeulen geworden, da stellt sich niemand gerne als Landebahn zur Verfügung, und so hatten sich die von der Hausherrin stets liebevoll umsorgten und gemästeten Gäste nun feige verdrückt.

Johanna schenkte mir ihr warmes mütterliches Lächeln, Pierre hob schweigend die Hand zum Gruß, ich nahm mir einen Stuhl und setzte mich zu ihnen. Die beiden waren gerade damit beschäftigt, einen dicken fünfblättrigen Joint zu basteln, der so manchem Vertreter weit jüngerer Generationen einen gewaschenen Tatterich aufgezwungen hätte, nun zündete Johanna ihn an, paffte genüßlich und gab ihn an mich weiter. Oskar verzog sich mit einem albernen Räuspern in Richtung Plumpsklo.

Gar keine Frage, nahm ich das Teil entgegen, setzte ich mich einer ersten massiven Attacke der hinterhältigen Flugobjekte aus. Aber Johanna war deutlich anzusehen, wie sehr sie darunter litt, daß das fröhliche bunte Treiben aus ihrem Haus verschwunden war, traurig und einsam sah sie aus, und ich brachte es nicht übers Herz, ihre rührende Gastfreundschaft zu beleidigen. Dafür hatte ich sie einfach viel zu gerne, diesen wandelnden Anachronismus, der das Fähnchen der Liebe hochhielt, so stur und doch ganz und gar unprätentiös, fast wie eine Macke, von der sie als Alternde weiß, die wird sie im Leben nicht mehr los.

Mein sporadisch aufglimmender Draht zum überirdischen Gerechtigkeitsverwalter gab mir einen Schubs, ich baute darauf, bei meinem unsichtbaren Gesprächspartner Boden gut zu machen und für meine gute Tat mit einem Extraausstoß körpereigener Immunstoffe belohnt zu werden, und griff zu. Ich nahm zwei kräftige Züge am feuchten Filter, voll konzentriert auf meine klammheimliche spirituelle Verbindung, und reichte die Tüte dem armen Pierre über den Tisch, während Johanna sich eine glibberige gelbe Salbe ins verträumte Gesicht schmierte.

Kaum war der Joint geraucht, hatte auch Oskar seine Sitzung hinter sich gebracht. Nun drückte er sich an der gegenüberliegenden Wand herum, trat nervös von einem Bein aufs andere und entschied sich dann doch noch für die unerwartete Höflichkeit, bis auf drei Meter an uns heranzurücken. »Sag mal, Pierre, würde es dir was ausmachen, uns deinen VW-Bus zu leihen? Nur für ein oder zwei Tage, wir müssen dringend nach Sagres, zwei Berliner Mädchen besuchen. Wir haben da was wichtiges zu erledigen.«

Marko jauchzte begeistert. »Nehmt ihr mich mit? Bitte! Ein Ausflug, juhuu!«

Oskar verzog das Gesicht, Johanna schmunzelte, Pierre kratzte sich am Kopf und nickte bedächtig. »Klar, warum nicht. Ich müßte allerdings vorher nochmal nach dem Vergaser sehen. Wann soll's denn losgehen?«

Oskar warf mir einen kurzen Blick zu, bevor er antwortete. »Morgen früh wäre uns recht, ist das drin?«

Pierre nickte wieder, und wir gingen nach draußen, um den Wagen zu begutachten.

Den Nachmittag verbrachten wir damit, den Motor zu zerlegen, durchzupusten und wieder zusammenzuschrauben, und ich konnte mir ein Grinsen nicht verkneifen, wenn ich Oskar immer mal wieder dabei beobachtete, wie er mit ekelverzerrtem Gesicht sämtliche Polster, Decken und Matratzen aus dem altersschwachen rostschutzfarbenen Vehikel räumte, drehte und wendete, schüttelte, ausklopfte, darauf herumsprang und schließlich mit dem Gartenschlauch absprühte und in die Sonne hing, griesgrämig darum bemüht, etwaigen feindlich gestimmten Erregern den Hahn abzudrehen.

Später am Abend, als die Arbeit getan war und wir noch einmal mit einer großzügigen Mahlzeit verwöhnt worden waren, ließ es sich Johanna nicht nehmen, mich im spärlich beleuchteten Hinterzimmer in die Geheimnisse des I-Ging einzuweihen. Sie ermunterte mich, einige Würfe mit den magischen Münzen zu riskieren, und ich erinnerte mich mit gemischten Gefühlen an die geradezu unverschämte Trefferquote, die mir Karens Tarot-Session von Asilah eingebrockt hatte. Neues Spiel, neues Glück, beruhigte ich mich, beschloß aber vorsichtshalber, die Sache diesmal nicht allzu ernst zu nehmen. Wenn ich ehrlich bin, ist es mir doch noch nie wirklich vergönnt gewesen, mich zu verändern, bloß weil ich selbst oder irgendein anderer längst verstorbener neunmalkluger Taschenbuchmedizinmann das für dringend nötig gehalten hatte. Aber Johanna interpretierte durchaus freihändig, hatte nebenbei wie von Zauberhand eine wahrhaft weihräuchernde Atmosphäre geschaffen, und so wurde es nochmal richtig gemütlich. Wieder einmal hatte ich meinen nach Liebe und Zuwendung heischenden Kopf in ihrem warmen weichen Schoß liegen, und hier und da gelang mir tatsächlich ein großer Wurf, den sie mir anschließend mit zarter wissender Stimme einfühlsam verschönerte.

Als ich Stunden später noch eine Weile schlaflos über dem schnarchenden Oskar in der Koje lag, dachte ich immer wieder an den bevorstehenden Sonnenaufgang in meinem Leben, daran, daß die Nacht nun vorüber sei und ich endlich erkennen werde, daß hinter allen Dingen ein weises Ordnungsprinzip stehe und nichts zufällig geschehe. Damit hatte Johanna den Nagel auf den Kopf getroffen, kam doch Oskars Plan, die lästigen Geschäfte in Sagres abzuwickeln, meinem dringendsten Herzensbedürfnis schnurstracks entgegen. Meine Prüfung sei es, nun alles geschehen zu lassen und mich nicht dagegen aufzulehnen. Aber ja doch, warum sollte ich auch. Ich hatte keinen Zweifel, daß Johanna tief in mich hineinsehen konnte und es durch und durch gut mit mir meinte. Der Abschied würde mir nicht leichtfallen. Nie zuvor hatte ich mich ähnlich geborgen gefühlt, geliebt beinahe und so richtig zu Hause. Und sicherlich ahnte sie längst, daß unsere Wege nun schon wieder auseinandergingen, kaum hatte uns das kabbalistische Prinzip, oder wer auch immer es gewesen sein mochte, zusammengeführt. Trotzdem fand ich tiefe Entspannung in ihren tröstenden Worten, hielt mich krampfhaft an ihnen fest und schlief irgendwann über meinen zärtlichen Gedanken ein.

Marko kniete pfeifend am Kanonenofen und schob noch ein paar Holzscheite nach. Er hatte mir einen Beruhigungstee für Oskar versprochen, der wie ein angestochenes Ferkel durch die prächtig unberührte Landschaft knatterte. Das Auto quietschte, zuckte, hustete und spuckte, ich lag auf der verlausten Matratze, den Kopf in den Arm gestützt, und bestaunte die Unmengen an überlebenstechnischen Apparaturen, die der bescheidene Kastenwagen so mit sich führte. Neben dem Ofen und der Matratze gab es noch zwei riesige tarnfarbene Kühltaschen, eine kleine braune Kommode fürs Geschirr, eine Angel, eine Meditationsschaukel, einen leerstehenden Papageienkäfig sowie ein beeindruckendes Bündel ausgewachsener Marihuanastauden. Das Zeug war wahrscheinlich mehr wert als der verkümmerte Restbrocken marokkanischer Dosenware, den ich wieder tief unten in meiner Tasche verstaut hatte. Anscheinend akzeptierte sogar Oskar eine Art heiliges Tabu angesichts der getrockneten Vollwertkost unserer großherzigen Herbergseltern.

Der Bernhardiner lag mir schwitzend zu Füßen, hechelte erschöpft und schaute mich aus großen blutunterlaufenen Augen hilfesuchend an. So langsam wurde die Hitze tatsächlich unerträglich. Ich richtete mich auf, stieg über den Hund hinweg und riß auch noch das letzte der verschmierten Schiebefenster auf, wobei ich einen kurzen Blick auf den buntgefiederten Kirschkernbeißer erwischte, der in der abscheulichen blaugrauen Dunstwolke unserer tödlichen Abgasmischung mit zum Himmel gerichteten Blick ohnmächtig zwischen die Disteln kippte. Ich quetschte mich wieder zu dem Hund auf die Matte und döste nach wenigen Minuten ein.

In Sagres angekommen, hielten wir direkt neben einer skandinavischen Butterfahrt, deren greise Teilnehmer schnatternd einem giftgrünen Doppeldeckerbus entstiegen. Ich gab Oskar die nächste kleine Probepackung mit auf den Weg, wir verabredeten, uns am Abend an der gleichen Stelle wiederzutreffen, und Oskar rauschte von dannen.

Uns blies ein kräftiger Wind um die Nase, der Hund erwachte zu neuem Leben und eröffnete die wilde Hatz auf die örtlichen Möwen. Graue Wolkenfetzen jagten über den Himmel, und die Omis sicherten ihre Kopftücher, bevor sie sich neugierig über die Auslagen der weißgetünchten hölzernen Souvenirbuden hermachten. In der Mitte des sandigen Platzes ächzte und rasselte ein uraltes lungenkrankes Kinderkarussel. Den Pferdchen, die hier müde und nahezu unbeachtet ihre Kreise drehten, blätterte der Lack von den Nüstern, und so manchem fehlte ein Bein. Ein brummig dreinschauender Seebär im quergestreiften Ringelhemd, der mit seiner Hanseatenkappe und der geschwungenen Pfeife zwischen den gelben Zähnen das Ambiente einer Hamburger Hafenbar der fünfziger Jahre mühelos ergänzt hätte, saß in einem kleinen gläsernen Kabuff und ließ die Rolle mit den unverkauften Tickets wie eine türkische Gebetskette durch die faltigen Finger gleiten.

Marko griff meinen Arm und zog mich vorbei an den

schaukelnden Münzfernrohren auf die Spitze der erhöhten Landzunge hinaus. Für das letzte Stück legten wir uns auf den Bauch und robbten unter dem Sturm hindurch. Ich wurde das beängstigende Gefühl nicht los, wir könnten jeden Moment abheben und von den Meerwinden, die hier von zwei Seiten zu einem orkanartigen Tohuwabohu aufeinandertrafen, über die Straße von Gibraltar hinausgetragen werden. So lagen wir nun auf dem südlichsten europäischen Flecken Erde und lugten vorsichtig die mindestens siebzig Meter tiefe Steilwand hinunter, zu deren Füßen gewaltige Wogen als brausende Gischt in die kupfernen Felsen donnerten.

»Und leise kräuselt sich das Meer«, piepste Marko zu meiner Verblüffung. Ich griff nach hinten und zerrte Zettel und Bleistift aus der Gesäßtasche, um die Anmut der kindlichen Inspiration für eine spätere Ode an die Zuversicht aufs flatternde Papier zu kritzeln.

Dann schiß mir eine Möwe aufs Haupt, und ich hatte fürs erste genug von der königlichen Aussicht. Wir krochen zurück und schlenderten für eine Weile durch die gleichförmige langweilige Ortschaft. Von Karen oder wenigstens einem roten Cabriolet keine Spur. Wir genehmigten uns einen Imbiß und ein stärkendes Bier, zogen weiter und entdeckten schließlich einen langgezogenen, beinahe menschenleeren Strand, in dessen Rücken sich die glitschigen Felsen zu einer bizarren Mondlandschaft auftürmten.

Wir hockten uns hin, schauten aufs Meer hinaus, quatschten über dieses und jenes, Marko fragte mich über meine Herkunft aus, und ich band ihm so manchen unterhaltsamen Bären auf, über mein abenteuerliches Leben, über die Verlockungen und die Gefahren der Liebe, ertappte mich schließlich dabei, daß ich angefangen hatte, ratsuchend von meinen Problemen zu faseln, und erntete den einen oder anderen allerliebsten frühreifen Kommentar des zartfühlenden Knaben. Wobei es vor allem sein Witz war, der mir, bar jeder Ironie oder gar der Lust zu verletzen, beim retrospektiven Durchforsten meiner dunkleren Stunden verständnisvoll zur Seite stand.

Und als er dann selber erzählte, schilderte er eine unfaßbar schöne engelsgleiche Mutter und einen geduldig liebenden Vater, die beide leider, und dies berichtete er ganz ohne Tränen, schon vor Jahren bei einem Autounfall tragisch ums Leben gekommen seien.

Später zog ich das kleine Buch aus der Tasche, das mir Johanna freundlicherweise zum Abschied überreicht hatte. »Das wird dir guttun«, hatte sie noch gesagt, aber ich war eher skeptisch gewesen, hatte ich Nietzsche bis dahin doch für einen geistig verwirrten Verfechter aberwitziger Herrenmenschenideologien gehalten. ›Also sprach Zarathustra‹ hieß das bedenkliche Werk, ich schlug es auf, blätterte ein wenig darin herum und stieß prompt auf die reine ungefilterte Wahrheit. ›Ich und mich sind immer zu eifrig im Gespräch‹, hieß es da ganz richtig, und weiter: ›Wie wäre es auszuhalten, wenn es nicht einen Freund gäbe? Immer ist für den Einsiedler der Freund der Dritte: der Kork, der verhindert, daß das Gespräch der Zweie in die Tiefe sinkt ...‹

Etwas gestelzt formuliert, sicherlich, aber mir wurde trotzdem warm ums Herz. Ich fühlte mich verstanden, dachte voller Dankbarkeit an Johanna und las weiter: ›Vom Wege des Schaffenden‹ und ›Von den Fliegen des Marktes‹, während mein Kork mit seinem Hund am Strand herumtollte und schließlich einen erfüllenden Zeitvertreib fand, planschend in einem breiten Rinnsal, das ruhig und schimmernd quer den Strand hinunterfloß.

Es mögen einige Stunden dabei draufgegangen sein, während derer ich in teils fremdartige, teils seltsam vertraute Gedanken versunken war. Ich wähnte mich bereits absolut sicher in der Annahme, daß es die philosophische Betrachtungsweise war, die meinem Schaffen und damit auch meinem Leben nun endlich einen tieferen Sinn verleihen würde, als Marko mit einem jauchzenden Aufschrei auf sich aufmerksam machte und kurz darauf zu mir heraufgeklettert kam. »Sieh mal, was ich hier habe!«

In seiner Hand zappelte ein restlos verzweifelter kleiner Fisch.

»Oh nein, Marko. Ich kann den nicht umbringen. Das kannst du nicht von mir verlangen!«

»Tu ich ja gar nicht«, grinste der Kleine, holte aus und hieb den Kopf der unschuldigen Kreatur mit selbstverständlicher Wucht zwei-, dreimal gegen einen der Felsen. Nun zuckte nur noch der Schwanz, und dann war das Leiden vorbei. Ich klappte das Buch zu. Der Junge hatte mich ungewollt auf den Boden der Tatsachen zurückgeholt. Der ganze darwinistische Scheiß von der Herrschaft naturgegeben überlegener Lebewesen würde mir auch weiterhin gewaltig gegen den Strich gehen, da half auch kein salbungsvolles Gelaber. Wie lange noch würde ich auf diese rattenfängerischen Köder identitätsstiftender Literatur hereinfallen, immer auf der hoffnungslosen Suche nach der eitlen abgehobenen Sonderrolle. Wieder einmal hatte ein golden leuchtendes Pendel vor meiner Nase ausgeschlagen, und ich war kurz davor gewesen, bereitwillig hineinzubeißen …

Nachdem Marko mit seinem Taschenmesser den Kopf vom Leibe getrennt hatte, warf ich eine Handvoll Sand über das vorwurfsvolle Glasauge, riß mich zusammen und half meinem fröhlichen kleinen Freund beim Ausnehmen und Entgräten. Dann sammelten wir etwas Reisig und einige moderne Bootsplanken und entzündeten ein prasselndes Strandfeuer. Den angekokelten Leichnam überließ ich Marko und seinem Hund, lutschte statt dessen einen Pfefferminzbonbon und zog mich wieder auf den Geröllhaufen zurück, um mir mit Hilfe eines kleinen Joints die abwegigen Gedanken zu glätten. Marko turnte einige Meter weiter vorne auf den seifigen Felsen herum, sammelte Muscheln und warf hier und da einen flachen Stein ins Meer, der springlebendig auf dem nun fast spiegelglatten Wasser in den roten Ball der untergehenden Sonne hinaustanzte.

Ich dachte an Freddy Kramer, den sie immer nur den Schimpansen genannt hatten. Ein spindeldürres Kerlchen mit einer ähnlich bitteren Kindheit. Er war vierzehn oder fünfzehn, als ich ihn kennenlernte. Nach meinem ruhmreichen Schulabgang hatte ich mich ein halbes Jahr lang vergeblich vor Fabrikherren und Bürovorstehern verbeugt, war Kleingärtnern und Großgrundbesitzern in den Hintern gekrochen, hatte jede Menge stolzer Prinzipien über den Haufen geworfen, um in den Zeiten der angeblichen Ölkrise irgendeinen verfluchten Job aufzureißen. Bis mir schließlich die absurde Stellung eines Hilfssheriffs im örtlichen Heim für sogenannte milieugeschädigte Kinder angeboten worden war. *Lebensfreude* nannte sich die fragwürdige Einrichtung, und ich war nicht der einzige, der dort innerhalb kürzester Zeit lebensmüde geworden war. Ich hatte zugegriffen, was sollte ich machen, und sah mich nun, selber doch eben erst dem Schrecken einer überschaubaren vorgefertigten Laufbahn entronnen, dem Druck ausgesetzt, einer wilden Horde verbitterter chancenloser Jungen den ganzen verlogenen Schweinkram von Karriere, goldener Zukunft und der Aussicht auf ausgebrannte Frühvergreisung schmackhaft zu machen. Wenn sie jeden Morgen aufs neue fluchend aus den Betten krochen, weil sie endgültig die Schnauze voll davon hatten, als Anstaltskinder verhöhnt oder von sozialromantischen Germanisten demütigend verhätschelt als Opfer verderbter kapitalistischer Auswüchse präsentiert zu werden. Ich widerstand und setzte mich mal wieder zwischen alle Stühle. Schloß Freundschaft mit den Jungs und erntete den Haß der so selbstgefälligen wie gefühllosen Kollegen. Ich stand kurz vor meiner schnellen Entlassung, saß eben mit einigen der älteren Burschen bei Cola und Kartoffelchips vor dem Fernseher, um General Francos viel zu späten Tod gebührend zu feiern, als der Neue hereingeführt wurde. Die dünnen gelben Strähnen tief über den listig funkelnden Augen, die zitternden Beinchen krampfhaft überkreuzt, als habe er Angst, sich in die Hose zu pissen, stand er da im Türrahmen und gab sich auf Anhieb der allgemeinen Lächerlichkeit preis, indem er sich zur Begrüßung eine

Faust vors Gesicht hielt, damit wild gegen das Kinn boxte und, die Unterlippe vorgestülpt, affenartige Laute hervorstieß.

Vom ersten Moment an hatte Freddy nicht die geringste Chance, freundschaftliche Kontakte zu schließen. War sofort der verlachte Narr der Truppe, wurde gehänselt, herumgeschubst, gequält und imitiert. Es dauerte ganze drei Tage, bis nicht nur sämtliche Insassen, sondern auch die ersten, in ihrer fatalen Hilflosigkeit völlig verunsicherten Erzieher grunzend und schnatternd durchs Haus hüpften. So mag sich Freddy durchaus ein wenig heimisch gefühlt haben, hatte er doch die vergangenen acht Jahre unter wahrhaft verstörenden Mitgefangenen in einer geschlossenen psychiatrischen Anstalt zugebracht. Wie er dort hineingeraten war, habe ich nie erfahren, seine Akte nie zu Gesicht bekommen. Von gewissen Auffälligkeiten war die Rede, von einer schizophrenen Mutter und einem sadistischen Zuhälter als Vater. Ob der Kleine gezwungen gewesen war, zum Umsatz des häuslichen Familienbetriebs beizutragen, war nie ganz geklärt worden. Auf das ungeheure Verständnis, das ihm bei uns entgegenwehte, reagierte Freddy auf seine erlernte Art. Feuerte beim Essen gefüllte Teller über den Tisch, sprang durch geschlossene Glastüren oder kleineren Jungen beim Sport ins Gesicht. Wurde dafür beschimpft, eingesperrt, angebrüllt und bedroht.

Ich selbst entging meiner erwarteten Kündigung, weil ich mich um ihn kümmerte und ihn so den genervten Kollegen vom Halse schaffte. Wir unternahmen lange Spaziergänge zu zweit, ich versuchte ruhig zu bleiben, wenn er mal wieder mit Kieselsteinen nach Pferden warf oder einen herabgestürzten jungen Spatz zertrat, ging auf seine zunächst etwas wirr anmutenden Monologe ein, bis wir schließlich ins Gespräch kamen, und Freddy sich als äußerst intelligenter und sensibler Knabe entpuppte. Ich begriff, daß er jede Menge aufrichtiger Zuwendung und einfühlsamen Respekt brauchte, um sein strapaziöses Chaos in Kopf und Seele einigermaßen in den Griff zu bekommen. Schon bald wurden seine Aggressionen seltener, wir wurden Freunde, und ich schulte den völlig ungeübten kleinen Sportler zu einem akzeptablen linken Verteidiger, was ihm einen ersten Anflug verwunderter Hochachtung bei den fußballverrückten Jungen einbrachte. So lenkte er mich für eine gewisse Zeit vom quälenden Zwiespalt ab, mit dem ich mich in diesem vermeintlich integrativen Job herumschlug, ich hatte so etwas wie eine sinnvolle Aufgabe gefunden und meinte auch, die versteckten Tritte und Schläge verkraften zu können, die mir von Eifersucht geplagte Heimbewohner verpaßten, wenn ich abends die Lichter ausgemacht hatte und auf einem letzten Rundgang durch den verdunkelten Flur unterwegs war.

Bis der Tag kam, der all meine geduldigen Mühen zum Einsturz brachte und Freddys schon so sehr verbesserte, aber doch nach wie vor höchst zerbrechliche Gemütsverfassung mit einem, beziehungsweise einer ganzen Reihe von Schlägen vollständig zerschmetterte. Ich hatte gerade meine Frühschicht beendet, die Jungs spielten auf der Wiese vor dem Haus, und ich kehrte nochmal zurück, um meine vergessenen Zigaretten oder irgendwas in der Art zu holen, als ich das cholerische Gebrüll der Heimleiterin, heftig klatschende Geräusche und jugendliche Schmerzensschreie hörte. Ich schlich mich ans Wohnzimmer heran und linste hinein. Und sah die tobsüchtige Frau, wie sie, in der Annahme, unbeobachtet zu sein, ihre ganze mittelalterliche Frustration in einer brutalen Prügelorgie an dem empfindsamen Knaben ausließ. »Wenn ich dich noch einmal erwische ...«, klatsch!, »... dann schlag ich dich windelweich ...« Und fuhr fort, genau das zu tun. Freddy krümmte sich unter ihren Schlägen, hielt sich schutzsuchend die Hände über den Kopf. »Dann schick ich dich zurück in die Klapsmühle, und zwar für immer!« Peng! Mir stockte der Atem. Freddy wimmerte verzweifelt. Ich wollte eingreifen, selbstverständlich, mich dazwischenwerfen, die Frau verprügeln, und tat nichts. War stocksteif und bekam ganz einfach keine Luft. Ich fürchtete zu ersticken, drehte mich auf dem Absatz um und rannte hinaus. Rannte auf die Straße, die Atemnot wurde zur Todesangst, dann würgte es mich ganz erbärmlich, ich kotzte in den Straßengraben, kriegte kurz etwas Luft, rannte weiter, dann ging es von vorne los, ich hatte nur noch Angst, Angst, eine ganz primitive verfluchte Angst um mich selbst. Hatte Freddy längst vergessen, wollte überleben, verdammt, irgendwie überleben. Die Passanten glotzten mich blöde an, taten genauso wenig zu meiner Rettung, wie ich eben für Freddy getan hatte, wieder schoß mir ein breiiger Strahl aus dem Mund, ich hustete erbärmlich, röchelte und erreichte schließlich die rettende Wohnung zweier Freunde. Dort versuchte ich mich zu erklären, aber es war hoffnungslos. Ich hätte mit meinem Gestammel wohl selber nichts anzufangen gewußt. Wie auch sollte ich beschreiben, was ich mir selbst nicht erklären konnte, einen Zustand, von dem ich nicht wußte, was er bedeutete. Ich stürzte aufs Klo, übergab mich noch einmal, suchte im Wandschränkchen nach Hilfe und fand schließlich eine Schachtel Valium, riß sie mit zitternden Fingern auf und pfiff mir mindestens vier der Pillen ein. Eine Viertelstunde später hatte ich das Allerschlimmste erstmal überstanden.

Während der folgenden sechs Wochen lag ich mit einer schweren Lungenentzündung im Bett. Ich war der einzige, der die tieferen Zusammenhänge ahnte, behielt sie aber wohlweislich für mich, froh und dankbar für das psychosomatische Alibi, das mir das Schicksal gegönnt hatte, um dem Schraubstock der Gewissensnot namens *Lebensfreude* ein für allemal zu entkommen. Sobald ich dazu in der Lage war, schrieb ich einen formlosen Kündigungsbrief und gab ihn meinem Hausarzt mit auf den Weg zur Post.

Drei Jahre später habe ich Freddy dann noch einmal wiedergetroffen. Ich wäre beinahe mit ihm zusammengestoßen, als ich bei strömendem Regen mit über den Kopf gezogener Jacke durch unser Städtchen eilte. Er trug den Schädel inzwischen kahlrasiert, und sein listiger

Blick war einer besorgniserregenden Verklärtheit gewichen. Ohne ein Zeichen des Wiedererkennens rüttelte er mich heftig am Kragen und versuchte mir aufgeregt weiszumachen, er sei Jesus, um gleich darauf die Strategie, oder welch Fachausdruck auch immer dafür angemessen sein mag, abrupt zu wechseln und nun steif und fest zu behaupten, in Wahrheit sei er der Sohn von Carlos Castaneda, habe dessen größte Hits geschrieben, sein Vater habe ihm die Manuskripte gestohlen und ihn um Ehre, Ruhm und die Tantiemen betrogen. Nun sei er unterwegs, um gar fürchterliche Rache zu üben. Trotzdem war es nicht besonders schwer, ihn zu überreden, mit zu mir nach Hause zu kommen. Dort bot ich ihm mein kleines Sofa zum Übernachten an, half ihm aus den klatschnassen Klamotten, und schon kuschelte er sich wortlos in meinen Schlafsack und schlief kurz darauf friedlich ein.

Am nächsten Morgen sah er schon wieder viel klarer, hieß Freddy, wußte, wer ich war, und erwähnte seinen bewegten Ausflug in die verlockende Vielfalt eher unpopulärer Bewußtseinsebenen mit keiner Silbe. Im Laufe des Tages, wir waren gerade dabei, gemeinsam den Abwasch zu erledigen, erzählte er mir, daß er mittlerweile als Freigänger in einer Art therapeutischer Wohngemeinschaft lebe, dort aber vor einigen Tagen rausgeflogen sei, weil er sich an der Haushaltskasse vergriffen und, hier druckste er verschämt herum, in seiner manchmal einfach übermächtigen Wut zum wiederholten Mal die getigerte Katze gewürgt hatte. Ich zwang mir eine halbherzige Moralpredigt ab, setzte der Andacht ein Amen, indem ich ihn aufforderte, noch einmal einen Versuch zu wagen, sich bei seinen Mitbewohnern zu entschuldigen und um seine Wiederaufnahme zu bitten. Nicht daß er mir auf die Nerven gegangen wäre, aber ich war es seit längerem gewohnt, alleine zu leben, und durchaus scharf darauf, meine kleine Wohnung schnell wieder ganz für mich zu haben.

»Meinst du wirklich?« fragte Freddy und schaute mich zweifelnd an.

»Aber sicher, das sind doch keine Unmenschen, oder?« Freddy zuckte mit den schmalen Schultern, ich schloß ihn zum Abschied in die Arme und schob ihn mit einem aufmunternden Klaps zur Tür hinaus.

Weitere drei Tage später saß ich gelangweilt im Café gegenüber und blätterte lustlos im Oberhessischen Kurier. Der große Regen hatte sich verzogen, aber noch immer hingen die Wolken düster und schwer über der Stadt. Ich las von dem tollwütigen Fuchs, den sie im Nachbardorf entdeckt hatten, vom bevorstehenden Feuerwehrball, der Einweihung einer nagelneuen Laubenkolonie und landete schließlich bei den Todesanzeigen. Wahrscheinlich hätte ich den schmucklosen kleinen Kasten gar nicht wahrgenommen, wenn mir der vertraute Name nicht sofort ins Auge gestochen wäre. Ich hoffte zu träumen, sah aus dem Fenster, dann dem besorgten Wirt ins Gesicht und endlich wieder auf die Zeitung in meiner Hand. Aber die schreckliche Meldung blieb wahr. Freddy Kramer, stand dort schwarz und deutlich, im zarten Alter viel zu früh von uns gegangen. In tiefer Trauer, seine untröstlichen Freunde. Mir schlotterten die Knie, ich hielt mich am Tresen fest, wollte wissen, was passiert war, Bahnhofstraße 8, hatte Freddy gesagt, im Hinterhof, falls du mich mal besuchen kommst, ich rutschte vom Hocker und machte mich auf den Weg.

Ein kleines seilhüpfendes Mädchen streckte mir die Zunge heraus, als ich in den dunklen grauen Hof einbog. Neben einer schulterhohen zerbröckelnden Backsteinmauer war ein grimmig dreinschauender alter Mann damit beschäftigt, die Scheiße der lauthals gurrenden Tauben zusammenzukehren. Dann fiel mein Blick auf die unförmige Kreidezeichnung auf dem Asphalt, der Alte kam auf mich zu, spuckte aus und deutete mit seinem Strohbesen die schmutzige Hauswand hinauf. »Jaja, diese Verrückten da oben. Ich hab ja immer gesagt, das nimmt kein gutes Ende. Die gehören alle eingesperrt, aber alle! Beim guten alten Adolf hätte es so was nicht gegeben!«

»Bruder Jakob, Bruder Jakob, weißt du noch ...«, trällerte die Kleine. Ich muß den Alten ziemlich verständnislos angesehen haben, vielleicht war er aber auch einfach nur gierig darauf, mir den aufregenden Todesfall genüßlich unter die Nase zu reiben. Jedenfalls rückte er ungefragt mit der Geschichte heraus, eins dieser asozialen Elemente sei vor drei Tagen die nasse Regenrinne raufgeklettert, um in die Dachwohnung einzusteigen.

»In die eigene Wohnung, das muß man sich mal vorstellen!«

Dabei sei das Bürschchen abgerutscht und habe sich beim Aufprall auf den Hof das Genick, den Schädel und sämtliche Knochen gebrochen.

»Geschieht dem Abschaum nur recht. Aber ich bin dann wieder derjenige, der den Dreck abkratzen soll«, sabberte der alte Mann und wies auf die dunklen Flecken in der umrandeten Fläche. Ich dachte voll Grauen an Blut und Hirn, ließ ihn stehen und schloß mich für die nächste Woche in meiner Wohnung ein. Wollte niemanden sehen und niemanden sprechen. Wollte mir die Beerdigung ersparen und die zwanghaften Fragen nach dem berühmten hätte, und wäre, und wenn. Hatte ich mich nicht allein und aufrecht der Mafia der Seelenklempner entgegengestemmt, bis es mich beinahe selbst dahingerafft hätte? Und trotzdem noch einmal gehofft, Freddy mit einem guten Rat ein einziges Mal wirklich helfen zu können? So rang ich mich schließlich dazu durch, die Verantwortung dem verfluchten unfähigen Pädagogenpack in die Schuhe zu schieben, sowie Freddys übrigen Mitbewohnern, den untröstlichen Freunden, und überhaupt, der bösen bösen Welt. Und dachte doch schuldbewußt und traurig zweifelnd an IHN.

Marko stieß einen schrillen Schrei aus, ich schaute auf und sah, wie er mit rudernden Armen über den schmierigen Felsen schlitterte. Dann verlor er endgültig die Balance, knallte hin und war verschwunden. Ich rannte los und fand ihn am Fuß der Steine, regungslos im Sand liegend, das Gesicht in den Händen vergraben.

»Autsch!« schrie er, als ich versuchte ihn umzudrehen, um nach ihm zu sehen. Es stellte sich heraus, daß er sich wohl ein wenig den Fuß verstaucht hatte, aber sonst war ihm nichts weiter zugestoßen. Ich war unendlich erleichtert, hockte mich neben ihn in den Sand, und plötzlich schossen mir die Tränen in die Augen, wurden zum Sturzbach und überspülten scheinbar mühelos meine in zäher Kleinarbeit errichteten Dämme mannhafter Selbstkontrolle.

Warum ging mir eigentlich immer alles so entsetzlich daneben? Wo ich auch auftauchte, stürzten Freunde zu Tode, wurden ermordet oder brachten sich selber um. Welchen Fluch trug ich da mit mir herum? Und wo war Karen, jetzt, wo ich sie so dringend brauchte? Ich ließ meinem Selbstmitleid freien Lauf, hatte das jammernde Kleinkind in mir beinahe gerne, während Marko mir in rührender Anteilnahme zärtlich über die Haare strich.

»Es wird ja alles wieder gut. Ganz bestimmt. Bald ist alles wieder gut.«

Als sich der Sand um uns herum in eine schlammige Masse aufzulösen drohte, kam ich wieder zu mir und stellte fest, daß die abendliche Dämmerung über uns hereingebrochen war. Wir standen auf, Marko hakte sich bei mir ein und humpelte an meiner Seite den Hang hinauf.

Oskar wartete bereits ungeduldig an der vereinbarten Stelle, war ansonsten aber gutgelaunt wie schon lange nicht mehr. Auf dem Kanonenofen brutzelte eine Dose Bohnen, in der Hand hielt er eine Flasche Rotwein und schenkte uns auf der Stelle zwei Gläser ein. »Alles klar, Freunde! Die Mädels tun uns den Gefallen und kaufen uns das Zeug ab. Sie haben zwar selber gerade vor, für einen größeren Transport über die Grenze zu gehen, aber wir sind alte Geschäftspartner, Freunde eigentlich, und ich hab 'ne Portion Charme raushängen lassen, und schon war das Thema vom Tisch.«

»Für wieviel?« fragte ich skeptisch.

»Fünfhundert Mark immerhin. Da kannst du doch wirklich nicht meckern. Bei der Menge, die sie im Rif einladen wollen, zahlen sie 'ne glatte Mark weniger fürs Gramm. Allerdings habe ich ihnen als Gegenleistung einen kleinen Gefallen versprochen.«

»Und der wäre?«

»Naja, sie möchten, daß wir ihnen eine herausnehmbare Sitzecke in ihren Kleinbus einbauen. Hohl, versteht sich. Du packst doch wohl mit an, oder?«

»Mensch, Oskar, was soll das denn jetzt wieder. Ich bin doch kein Schreiner.«

»Nein, nein, laß mich nur machen. Du hättest die ausgehöhlten Küchenbrettchen sehen sollen, mit diesen putzigen marokkanischen Schnitzereien drauf. Davon hatte ich zwei am Rucksack baumeln und hab auf die Art locker die Pfunde nach Paris eingeflogen.«

Warum das Mobiliar unbedingt herausnehmbar sein sollte, begriff ich am nächsten Morgen, als wir vor einem kleinen Waschsalon mit integrierter Snackbar vorgefahren waren. Vor der Tür stand ein staubiger Hanomag, Modell frühe fünfziger Jahre. Eine massiv gebaute Blondine mit der hochgefährlichen Aura einer waidwunden Elchkuh, offenbar eine der Inhaberinnen der kombinierten Erwerbsquelle, war gerade damit beschäftigt, einige Körbe schmutziger Wäsche aus dem Wagen zu zerren.

»Hallo Jungs, schön, daß ihr da seid. Packt mal gleich mit an«, tönte sie mit selbstgewisser Kommandostimme, die mich ganz verteufelt an die synchronisierte Hauptrolle in diesem furchterregenden, von kriegerischen Frauen dominierten Fellini-Film erinnerte. Oskar grinste mich an und rammte mir einen Ellenbogen in die Seite. »Komm, laß uns helfen, bevor sie es sich wieder anders überlegen. Noch haben wir die Kohle nicht im Sack.«

Nicht daß ich mir vom Leben als Dealer jemals auch nur einen Hauch von Glamour versprochen hätte. Und auch den Traum vom Reichtum hatte ich mir natürlich längst abgeschminkt. Aber daß ich nun hier auch noch die stinkenden Klamotten stemmen sollte für zwei herrische Jungunternehmerinnen, die vorhatten, mit meiner unter Qualen herbeigeschafften Qualitätsware unterm Ladentisch den Umsatz anzukurbeln …

Ich war kurz davor, erbost die Kurve zu kratzen, als mir Johannas weise Worte durch den Kopf gingen. Meine Prüfung sei es, nun alles geschehen zu lassen und mich nicht dagegen aufzulehnen. Und tatsächlich, wer garantierte mir denn, daß mich die muskelbepackte Sklaventreiberin nicht ruckzuck wieder einfangen und für den Rest meiner Tage zur Strafe im verrußten Keller unterm Waschsalon einsperren würde, mit einer Eisenkugel am Fuß, bei Wasser und Brot, und Tag und Nacht damit beschäftigt, die Kohlen in den glühenden Heizkessel zu schippen. Ich tröstete mich mit dem Gedanken an meine schwarzen Stiefel und fügte mich schweigend.

Eine Viertelstunde später hatten wir den Karren ausgeladen und kurvten in Oskars vertrauter Rasanz durch die verschlafene Ortschaft, um uns in den sieben verschiedenen Schreinereien von Sagres mal dieses, mal jenes unzusammenhängende Teil zuschneiden zu lassen, ohne daß den verwunderten Zimmerleuten ein Licht aufgehen konnte über die wahre Bestimmung ihrer merkwürdigen Auftragsarbeiten. Die Wartezeiten vertrieb ich mir, indem ich meine sehnsüchtigen Stielaugen hoffnungsvoll durch die Gassen schweifen ließ. Es war schon erstaunlich, wieviele bezaubernde schwarzhaarige Rückenansichten von Karens Statur in diesem Landstrich unterwegs waren, und so manches Mal machte mein Herz einen Sprung, ich rannte die Straße hinunter, überholte eine der Schönheiten und sah ihr erwartungsvoll strahlend ins Gesicht, um dann doch wieder nur mit einem fremden geschmeichelten Lächeln belohnt zu werden. Aber zumindest verschonten mich die charmanten Señoritas mit diesem tödlich herablassenden Verzerren der Mundwinkel, mit dem die Frauen in nördlicheren Gegenden dem angeblich unerwünschten Bewunderer ihre abgrundtiefe Verachtung in Form eines wortlosen ›Fahr zur Hölle!‹ überzubraten pflegen, woraufhin schon so mancher sensibel glühende Verehrer für den Rest seines einsamen Lebens verzweifelt den Schwanz in die Besucherritze und den Kopf unter die Bettdecke gesteckt und sich zitternd mit dem Für und Wider eines langfristigen Männergruppenabonnements herumgeplagt hat.

Gegen Nachmittag hatten wir die Sägearbeiten beieinander und suchten uns ein ruhiges Fleckchen außerhalb der Stadt. Der Hund stand Schmiere, Oskar machte es sich auf dem Fahrersitz bequem, entfaltete eine riesige Zeichnung böhmischer Dörfer und gab die technischen Anweisungen, während Marko und ich fleißig hämmerten, schraubten und leimten, bis sich so langsam die Konturen einer Eckbank und eine Art hölzerner Campingtisch vor uns erhoben. Der Junge war hellauf begeistert vom Schnellkurs in Sachen Großraumschmuggel und schwärmte bereits von der Idee, eine Kopie der Installation an Bord des VW-Busses seiner Pflegeeltern anzubringen, um mit den erhofften Einkünften nun endlich das leckende Dach ihres maroden Landhauses reparieren lassen zu können.

Hier und da klafften die Ritzen in der Bank beängstigend weit auseinander, und ich sah schon vor mir, wie der feine Sand des gelben Blütenstaubs aus den Möbeln rieselte, während die spanischen Bullen die Papiere der Mädchen kontrollierten. Ich machte Oskar darauf aufmerksam, aber der geübte Baumeister winkte nur lässig ab und meinte: »Laß gut sein. Uns kann das doch egal sein. Schließlich wollen nicht wir damit über die Grenze, oder?«

So richtig sympathisch war mir der Kerl ja noch nie gewesen, aber jetzt hatte ich wirklich langsam die Schnauze voll von seiner selbstsüchtigen Lebensart. Seine Freunde hatte er die beiden genannt! Ich selbst legte nicht den geringsten Wert auf eine innige zärtliche Beziehung zu den rustikalen Wäscherinnen, aber das war doch noch längst kein Grund, sie offenen Auges ins Verderben reiten zu lassen. So mühte ich mich nach Kräften, die nötigen Schönheitsreparaturen auf eigene Faust durchzuziehen, aber ich bin wie gesagt kein Restaurator, und so hatten wir unseren Auftrag in den späten Abendstunden mehr schlecht als recht erledigt.

Ich händigte Oskar schweren Herzens die Hundefutterdose aus, die mir doch längst zum liebgewonnenen Reisebegleiter geworden war, warnte ihn, sich nicht übers Ohr hauen zu lassen, und er düste von dannen.

Eine Stunde später war er zurück, und wir zerstritten uns nun endgültig über seiner unverschämten Forderung nach halbe-halbe, die Sache habe schließlich weit mehr Unannehmlichkeiten gebracht, als er vorher habe absehen können. Die Wogen schlugen hoch, der Hund kläffte aus vollem Halse mit, und Marko hing flehentlich an meinem Arm, um zu verhindern, daß ich mich in meiner Wut in den Argumenten vergriff und gewalttätig über meinen tolldreisten Geschäftspartner hermachte. So gab ich mich schließlich mit drei blauen Scheinen zufrieden, verfluchte meine nachgiebige Weichheit und rollte mich für eine letzte Nacht neben dem Kanonenofen zusammen.

Am nächsten Morgen schloß ich Marko zum Abschied fest in die Arme. Ich flüsterte ihm einen allerliebsten Gruß an Johanna ins Ohr und versicherte ihm, daß wir uns ganz sicher sehr bald einmal wiedersehen würden. Wir benahmen uns wie ganze Kerle und heulten kein bißchen los. Ich reichte dem verdutzten Bernhardiner die Pfote, gönnte Oskar ein grimmiges Nicken, lud mir mein Gepäck auf und machte mich auf den Weg.

Sagres war nicht gerade der Ort, an dem sich Karen grundlos für längere Zeit herumdrücken würde, da war ich mir ziemlich sicher. Rastaman George aber hatte öfter mal von einem denkwürdigen Platz des ungezwungenen geselligen Beisammenseins, der freien Liebe und der himmelhohen Rauchschwaden geschwärmt. In der Nähe des Dörfchens Carrapateira würde ich den finden, und bis dahin waren es jetzt nicht einmal mehr vierzig Kilometer. Ich leistete mir eine Busfahrt und ergatterte einen Fensterplatz inmitten einer Schar ausgelassen kreischender Kinder, die soeben ihren ersten Schultag nach den großen Ferien hinter sich gebracht hatten. Auf und ab ging die Fahrt, über sanfte Hügel hinweg, an trotz des langen heißen Sommers noch immer erstaunlich grünen Wiesen vorbei, und hier und da winkte mir eine traurige, wie bestellt und nicht abgeholt herumstehende Palme. Tief unten in meinem Magen grummelte die Angst vor der drohenden Einsamkeit, kaum daß ich fünf Minuten auf eigenen Füßen stand. Warum soll ich leugnen, daß mich gelegentliche Zweifel streiften, ob Karen bei meinem Anblick nicht entgeistert aufstöhnen und panisch das Weite suchen würde. Ich wischte mir eine aufdringlich surrende Schmeißfliege von der Nase und versuchte, die düsteren Wahrscheinlichkeiten zu verdrängen.

Kurz vor Mittag hatten wir Carrapateira erreicht. Eine Handvoll grüner, blauer und gelblicher Hütten auf rotem Lehmboden, deren Fensterläden in der steifen Brise quietschten und knarrten, die vom nahen Meer über die Dünen herüberwehte. Die Hühner gackerten paarweise die Trampelpfade hinunter, und auf den rostigen Drähten windschiefer Strommasten schaukelte eine schweigsame Abordnung riesiger schwarzer Krähen und wartete geduldig wie die Geier auf High Noon.

Der Bus hielt auf dem Dorfplatz neben einem kleinen Lebensmittelgeschäft, vor dem einige entspannt abhängende Freunde des internationalen Müßiggangs gemeinsam mit ihren müden Hunden bei Bier und Käse dem Ende der Siesta entgegendösten. Die örtliche Post gegenüber diente gleichzeitig als einziges Lokal, ich hockte mich hinein und schlürfte zwei oder drei spanische Magenbitter, um meine Tagesform zu stabilisieren. Anschließend marschierte ich in Richtung Meer, entdeckte eine winzige Bucht, krabbelte die Felsen hinunter, streckte mich im Sand aus und schlummerte ein.

Vom Lärm eines herannahenden Motorbootes geweckt, setzte ich mich auf, hielt mir eine Hand über die Augen und bewunderte blinzelnd den in der Sonne glitzernden, aerodynamisch geschnittenen Sportschlitten, wie er in rasendem Tempo souverän über die mannshohen Wellen sprang. Im Schlepptau des Bootes folgte eine tiefgebräunte weibliche Gestalt auf Wasserskiern, kurvte mit erstaunlicher Eleganz durchs Meer und vollführte so manches lebensgefährliche Kunststück, mit dem es bei den panamerikanischen Spielen von Vail zumindest schon mal für den Endkampf und damit einer sicheren Bronzemedaille gereicht hätte.

Als das imponierende Gespann bis auf dreißig Meter herangekommen war, stockte mir der Atem. Ich sprang auf die Füße und kniff mich selbstlos ins Ohrläppchen. Ich wollte ganz sicher sein, daß ich nicht träumte, denn diesmal gab es überhaupt keinen Zweifel. Nicht nur die wohlvertraute Figur, die lässige Haltung und die wehende schwarze Mähne, nein, sogar ihre zierlichen Handgelenke meinte ich todsicher identifizieren zu können. Okay, den giftig grüngelb gescheckten Bikini hatte sie mir nie vorgeführt, und auch die für meinen Geschmack etwas protzige Sonnenbrille war früher nicht gerade Karens Stil gewesen. Aber streben wir nicht alle nach äußerlicher Veränderung, auf daß die innere bald folgen möge, als Heilsuchende unterwegs nach einer unnötig verpatzten großen Liebe? Und daß sie mir in ihrer liebenswerten Bescheidenheit nie von dieser überraschenden neuen Variante sportlichen Ausdruckstanzes berichtet hatte, konnte mich nicht im geringsten irritieren. Schließlich hatte sie es auch nicht für nötig gehalten, voreilig davon zu prahlen, daß es eher zu ihren leichteren Übungen gehörte, einen ausgewachsenen japanischen Sumo-Ringer mit einer spielerischen Links-rechts-Kombination für immer auf die Bretter zu schicken.

Oh, meine geliebte Traumfrau. Wie sehr ich sie doch bewunderte. Voller Stolz winkte ich mit beiden Armen, um auf mich aufmerksam zu machen, und richtig, sie winkte begeistert zurück. Ich war mir fast sicher, ein glückliches Strahlen auf ihrem Gesicht ausmachen zu können, als sie in nun gleichbleibender Entfernung, graziöse einbeinige Kreise drehend, an mir vorüberschoß.

Mein Herz pochte vor Glück und Erleichterung, und ich schob es allein auf den eifersüchtigen Herrn in Weiß, der am Steuer des Bootes zugange war, daß sie nicht augenblicklich stoppten, um mich an Bord zu holen.

Nach einem letzten gewagten Manöver durch eine imaginäre Haarnadelkurve waren sie vorbei und verschwanden hinter der hochaufragenden Landzunge, die mir zu meiner Rechten die Sicht versperrte. Ich lauschte dem leiser werdenden Motorengeräusch, bis es nicht mehr zu hören war, und wartete gespannt darauf, daß es zu einem erneuten Jubelsturm anschwellen würde. Als nichts dergleichen geschah, riß ich mir kurzentschlossen die Kleider vom Leib, verstaute meinen Krempel hinter einem Steinbrocken und stürzte mich in die aufgewühlten Fluten, um der breiten sprudelnden Straße zu folgen, die das Zugpferd der hocherotischen Übung im Meer hinterlassen hatte.

Bis zur Spitze der Landzunge mögen es ungefähr dreihundert Meter gewesen sein. Ich war schon immer ein recht passabler Schwimmer, und die heftige Strömung trug ihren Teil dazu bei, daß ich schon bald einen Blick um die vorwitzig ins Meer ragende Steilküste werfen konnte. Ich sah einen herrlichen kilometerlangen Strand und meinte, jede Menge bunter Zelte, wie winzige Insekten über den schimmernden Sand huschende Gestalten und auch einige, nun ruhig vor Anker liegende Motorboote erkennen zu können. Mit wachsender Vorfreude überspielte ich einen ersten kleinen Schwächeanfall, dachte an Mark Spitz und meinen kleinlichen Ärger, wenn mir Karen wieder einmal kichernd und ohne sichtbare Anstrengung auf und davon geschwommen war, und hieb mit mächtigen Kraulschlägen gegen die Gewalt der atlantischen Gezeiten an. Vergeblich! Nachdem ich weitere zehn Minuten mit den Wellen gekämpft hatte, die mir nun rücksichtslos entgegenschlugen, war ich kaum einen Meter vorwärtsgekommen. Es lief mir eiskalt den Rücken herunter, ich erstarrte vor Schreck, schaute hilfesuchend zur Steilwand hinüber und direkt in die spitzen Zähne der böse lauernden Felsen, von lärmender Gischt umtost, die mich gnadenlos ihren Klauen ausliefern würde, wenn ich ihnen auch nur ein kleines Stück zu nahe käme.

Und weit und breit kein Mensch in Rufweite. Ich brüllte trotzdem entsetzt um Hilfe, gab es aber schnell wieder auf. Es war reine Kraftvergeudung, und wenn ich mein unwürdiges Leben retten wollte, brauchte ich jetzt jede verfügbare Reserve. Ich schaltete einen Gang zurück und auf Brustschwimmen um, versuchte, mich nicht länger aufzulehnen, sondern unter den heranbrausenden Wogen hindurchzutauchen, um mich nicht allzu weit zurückzerren zu lassen und die jeweils folgende, viel zu kurze Atempause für einen oder zwei Meter Wegstrecke zu nutzen. Sorry, Johanna, aber wo blieb er denn nun, der gottverdammte Sonnenaufgang in meinem Leben. Morgen würde ich nicht mehr viel mit ihm anfangen können, als aufgeblasene Wasserleiche am vermüllten Strand von Coney Island.

Das einzige Licht, das mir meine krankhafte Skepsis nie ganz auszublasen vermochte, war das Licht am Ende des Tunnels. So habe ich die Tunnel gesucht, wieder und wieder, bis mir die Feuchtigkeit in Knochen und Hirn gestiegen ist, ich die Sprache der Kanalratten besser verstand als die der Menschen, deren Musik sich nur noch zu wiederholen schien, wie ein endlos währender unbeteiligter Trauergesang. Oh bitte, vergebt ihr mir alle, die mir jetzt noch zuhören, ertrinken bedeutet ersticken, so ziemlich die fieseste Todesform, die ich mir vorstellen kann. Und diesmal bin ich es, brutal mittendrin, die Strafe ist da, der Tag ist gekommen, und doch will ich leben, warum nur, du trauriges Leben, dich noch mal umarmen, mich nie mehr beklagen, kein einziges Jammern aus salzigem Mund, mich gerne kasteien und im Walde vergraben, aber jetzt holt mich um Himmels willen doch bitte hier raus!

Ich verdrückte einen weiteren Hektoliter Salzwasser und beschloß, für eine Weile den Mund zu halten, als sich von links tatsächlich und schon nicht mehr erwartet ein farbenprächtiger Windsurfer näherte. Ein Wunder geschah, nun war ich gerettet, abrakadabra und dreimal johei, ich dank euch für ewig, bin tief in der Schuld. Ich brüllte begeistert, auf englisch, französisch und antikem Latein, schrie alles heraus, was meine frühen Jahre menschenfreundlicher Neugier an kommunikativ verwertbaren Restbeständen übriggelassen hatten. Er sauste direkt auf mich zu, nun würde er mich gleich aufladen und munter nach Hause tragen, will sagen, in Karens besorgt ausgebreitete Arme. Noch zwei Meter, nun steig auf die Bremse, zieh die Segel ein, du Idiot, das darf doch nicht wahr sein, nun fahr mich doch bitte nicht über den Haufen!

Erst im allerletzten Augenblick begriff ich, daß der Kerl mich überhaupt nicht wahrnahm hinter seiner ekligen Schutzbrille, und mein fröhliches Gejaule im tosenden Meer ganz sinnlos verhallte. Ich tauchte ab und entging nur um Haaresbreite meiner sicheren Enthauptung. Wieder oben, schnappte ich nach Luft, drohte dem davonjagenden Ignoranten mit der Faust, ging wieder unter, schluckte erneut von der leckeren Brühe und trat urplötzlich auf Grund.

Nun wurde es endgültig Zeit für ein verschämtes kleines Dankgebet. Ich hatte eine Sandbank erwischt und brauchte nun bloß noch abzuwarten, bis sich die mörderische Ebbe verzog und die Flut mich dann fast wie von selber an Land tragen würde.

So trat ich für eine kalte Weile von einem Bein aufs andere, hüpfte gelegentlich in die Höhe, wenn eine besonders gemeine Welle über mir hereinzubrechen drohte, und riskierte schließlich einige vorsichtige Schritte vorwärts.

Auf die Art hatte ich wohl die Hälfte des Weges zurückgelegt, als mir klarwurde, daß meine Kür nicht unbedingt der Auftakt war, der mir im Paradies der Späthippies die ersehnte Höchstwertung einbringen würde. Und da ich durchaus den Eindruck hatte, daß das Tosen und Brausen um mich herum allmählich schwächer wurde und vielleicht sogar von einem Schwanzlurch wie mir zu bewältigen sein würde, startete ich einen neuen Versuch, den Strand in angemessener Art und Weise anzusteuern. Das bescherte mir so manche weitere verdrießliche Begegnung mit den seltsamsten Meeresfrüchten, hier und da schleuderte mich die Strömung nochmal schmerzhaft durch den Hauptwaschgang, aber schließlich hatte ich unter Aufbietung meiner allerletzten entschwindenden Kräfte den Strand erreicht und brach völlig erledigt zusammen.

Schwarz vor Augen lag ich minutenlang mit der Nase im Sand, während mir das Wasser aus den Ohren floß und das Herz bis zum Halse schlug.

Dann, fast wie im Märchen, drang durch den leise knisternden Türschleier von Aladins verwunschener Stube die seidenzart lockende Stimme der Prinzessin Bedrulbudur an mein Ohr und bat mich um Feuer. Anstelle einer höflichen Erwiderung reiherte ich der Fee einen gewaltigen Wasserschwall und eine durchgekaute Portion ölverschmierter Algen vor die nackten Füße. Ich hob den Kopf, um mich zu entschuldigen, und blickte in zwei kugelrunde braune, von einem geheimnisvollen, irgendwie neugierigen Leuchten durchdrungene Augen, bestaunte die entzückendste kleine Stupsnase, der ich je begegnet bin, und einen in der Sonne glänzenden splitternackten Körper, der meiner bornierten Fixierung auf die gertenschlanken Formen als Ideal höchster weiblicher Sinnlichkeit mit seinem perfekt ausbalancierten Hauch jugendlich blühender Molligkeit einen irritierenden Dämpfer versetzte.

Das lange feuchte Haar hatte sie mit einem grüngolden schimmernden Tuch turbanmäßig über dem Kopf verschlungen, an Ohren und Fingern glitzerten etliche silberne Ringe. Ihre rechte Hand spielte mit einer extralangen Zigarette, die in einer elfenbeinfarbenen Spitze steckte. Hätte ich nicht längst schon platt darniedergelegen, hätte mich ihr göttlicher Anblick definitiv schwindelnd zu Boden gestreckt.

Es war nun wirklich nicht das erste Mal, daß eine atemberaubende Venus mit verhaltenem Spott auf mich herunterschmunzelte, aber so wie ich hier in meiner ausgeleierten Unterhose hustend, spuckend und am ganzen Leibe zitternd zu ihren Füßen lag, muß mir die Schamesröte bis in die haarigen Oberschenkel hinuntergekrochen sein. Ich rang mir ein schüchternes Kopfschütteln ab, und sie erkundigte sich in ihrem herzallerliebst akzentuierten Englisch, ob denn wohl alles in Ordnung mit mir sei. Ich nickte verzweifelt, während ich hastig dazu überging, mich mit den Händen im Sand einzugraben. Das Mädchen verabschiedete sich mit einem bezaubernden Lächeln, drehte sich um und stakste auf Zehenspitzen davon. Bis sie schließlich hinter einer großen Düne verschwunden war, galt meine ungeteilte Aufmerksamkeit ihrem unschuldig bebenden kürbisförmigen Hintern.

Ich rappelte mich auf, war heilfroh, daß ich an einem ansonsten menschenleeren Abschnitt des Strandes angeschwemmt worden war, zog mir trotzdem die Unterhose bis unter die Achseln und kletterte mit zusammengekniffenen Beinen einen Pfad hinauf, um nach meinen hoffentlich unberührten Klamotten zu suchen. Das eben noch wild hämmernde Pochen meines ermatteten Herzens war einem seltsam lieblichen, gleichwohl erregten Klöppeln gewichen.

Schon eine halbe Stunde später hatte ich mein Zeug gefunden, auch das Geld war noch da, und ich fragte mich zerknirscht, welcher Teufel mich wohl diesmal geritten hatte, daß ich unbedingt den heldenhaften Seeweg nehmen mußte, auf der kopflosen Suche nach meiner ehemaligen Freundin. Ich kämmte mir die Haare sorgfältig wie schon lange nicht mehr hinter die Ohren, zog mir die schwarzen Jeans und das passende Westernhemd an, suchte und fand das schwarze Halstuch in meinem Rucksack, schlang es mir um und wusch mir die Reste von klebrigem Seetang aus dem Gesicht. Dermaßen wiederhergestellt setzte ich mir eine stolze Miene auf, kletterte zum zweiten Mal über den Berg, folgte den niedlichen Rehspuren über die Düne, dann hatte ich endlich den versprochenen Garten der Liebe erreicht.

Und George hatte kein bißchen übertrieben. Hunderte von überaus sympathisch dreinschauenden nackten jungen Menschen lungerten zwischen den verschiedensten selbstgebauten Zelten herum, unter Palmwedeln, Kartonhälften und sonstigen provisorischen Sonnendächern, ließen fröhlich die Tüten kreisen, schlürften Dosenbier und billigen Landwein und zelebrierten ihr ureigenes portugiesisches Goa, während sich die obligatorischen Hundehorden gegenseitig in den Schwanz bissen oder ungeniert kopulierend über den leuchtend weißen Sand hoppelten. So manche freundliche Hand streckte sich mir zum Gruß entgegen, hier und da wurde mir ein Joint gereicht oder ein Schlafplatz angeboten. Ich bedankte mich artig und spazierte schon bald hochgradig verträumt den Strand hinunter.

Das seltene Gefühl, willkommen zu sein, baute mich mächtig auf. Ich setzte mich ins mittlere der drei aufeinanderfolgenden Cafés, genoß die psychedelischen Klänge längst vergessen geglaubter britischer Vorstadtbands, einen Humpen Tequila Sunrise und ein durchaus verwirrendes Glücksgefühl, das mit meiner Rettung allein kaum zu erklären war. Die unverhoffte Begegnung mit der einsamen entlaufenen Haremsdame hatte ohne Zweifel ähnlich tiefe Spuren hinterlassen wie mein panischer Kampf mit dem drohenden Seemannsgrab. Der Gedanke an den Liebreiz der freundlichen Prinzessin durchfuhr mich mit unerklärlicher Wärme und ließ mich klammheimlich von Betten im Fliederfeld träumen. Aber hatte denn Karen, die mich mit ihrer Herzenskälte doch beinahe in den Tod getrieben hätte, wirklich anderes verdient? Mir kullerte eine kleine Träne in den Cocktail, ich rührte ihn um, war glücklich, am Leben zu sein, unter lieben Menschen und nicht mehr allein.

So verbrachte ich drei wirklich entspannte Tage am Strand von Carrapateira. Ich las, döste vor mich hin, genehmigte mir so manches inspirierende Getränk, und wenn die Spätsommersonne noch einmal gar zu heftig herunterbriet, riskierte ich ein erlösendes Sitzbad in seichten Gewässern. Hin und wieder ließ ich die Blicke über die selig bekiffte Gemeinde streifen und ertappte mich nicht selten dabei, wie mein linkes Auge in fast schon gewohnheitsmäßiger Begierde nach Karen, mein rechtes aber ganz ähnlich gespannt nach meiner allerneuesten Bekanntschaft Ausschau hielt. Ich dachte an ihr verschwörerisches Lächeln und hätte die so vertraulich begonnene Freundschaft anhand eines zarten Gesprächs nur allzu gern vertieft.

Zwei- bis dreimal am Tag zischelte ein unterdrücktes »Police!« über die schläfrigen Sonnenanbeter hinweg und wurde schleunigst von Nachbar zu Nachbar weitergereicht. Und wenn die beiden mißmutigen Dorfpolizisten viel zu spät herangeschlurft kamen, um uns wegen nudistischer Todsünden zu verhaften, hatten sämtliche Anwesenden längst ihre beanstandeten Teile mit Handtüchern bedeckt und die Arme unschuldig zum Himmel gehoben. Nur ahnungslosen Neuankömmlingen konnte es passieren, daß sie ihre Kleider im falschen Moment am Strand zurückließen und hinausschwammen. Dann griffen die gelangweilten Ordnungshüter rücksichtslos zu und schleppten die Beute triumphierend zur Wache im Dorf, wo sie im Tausch gegen einen Stapel Devisen und müde verlesene Belehrungen wieder abgeholt werden durften.

Die Abende gehörten romantischen Festen an riesigen Strandfeuern, autodidaktischen Wandergitarristen und wahrhaft friedenspendenden Chorgesängen. Bevor mir die Weltfremdheit des kollektiven Geträllers allzusehr auf den Keks ging, kam der eigenwillige Trupp Italiener, der seine rotschwarzen Zelte etwas abseits am Hang errichtet hatte, regelmäßig mit entschlossen in die Nachtluft gewuchteten Fäusten herbeigestürmt. Mit einem zornigen »La lotta continua!« übernahmen sie das Kommando und dröhnten mit einer heißblütigen Version der ›Internationalen‹ gegen die kalifornischen Blümchenlieder an, woraufhin die Partystimmung kleinlaut in der

Asche versickerte und die vom Guten im Soldaten träumenden Gäste zerstreut den Rückzug ins Private antraten.

Ich dachte an die erste militante Besetzungsaktion, an der ich das Pech gehabt hatte, teilnehmen zu dürfen. Von erschreckter jugendlicher Empörung über die weltweiten Greueltaten der amerikanischen Imperialisten getrieben, war ich einem Flugblatt studentischer Einpeitscher in die Marburger Universität gefolgt. Einem, wie es hieß, ranghohen Vertreter der kambodschanischen Befreiungsbewegung war wider Erwarten die Erlaubnis zur Einreise erteilt worden, und so hatten sich die ortsansässigen Anhänger der Weltrevolution an diesem Abend versammelt, ihm zu huldigen und seinem Vortrag über die erbärmliche Situation seines unterdrückten Volkes zu lauschen.

Der schneidige Wortführer des entrüsteten Haufens wohlbehüteter Bürgerkinder hatte sich beim Hausmeister einen Schlüssel besorgt, für einen Raum, der sich schnell als zu klein für den Andrang erweisen sollte. Vom Äther des billigen Amtsstubenbohnerwachses euphorisiert und unbändigen Kampfgeist beseelt, führte eine spontane Abstimmung zur wagemutigen Entscheidung, einen größeren Hörsaal der ansonsten völlig menschenleeren Uni zu besetzen. So war die ganze Bande mit riesigen Fahnen bewaffnet durch die spärlich beleuchteten Gänge gerannt, bis schließlich eine unverschlossene Tür gefunden war. Ohne jedes Zögern oder gar revisionistische Gedanken an mögliche Konsequenzen hatte der Mutigste sie kurzentschlossen aufgerissen, man war hineingestürmt und hatte die Sitzplätze unter großem Hallo im Handstreich erobert. Die Freude über den gemeinsam errungenen Teilerfolg übers Schweinesystem artete schnell in ein taumelndes Pathos aus, und zum ersten Mal in meinem Leben drang eine dieser unsäglichen Live-Versionen angestaubter Arbeiterkampflieder an mein ungläubiges Ohr. Außer mir und dem schüchternen Asiaten, dem das verstimmte Gejohle doch wohl in erster Linie galt, schienen Text und Melodie hier jedermann vertraut, und die glückselig verweinten Goldkehlchen hielten sich bei schmetternder Inbrunst ganz rührend an den Händen. Die unfaßbare Peinlichkeit dieser sich so schamlos selbst feiernden Sentimentalität hatte mir einen hastigen, in unauffällig gebeugtem Rückwärtsgang vollzogenen Abgang nahegelegt. Hätte man hier den Feind nicht unerschrocken im Visier gehabt, hätte wohl irgend jemand zur Not auch einen gemalt.

So bekam ich vom erhofften Referat keine einzige Silbe mehr mit. Und bin mir ehrlich gesagt bis heute nicht ganz sicher, ob man im selbstlosen Kampf um ein ganz klein wenig Sinn im Leben und zum heiligen Zweck der Agitation nicht eventuell auf den Spüler des um die Ecke gelegenen Nasi-Goreng-Tempels zurückgegriffen hatte.

Vom Schmerz über die Uneinigkeit meiner verschnarchten Generation, sowie dem Ausbleiben meiner lebenslustigen Freundinnen ernüchtert, beschloß ich am vierten Abend, einem heißen Tip nachzugehen. Ich klemmte mir eine Flasche Medronho unter den Arm und machte mich auf die Socken. Von einer Disko gleich hinterm Berg, höchstens zwei Kilometer entfernt, war die vielversprechende Rede gewesen. So stapfte ich die geteerten Serpentinen hinauf, genoß den süßlichen Duft des Eukalyptus, die prachtvolle, beinahe unwirkliche Vielfarbigkeit des abendlichen Himmels, und betrauerte die vereinzelten tiefgrauen Wolkenfetzen, die dem Horizont entgegenhetzten, um von nahenden Herbststürmen zu künden.

Bis ich den Club erreicht hatte, war die Flasche zur Hälfte geleert, und ich hatte mir inzwischen den kühn schwankenden Landgang eines Matrosen nach sechs Jahren ununterbrochener Seefahrt zugelegt.

Nach einem kurzen Gerangel mit dem großmäuligen Türsteher, das mich den Rest vom Schnaps und zwei Handvoll Escudos kostete, blökte ich dem Wichtigtuer ein verfluchendes Codewort ins Ohr und wankte hinein. Ich tastete mich durch ein düsteres Labyrinth mit Muscheln und Glassplittern verunstalteter Säulen, vorbei an atemlos miteinander ringenden Pärchen, schüttelte mit verwegener Lässigkeit einen baumlangen schwarzen Mann mit Spiegelbrille ab, der nicht müde wurde, mir ein penetrantes »Coke, Speed, LSD ...« gegen die Backe zu greinen, folgte den blitzenden Lichtern um eine letzte Kurve, pustete mir den Duft welkender Klosteine aus den Nüstern, und schon verschluckte mich der ekstatische Ringelreihen badischer Kleinstadttrampel, die im knappsten weißen Fummel die Luft mit den Armen verquirlten und sich die schlaffen Schenkel um die Ohren warfen, daß es eine reine Freude war.

›... some dance to remember, some dance to forget ...‹ dröhnte der schunkelnde Harmoniegesang aus den riesigen Lautsprechern, und ich brauchte nicht einmal eine Sekunde, um mich zu entscheiden. Denn mitten im Getümmel, im kurzen ärmellosen schwarzen Kleid, die braunen Haare jetzt zu Hunderten von dünnen Zöpfchen geflochten, hatte ich auf Anhieb meine Prinzessin entdeckt. Ihre freudig erregten Augen strahlten mir erwartungsvoll entgegen. Ich taumelte mit entspanntem Groove souverän zwischen den Tanzenden hindurch, breitete die Arme aus und marschierte auf sie zu, wischte hier ein neckisches Hütchen vom Schädel, stach dort ein verdutztes Auge aus, dann waren wir endlich wieder vereint. Wir schlossen uns erleichtert in die Arme und drehten uns lachend im Kreise.

Dann wurde mir schlagartig schwindelig, und bleischwer sank mein Kopf auf ihre weiche Schulter. Für einen Moment hielt ich die Augen geschlossen. Als das nichts half, riß ich sie wieder auf und sah Karen, niemand anderen als Karen, und keine fünf Meter von uns beiden entfernt, wie sie mit dem festgefrorenen Ausdruck unendlicher Verachtung eilig dem Ausgang zustrebte. Und gleich hinterher stolperte die Art hirnloser Modellathlet, wie sie Karen seit jeher verständnislos die Füße küssen und blöde glotzend folgen, sobald sie bloß müde mit den Fingern schnippt.

Verzagt kaute ich auf der Unterlippe. Geirrt hatte ich mich zwar schon öfter mal, aber so nah war ich ihr schließlich seit Cádiz nicht mehr gewesen. Und wenn auch sie mich entdeckt hatte? Zeigt mir die Frau, die meine absichtslose Herzlichkeit nicht zwangsläufig falsch verstanden hätte!

Aber Nachlaufen kam jetzt nicht mehr in Frage. Jedenfalls nicht, solange sie sich weiter mit diesen gesichtslosen Schönwetterknaben schmückte, deren gestrafften Visagen du beim besten Willen nicht entnehmen kannst, ob sie dir eine Tüte Quark verkaufen oder doch lieber eins aufs Maul hauen möchten. Ich meine diese unnachahmlichen Typen, die weder ein Zähnefletschen noch ein menschenähnliches Lächeln zustandebringen, aus lauter Angst vor sich vorzeitig eingrabender Zerknitterung. Ein Himmelreich für ein Achselspray! ruft der geneigte Priester, und selbst die Hunde kotzen ab.

Ein Königreich für ein Stückchen Papier, rief ich mir selber zu und ignorierte den aufsteigenden Brechreiz. Ist und bleibt es doch der verdammte Seelenschmerz, der einem Dichter, versüßt mit ein oder zwei lockernden Schlückchen, die wesentlichen Wendungen aus dem poetischen Stübchen leiert.

Meine süße Tanzpartnerin hatte sich inzwischen aus meiner erstarrten Umklammerung gelöst und wieder fröhlich unter die allgemeinen Feierlichkeiten gemischt. Ich bahnte mir einen Weg zum Tresen und schüttete nach. Dann tauchte grinsend der dunkelhäutige Hausdealer an meiner Seite auf und rieb mir seinen gepuderten Handrücken unter die Nase.

Der Kick verhalf mir zu ungewohnter Klarheit. Vorbei die beschämenden Zeiten, in denen ich auf Knien einer Frau hinterherkroch, die aus Furcht vor der Liebe ihre allerbesten Jahre sinnlos vertat. Ich hatte für sie dasein wollen, ein ehrlicher Kerl an ehrlicher Seite, aber so langsam fragte ich mich ernsthaft, ob ich mir nicht ein arg idealisiertes Bild von Karen gepinselt hatte, in den lausigen Zeiten der selbstauferlegten Einsamkeit. Vielleicht wurde es wirklich höchste Zeit, die Brücken abzubrechen, endlich ein für allemal Schluß zu machen mit der chronischen Selbsttäuschung, die nur obernaive Schwachköpfe, wie ich einer war, noch als liebende Sehnsucht begreifen.

Irgendwelche harmlosen Nettigkeiten von wegen ›it was nice, it was like paradise …‹ säuselten jetzt aus den Boxen, der Schuppen drehte sich schon viel langsamer um sich selbst, flackernde Feuerzeuge wurden geschwenkt, und ich machte der in scheinheilige Bereiche der Verzückung abdriftenden Stimmung mit einem sicher gestandenen dreifachen Travolta noch mal ordentlich Beine.

Schließlich kam trotz allem der Moment, in dem ich zwei Züge frischer Luft bitter nötig hatte. Ich unternahm einen kleinen Spaziergang rund um die dröhnende Bude, und als ich wieder an der Vorderfront angelangt war, lehnte meine süße Bedrulbudur an der Ecke des Hauses. Eine Ferse halbhoch an der Wand abgestützt, bildete das Prachtexemplar ihres fleischigen Oberschenkels eine kokett wedelnde Barriere. Ich stolperte auf sie zu, steckte ihr meine staubige Nase zwischen die Zöpfe und verteilte eine erste Serie schüchtern knabbernder Küsse auf der zarten Haut ihres Nackens.

»Puuh, ich bin kitzelig!« schnurrte sie begeistert, diesmal in merkwürdig lispelndem Deutsch, nahm mich wie selbstverständlich an der Hand und zog mich fort vom Ort des gespaltenen Bewußtseins.

Hurtig ging es einen Hang hinunter, und gleich am ersten Mäuerchen der terrassenförmigen Abkürzung geriet mein Sinn für Gleichgewicht aus den Fugen. Ich rutschte auf bröckelnden Steinchen aus, knallte aufs Steißbein, spürte kaum Schmerzen, lag nun auf dem Rücken, den Großen Bären zum Greifen nah. Das Mädchen half mir auf die Beine, und schon ging es weiter, mehr rutschend als humpelnd den Berg hinab. Ich wußte weder wohin noch wozu. War jetzt jenseits von Gut und Böse, oder zumindest doch jenseits von Hirn und Geschlecht. Die Grillen probierten ein spöttisches Lied, während Kakteen mir die Waden zerbissen, mein Gaumen nach Flüssigkeit schrie und mein Magen mir grollte wie die fiebernden

Bronchien des todkranken Zeus. Hier und da warf ich einen verwunderten Blick auf die stolze Pfadfinderin an meiner Seite. Trotz der Dunkelheit schien ihr der Weg durch die Büsche bestens vertraut zu sein. Ihr seidenes Leibchen schimmerte im Mondlicht, während sie in ihren geschnürten Stiefelchen frohgemut ausschritt und mit erstaunlich tiefer verrauchter Stimme fremde betörende Melodien vor uns hin summte. Dann zog sie mich plötzlich zur Seite, und wir ließen uns in einer gemütlichen Mulde der Steilwand auf einer natürlichen Felsenbank nieder. Sie schaute verträumt zu den Sternen auf, lehnte ihren kleinen Kopf an meine Schulter, klapperte scheu mit den verlängerten Wimpern, und ich kratzte verlegen mit dem Turnschuh im Sand und dachte verschämt an ein Gummi.

»Ich bin Lisa. Und wie heißt du?« hauchte sie mit fragend gespitztem Mund. Mein Versuch einer Antwort ging in einem klagenden Schluckauf unter. Lisa klopfte mir freundschaftlich auf den Rücken, zog mich hoch, und wir marschierten schweigend weiter, bis wir nach wenigen Minuten ein grasbewachsenes Plateau direkt über dem Meer erreichten.

»Da sind wir«, flüsterte Lisa. Ich schaute mich um. Zwei flatternde Öljacken, an dürren Pflöcken befestigt, bildeten eine luftige zeltähnliche Behausung. Verstörtes Ächzen und Stöhnen drang von innen heraus, und ich begriff, daß wir hier nicht alleine waren. Lisa trat auf mich zu, mied meinen Blick, knöpfte mir das Hemd auf und kaute für einige unsichere Augenblicke an meinen drei stolz gepflegten Brusthaaren herum, bevor sie sich schließlich das Kleid über den Kopf zog, und nun zum zweiten Mal in all ihrer Pracht und bar jeder Scham vor meinen überquellenden Augen stand. Ich schälte mich eilig aus den Klamotten, schleuderte die Schuhe ins Gebüsch und kroch ihr auf allen vieren ins Zelt hinterher.

Drinnen war es stockduster. Es entstand ein kurzes, von mißmutigem Knurren begleitetes Schubsen und Drängen, bis wir uns neben zwei lustvoll ineinander verkeilten Untermietern ein schmales Plätzchen gesichert hatten. Dabei geriet ich mal wieder in Unterlage, Lisa lag weich und schwer über mir und vermasselte mir damit von Anfang an die Gelegenheit, mich als erfahrenen, technisch versierten Liebhaber aufzuspielen. So vollführten wir nun eine dieser unbeholfenen Nummern zweier Halbwüchsiger, die ganz plötzlich nicht mehr wissen, wie sie in die schwierige Situation geraten sind, und sich fragen, ob sie wirklich Doktor spielen oder sich nicht doch besser kichernd eine Tüte Eis besorgen sollten.

Nachdem wir zu einem beschämend lautlosen Ende gefunden hatten, hob das Gedrängel von neuem an. Die Beleuchtung war viel zu schwach, um mir die Vorgänge vor Augen zu führen. Es war ein einziges Fühlen und Tasten, ein verheddertes Gliedergewirr, verschwitztes Geracker und Öljackenklappern auf gieriger Haut.

Schlußendlich begriff ich, daß hier ganz ohne mein Zutun ein flotter verschwiegener Partnertausch über die Bühne ging. Ein federleichter feingliedriger Körper kniete nun über mir und liebkoste mich auf die leidenschaftliche Art und Weise, wie ich sie so lange schon schmerzlich vermißt hatte. Die fremde Dame versenkte ihre Zunge in meinem Mund, ich fuhr ihr über den biegsamen Rücken, griff ihr in die Haare, alles schien seltsam vertraut, wie hundertmal geübt, beinah wie füreinander geschaffen. Dann fand ich das Muttermal auf der rechten Schulter und sah schlagartig klar. Die Lust wurde zur Wut, ich wollte mich aufbäumen, welch entehrende Schande, welch höherer Plan spielte dies Spiel mit mir. Karen im Dunkeln mich vögelnd, als einen von vielen, und wahllos vergnügt.

»Nein!« stöhnte ich hilflos, fest zur Flucht entschlossen. Ein kleiner matter Lichtstrahl fiel auf ihre erschrocken aufgerissenen Augen, nun hatte auch sie mich erkannt, nun war es zu spät, nun war ich schon drin, und nun gab's kein Halten mehr.

Karen setzte sich auf, verkrallte ihre Nägel in meiner Brust und besorgte es uns mit unbändigem Zorn. Ich hörte die Brandung in die Felsen krachen, dann nur noch unser finales Geschrei.

Später lag ihr Gesicht in meiner Achselhöhle vergraben. Ich glaubte, sie leise weinen zu hören, als ich in einen willenlosen Tiefschlaf dämmerte, während ein unbekannter Herr neben mir schnarchte und Lisa im Traum mit den Zähnen knirschte.

Von grausamen Kopfschmerzen geweckt, schlug ich vorsichtig die Augen auf und erblickte meinen smarten Nebenbuhler, wie er, dämlich grinsend auf den Ellenbogen gestützt, eine Morgenzigarette rauchte. Die Mädchen waren verschwunden.

Nun war es ganz und gar nicht so, daß ich mich dem Kerl durch irgendein zartes Band der Solidarität verbunden fühlte, und so krabbelte ich, so schnell es mein angeschlagener Zustand erlaubte, wortlos ins Freie.

Der Himmel war von Wolken verhangen, und die Schwalben segelten im Tiefflug über das Tal. Ich stieß auf eine halbvolle Cola-Flasche im Gras, nahm einen kräftigen Schluck von der warmen abgestandenen Zuckersuppe, schlüpfte hastig in Hemd und Hose und zog mich geradewegs in die nahen Hügel zurück. Dort hockte ich mich auf einen Stein und dachte über mein Leben nach, gab den verklemmten Clown in der Arena eines protestantischen Familienbetriebs. Zu meinen Füßen kreiste ein Bussard.

Ich kippte auf den Rücken und saugte mit der Zungenspitze einen Tropfen Tau von einem Grashalm. Ein paar Hügel weiter klebte eine winzige fensterlose Bretterhütte am Hang. Ich beschloß, für immer dort einzuziehen, fernab von den Menschen, die Samentüte in der Abstellkammer, und die Beine zur Meditation verschränkt.

Es war ja nun nicht das erste Mal, daß ich mit zwei Mädchen fast gleichzeitig Liebe oder so was ähnliches gemacht hatte, aber zumindest waren wir dabei bisher immer nur zu dritt aktiv gewesen. Wie damals in dem heruntergekommenen Bauernhaus, das ich nach der schmerzlichen Trennung von Eva gemeinsam mit einigen Freunden in einem 200-Seelen-Dorf günstig gemietet hatte, und das sehr bald zu einer Art Erlebnispark für die gelangweilte vergnügungswütige Kleinstadtjugend geworden war. Wochenende für Wochenende stiegen hier die rauschenden Parties, und ich erinnere mich nicht ungern an den fröhlichen Samstagnachmittag, als sich die Fete, schon mehr als zwanzig Stunden im Gange, ins Badezimmer verlagert hatte. Von einer Kanne Sekt stimuliert, hatten mich zwei miteinander befreundete, überaus hübsche und hinreißend gebaute Mädchen zu einem gemeinsamen Bad überredet. Wir hatten uns gegenseitig gewaschen und massiert, und während plötzlich die Zunge der einen gebieterisch in meinem Hals wühlte, hatte mir die andere entschlossen zwischen die Beine gegriffen und nun munter auf und nieder planschend den Badeschaum über die Ufer getrieben und das selbstlose Werk jubilierend vollendet.

Verschlossene Türen waren in diesen Zeiten mehr als nur tabu, und schon bald hing eine ganze Traube interessierter Lernwilliger auf der Wannenkante um uns herum. Man rauchte die üblichen Joints, trank Wein und ließ hier und da, nur ein ganz klein wenig neidisch klingende Kommentare vom Stapel, während wir unbeeindruckt fortfuhren, unsere animierende Vorstellung von einem Höhepunkt zum nächsten zu jagen.

Schließlich war auch noch einer meiner Mitbewohner mit seiner Nikon aufgetaucht, und einige Nächte später hatten die reichlich entrückten Porträts, auf die dem Haus gegenüberliegende riesige weiße Brandmauer projiziert, das ungebremste Amüsement nächtens herumstreunender, lechzender und giggelnder altersweiser Dorfschrate herausgefordert.

So heiß wie an diesem Nachmittag war mir in einer Wanne nie wieder gewesen, und auch nicht so frei von moralischem Zunder. Und dafür, daß die Freundschaft der Mädchen danach nie wieder ganz die alte war, ließ ich mir die Schuld nun wirklich nicht in die Schuhe schieben.

Daß ich aber einmal neben meiner geliebten Karen würde liegen müssen, während sie es mit einem anderen Mann trieb, hatte ich mir nicht mal in den absurdesten Alpträumen an Höllenqualen ausgemalt.

So fraß ich mich mit geschlossenen Augen durch melancholisches Gedankengut, als ein herzzerreißender Fado anhob, vom Geschrei eines Esels stimmig untermalt. Der Welt tieftraurigste Musik ergriff Besitz von mir, hüllte mich ein, füllte mich aus, wurde mir zum Leuchtturm im Morast der Tränen und der unerbittlichen Zweifel. Ohne daß ich auch nur eine einzige Silbe verstand, trat mir der geschmetterte Trübsinn so nah, wie es kaum eine Kunst seit Winnetous Tod mehr vermochte.

Ich drehte mich um und bekam prompt die feuchte Nase des Grautieres ins Gesicht gestubst. Der Reiter, ein betagter Bauer mit weißer Mähne und knallroter Schnapsnase, hatte seine Arie unterbrochen, um mich gestenreich aufzufordern, doch bitte seinen Trampelpfad zu räumen. Ich rollte mich zur Seite, fand auf die Knie und applaudierte heftig. Dann war das Gespann vorbei, der fanatische Singsang erschallte aufs neue, und ich sah dem begnadeten Duo noch eine ganze Weile staunend hinterher. Die Brust des Künstlers stolzgeschwellt, die Arme wie Pavarotti kurz vor dem hohen C in Demut gen Almighty gereckt, hieben seine zerlöcherten Stiefel den Takt in die Flanke des Esels, was den nicht daran hinderte, sich einiger dampfender Äpfel zu entledigen und mir gleichzeitig mit dem nervös rotierenden Schwanz einen letzten tröstlichen Gruß zukommen zu lassen. Der klassisch vertonte Seelenschmerz klingelte noch in meinen Ohren, als ich mich auf den Rückweg zum Plateau begab, um nach meinen vergessenen Turnschuhen zu suchen.

Inzwischen war auch das Zelt verschwunden. Die schweren Wolken hingen mir knapp über dem Scheitel, und es wurde zusehends dunkler. Ich wühlte noch in den Büschen, als ich aus der Ferne Polizeisirenen und wütendes Geschrei hören konnte. Ich trat an den Rand der Schlucht und sah auf den Strand hinunter.

Und was ich dort mit ansehen mußte, war alles andere als der Traum vom Frieden. Mehrere Polizeitransporter parkten am Ende der Serpentinenstraße, unzählige Cops in Kampfanzügen jagten über den düsteren grauen Sand, und es waren ganz sicher keine roten Nelken, mit denen die losgelassenen Putschisten hier um sich schlugen, Zelte einrissen, Taschen durchwühlten und so manchen harmlosen Gesellen an den Haaren herbeischleiften und in die vergitterten Karren sperrten.

Diesmal zögerte ich keine Sekunde. Ich stürzte mich in den Abhang, stolperte, rutschte, überschlug mich, und weiter ging es, nun mach schon, schneller, schneller, jetzt war mein Einsatz gefragt, ich wurde gebraucht, gar keine Frage. Dann kam mir eine Herde Ziegen in den Weg und zockelte in rücksichtsloser Lahmarschigkeit dichtgedrängt vor mir vorüber. Ich verlor wertvolle Sekunden, wenn nicht Minuten, dann war ich endlich durch, kam nun gut vorwärts, bis sich plötzlich ein gefährlich tiefer breiter Spalt vor mir auftat. Einen vernünftigen Anlauf konnte ich hier nicht nehmen, aber ich hatte einiges gutzumachen, hatte mein demoliertes Karma eine echte Auffrischung wohltätiger Tapferkeit doch bitter nötig. Also sprang ich, fast aus der Hocke, kam auch tatsächlich drüben an, die Brocken lösten sich unter meinen zerschundenen Füßen, ich fiel und bekam im letzten Moment eine knorrige Wurzel zu fassen. Nun strampelte ich hilflos über dem mindestens zehn Meter tiefen Abgrund. Als meine Kräfte erlahmten, und ich mich in ratloser Todesangst mal wieder bemühte, mit dem Leben abzuschließen, tauchte direkt über meinem Kopf das freundliche Gesicht des Ziegenhirten auf. Er verhakte seinen gekrümmten Stock in meinem Hemd und wuchtete mich kopfschüttelnd in Sicherheit. Keine fünf Meter weiter links zog die Nachhut seiner Herde vorbei und zupfte gelangweilt die wenigen vertrockneten Halme aus dem staubigen Steinboden. Schon dort drüben klaffte er nicht mehr im geringsten auseinander, aber den leichteren Weg hatte ich in meinem blinden Eifer schlicht und einfach übersehen.

Stinksauer über meine grenzenlose Blödheit setzte ich mich zitternd und hechelnd ins Geröll. Mein Kampfgeist war versiegt, und so mußte ich nun machtlos mit ansehen, wie die Bullen versuchten, den letzten zäh verteidigten Stützpunkt am gegenüberliegenden Ende des Strandes, die Klippen mit den wildentschlossenen Italienern zu stürmen. Die Jungs dort oben ließen sich nicht lumpen und ihren forschen Sprüchen Taten folgen, schleuderten einen fußballgroßen Felsen nach dem anderen auf die staatstragenden Angreifer hinunter. Ich schwankte zwischen unbändigem Stolz auf meine tapferen Brüder und einer gewissen Sorge um die Schädel der fehlgeleiteten Rezessionsopfer. Dann ertönte ein weiteres Kriegsgeräusch, und schon kreiste ein einschüchternder Helikopter über den Anarchisten und trieb sie mit einer Salve Tränengasbomben in die Flucht.

Trillerpfeifen gellten nun über den Strand, das Bataillon sammelte sich, bestieg die Transporter, die Motoren heulten auf, und der Spuk war vorbei. Ich verließ meinen sicheren Ausguck und taumelte benommen zum Ort der Katastrophe hinunter.

Kaum hatte ich einen Fuß auf den Sand gesetzt, entlud sich der Himmel mit wütendem Blitzen und Donnern, und ein gewaltiger Platzregen kübelte auf das nun geräumte, ehemalige Paradies des freien Campens nieder. Bald stapfte ich durch blutige Pfützen, vorbei an zerrissenen Zelten, zerstochenen Luftmatratzen, überall verstreuten Kleidungsstücken, Kochtöpfen und Konservendosen.

Einige Hunde schnüffelten im Unwetter nach Essensresten, dann wagten sich die ersten unglücklichen Gesichter hinter den Felsen hervor und suchten wortlos nach eventuellen Überresten ihrer Survivalpakete.

Mein eigenes hatte ich schnell gefunden, war ich doch gerissen genug gewesen, meine Siebensachen unter einem ausrangierten, auf dem Bauch liegenden Fischerboot zu deponieren. Ich kroch unter den Kahn, um mich nicht länger unnötig einnässen zu lassen, linste durch eine Ritze und hielt Ausschau nach meinen hoffentlich unversehrten Gespielinnen der vergangenen Nacht.

Als der Schauer nachließ, schulterte ich mein Gepäck und machte mich im Nieselregen auf den Weg ins Dorf.

Diesmal war die Schenke bis zum Bersten gefüllt. Ein Teil der versprengten Genossen hatte sich eingefunden, um die frustrierende Lage zu debattieren. In einer Ecke hockte der Sexsportler aus dem Öljackenzelt, als einziger sauber und trocken, frisiert wie Mick Taylor im Madison Square Garden, das gebatikte Satinhemd bis zum Nabel aufgeknöpft, der Kragen gestärkt und nach oben geschlagen. Ich dachte an verschneite Toleranzbegriffe, unterdrückte meine hinderlichen Vorurteile so gut es eben ging, bemühte ein höfliches Gesicht, trat auf ihn zu und versuchte es auf die schleimige Art: »Na Kumpel, gut geschlafen?«

»Aber klar doch, warum fragst du?« Er gönnte mir ein arrogantes Grinsen, aber ich ließ mich nicht beirren. »Hast du 'ne Ahnung, wo die Mädchen stecken?«

»Abgereist.« Sein Löffel rührte im Galao und erklärte das Gespräch für beendet. Ich war kurz davor, ihm ins Gläschen zu spucken. »Du weißt wohl nicht zufällig, wohin?«

»Warum?«

Du aufgeblasenes kleines Arschloch! Ich dreh dir den Hals rum, wenn du nicht auf der Stelle dein künstliches Gebiß auseinanderklappst! »Naja, wir gehören irgendwie zusammen. In dem Gemetzel da drüben haben wir uns kurz aus den Augen verloren ...«

Der weichgespülte Edelhippie brach in ein brüllendes Gelächter aus. »So ist das also«, prustete er los. »Ihr gehört zusammen!« Er war kurz davor, sich unter dem Tisch zu wälzen. »Schau dich doch mal an, du Witzbold! Glaubst du im Ernst, eine Frau wie Karen würde sich mit einem Dreckspatz wie dir bei Tageslicht zeigen?«

Ich schaute verschämt an mir runter, war ja tatsächlich ein wenig verschlammt und verkrustet. Im Geiste hatte ich das Kraftpaket längst am Kragen gepackt, schnürte ihm den Stiernacken zu, der Milchkaffee floß ihm das Hemdchen hinunter, während ich ihn mit dem Rücken gegen die steinerne Wand klatschte. »Nun sag schon, wohin sie gefahren sind«, bat ich erneut und stellte mir vor, wie ich ihm nun mein Knie in den ergiebigen Hoden rammte, während die schweigenden Blicke der Gäste bewundernd auf meinem Rücken ruhten.

»Also gut, ich wollte dir eine Abfuhr ersparen. Aber wenn du es unbedingt so haben willst. Nach Lissabon sind sie, irgendeinen Job machen, in einer Art Nachtclub. Aber frag mich bitte nicht, wie er heißt. Ich hab wirklich keine Ahnung, okay?«

Na also, warum denn nicht gleich so. Ich schob seine Widerspenstigkeit auf die verletzte Ehre des Frauenhelden. Ist schon bitter, wenn man nichts anderes auf Lager hat, womit man sein beschissenes kleines Ego füttern kann. Er hatte sicherlich gewaltig dran zu schlucken, daß Karen gleich im Anschluß an seine sinnlosen Bemühungen meine Liebe gesucht und gefunden hatte.

»Du lernst es auch noch, Bürschchen!« lachte er mir hinterher, als ich das Lokal verließ. Auf dem Weg zur Bushaltestelle überlegte ich zerstreut, ob vielleicht wirklich was dran sei an dem Gerücht, daß der stete Suff auf Dauer die Aggressionen fördere. Andererseits hatte ich mich schon im Alter von vier Jahren auf den Rücken geworfen und mit den Beinchen strampelnd nach meiner Mutter getreten, wenn ich die verlangten Süßigkeiten nicht auf der Stelle aufgetischt bekam. Und schon damals hatten die Umstehenden ratlos feixend mit den Fingern auf mich gezeigt.

Der Weg ist das Ziel, und eine Suche auch immer die Suche nach dir selbst. Oder so ähnlich. Der süßlich-herbe Rebensaft zwischen meinen Knien sprach mir Mut zu und stoppte den zermürbenden Abbau meines Blutalkoholspiegels, als wir über die imposante Hängebrücke des 25. April ins glitzernde Lichtermeer von Lissabon hineinrauschten. Nur daß ich mir nicht ganz sicher war, ob ich mich selber wirklich finden wollte. An Angst und Schrecken hatte ich in letzter Zeit schließlich mehr als genug erlebt.

Der Bus hielt vor einem prächtigen innerstädtischen Bahnhof. Ich stieg aus, wanderte um zwei Häuserecken, stolperte über ein Holzbein und landete direkt neben einem mindestens tausend Jahre alten, unendlich zerfurchten und schuppigen Gesicht. Der Mann, der weder Ohren noch Augenbrauen vorzuweisen hatte, schaute mich aus traurigen Augen an, streckte mir seine zitternde Hand entgegen und murmelte irgend etwas Unverständliches von wegen ›Escudos, se faz favor‹. Ich drückte ihm zwei Münzen in die Hand und rappelte mich auf. Keine zwei Meter weiter klemmte eine tratschende Runde ältlicher Damen in den Korbstühlen eines Cafés, mit überbreiten Goldklunkern und ausgestopften Köpfen seltener Tiere behangen, und rammte sich mit gespreizten Fingern ganze Berge von Sahnetörtchen in die feisten Hälse. Für einen kurzen Moment verwirrt, war ich mir nicht ganz im klaren darüber, ob ich nun direkt im tiefsten Slum oder doch eher in einem der feineren Viertel der Stadt gelandet war. Aber dann tauchte auch schon eins dieser monströsen panzerartigen Reinigungsfahrzeuge auf und spülte den Bettler mit einem gewaltigen Wasserstrahl in den Rinnstein.

Ich setzte mich auf einen freien Stuhl, die Tanten rümpften die Nasen, und schon hastete ein vor Hochmut strotzender Kellner herbei, um mich mit geballter Entrüstung zu verjagen. Wahrscheinlich wurde es langsam Zeit für eine Katzenwäsche, vielleicht auch für ein Paar neue Schuhe. Ich lud mir mein Gepäck wieder auf und verließ den berühmten Rossio mit seinem ernüchternden Kontrastprogramm, diesen in sämtlichen Reiseführern angepriesenen Platz, auf dem sich angeblich seit Jahrhunderten die einheimischen Schriftsteller, Anarchisten und

Revolutionäre bei Bica und Bagaco mit Inspiration eingedeckt, in jüngerer Zeit aber wohl vor allem mal Heerscharen von Touristen mit bourgeoisen Stadtbewohnern um die wenigen freien Plätze gebalgt hatten.

Einige Straßen weiter führte eine verwinkelte Gasse einen Berg hinauf, vorbei an kleinen, noch beleuchteten Galerien und Geschäften für Künstlerbedarf. Über meinem Kopf tanzte die Wäsche im Wind, Katzen streiften miauend über meine nackten Füße, und hier und da hüpften fröhlich spielende Kinder lachend und kreischend um die Ecken der bescheidenen Häuser. Ich setzte mich in eine gemütliche Imbißstube, durfte tatsächlich bleiben, und bekam von einem ausgesprochen netten Mädchen ein dickes, liebevoll zubereitetes Käsesandwich serviert, zu dem mir die Gute, ganz so, als hätte sie mir meine neuesten Vorlieben angesehen, ungefragt einen Medronho spendierte.

Nach dem versöhnlichen Abendmahl stieg ich noch ein Stück die Anhöhe hinauf, bis ich eine kleine Kirche erreicht hatte. Vor dem Eingang stand eine Bank, von einer Eiche schützend bedeckt. Ich rollte meinen Schlafsack aus, genoß für ein besinnliches Weilchen den grandiosen Ausblick über die Dächer bis hinunter zum Fluß und sank schließlich in einen wirren Traum von Gehetztsein und Verfolgung und aussichtsloser Flucht. Ich geriet in eine düstere Gasse, hörte die Schritte meiner gesichtslosen Jäger hinter mir und stürzte in einen Hauseingang. Drinnen fand ich mich vor der Klappe einer Peepshow wieder, gegen die ich verzweifelt um Einlaß hämmerte, während sich Karen und Lisa im Inneren liebten, unter blaurotem Licht, auf einer plüschigen Drehscheibe, unendlich zärtlich und in nie gesehenen Variationen. Dann hörte Karen mein Klopfen, warf sich ein Öljäckchen über, eilte ans Guckloch und ließ einen tiefschwarzen Vorhang herunter. Als die Glocken zu läuten begannen, wachte ich schweißgebadet auf.

Nach einer nervenaufreibenden Woche der rastlosen Recherche hatte ich noch immer nicht den geringsten Hinweis auf einen Rockzipfel meiner beiden Freundinnen. In einem romantischen Zimmerchen gleich unten am Hafen, mit stinkendem Gemeinschaftsklo und Dusche im Flur, hatte ich eine angemessene Unterkunft gefunden und nutzte den inspirierenden Blick aufs ölige Wasser für erste Skizzen einer tragischen Dreiecksgeschichte.

Den größten Teil der Tage aber hetzte ich in meinen nagelneuen schwarzen Turnschuhen von Pension zu Pension. Ganz auf die Suche nach den Mädchen fixiert, verhinderten meine seelischen Scheuklappen tiefere Einblicke in die unbestrittene Schönheit der Stadt, die prachtvollen Gebäude und das muntere Treiben unter frühherbstlichem Himmel. Bis mich mein Stadtplan auf das Café aufmerksam machte, in dem eins meiner noch immer unerreichten literarischen Vorbilder, der an innerer Isolation verendete Fernando Pessoa, in täglicher Routine seine chronischen Depressionen zu Papier gebracht hatte. In dem Laden herrschte eine angenehme Ruhe, der Kellner war sehr hilfsbereit, führte mich geradewegs an den Tisch des Meisters und reichte mir auch gleich einen Block Papier. Aber, um es kurz zu machen, der magische Ort gönnte mir nicht den Hauch einer Eingebung. Und als ich bald darauf auf dem Weg zur Toilette war, bekam ich zufällig mit, wie der liebenswürdige Herr Ober gerade einen weiteren hoffnungsvollen Freund der Bücher an einem Tisch in der gegenüberliegenden Ecke plazierte. Mit der ausdrücklichen Bestätigung, jawohl, dortselbst und nirgendwo anders habe Pessoa seine kreativsten Stunden zugebracht. Erst jetzt fiel mir auf, daß noch so mancher bebrillte junge Mann und so manches zugeknöpfte junge Mädchen, angespannt auf dem Bleistift kauend, mit einem täuschend ähnlichen Notizblock vor sich, gedankenverloren auf avantgardistische Geistesblitze wartete. Und allesamt auf Fernandos Stuhl. Da hatte ich nicht den geringsten Zweifel.

An den Abenden aber trank ich mich von Nachtclub zu

Nachtclub, von Spelunke zu Spelunke. Ohne wirklichen Spaß und ohne jeden Erfolg. Teilte mein Fernweh mit melancholischen Seeleuten, meine Einsamkeit mit verweinten Huren und meine wirren Gedanken mit der Lebensklugheit wortkarg philosophierender Gastwirte. Entging so mancher kameradschaftlichen Rauferei nur um Haaresbreite, sah tückische Klappmesser in verrauchten Kaschemmen aufblitzen, investierte in illegale Bingospiele, gewann einen Batzen Geld und verlor ihn auch gleich wieder.

Die ewigen Biere, um die ich während meiner Nachforschungen nun einmal nicht herumkam, zerrten genauso gewaltig an meinem Etat wie die Miete für meine Dichterstube, und mir wurde klar, daß ich ohne die Mädchen nicht mehr lange würde durchhalten können. Auch mein Manuskript war im quälenden Auf und Ab meiner Bildungsreise nicht gerade auf druckreife Buchdicke angeschwollen. Aus der Traum vom unbeschwerten Poetenleben auf der tropischen, von Palmen übersäten Insel, auf der ich, fern der Zivilisation, in behaglicher Rückenlage an kiloschweren Romanen hatte werkeln wollen, um mir einmal im Monat von der kleinen verwitterten Poststation die Schecks meines Verlegers in pazifischen Dollars auszahlen zu lassen. Ein Schriftsteller brauche Distanz zu seinem Thema, viele Jahre Distanz, soll, ich glaube, Gertrude Stein einmal zu dem jungen Ernest Hemingway gesagt haben. Aber wo sollte ich die denn auch hernehmen? Mein Thema war die Liebe, nichts als die Liebe, und in die war ich hoffnungslos verstrickt. Oder lief ihr zumindest doch hinterher.

So stand ich am trüben Nachmittag des sechsten Tages auf der hohen Brücke über dem Tejo, steckte meinen Kopf durch die Drahtseile und dachte ernsthaft darüber nach, ob der Aufprall auf dem schmutzig braunen Wasser wohl für ein kurzes schmerzloses Ende reichen würde.

Später lief ich mit hängendem Kopf meinen beschriebenen Lieblingshügel hinauf, ziellos und ohne jeden Mut, als eine kräftige, lee-marvin-mäßig raspelnde Baritonstimme auf sich aufmerksam machte. »Boa tarde, senhor! Treten Sie ein, treten Sie ein!«

Die allem Anschein nach in den Whiskeykellern Tennessees gereifte Senhora lehnte auf dem Balkon eines baufälligen Hauses. Der Filz ihrer langen silbergrauen Haare umrahmte ihr rosiges Gesicht wie ein dichter, von fleißigen Spinnen gewebter Schleier. Ihr rosaroter Umhang klaffte weit genug auseinander, um ihren riesigen faltigen Busen neugierig über die Brüstung quellen zu lassen. Was hatte ich nur an mir, daß die weiblichen Schönheiten dieser Welt ständig den Kontakt mit mir suchten? Stark, aber angeschlagen, sei der Prototyp des maskulinen Hollywoodstars, habe ich mal irgendwo gelesen. Bei aller Bescheidenheit, aber zumindest letzteres traf ja nun voll und ganz auf mich zu.

Ich reagierte blitzschnell und trat zwei Schritte zur Seite. Putz und Mauersteinchen regneten aus der verblichenen Fassade, und es war jeden Moment damit zu rechnen, daß die Halterung des Balkons endgültig aus dem Gemäuer platzen und unter dem aufgeregten Gehampel der Alten in die Tiefe rauschen würde. Mein Blick fiel auf ein wackeliges Holzschild über der gewölbten Eingangstür. ›Casa de Amor‹ stand dort in kindlichen Buchstaben eingeritzt. Da war es wieder, mein Thema. Einer dieser seltsamen Déjà-vu-Anfälle kam über mich, ich dachte an meinen Traum und trat unschlüssig von einem Bein aufs andere. Aber da tauchte die verblühte Dame auch schon im Hausflur auf, ergriff meinen Arm und zog mich plappernd hinein. Um ihre Füße, die in der Art schimmelblauer Filzpantoffeln steckten, wie sie im Schloß von Trier den Besuchern zum schonenden Parkettschliddern aufgeschwatzt werden, drängelten sich mindestens zwanzig Katzen in allen nur denkbaren Rassen und Farben. Meine Augen gewöhnten sich nur mühsam an die Dunkelheit, als wir tiefer und tiefer in den Schlund der muffig stinkenden Gemächer vordrangen. Vorbei an einem Gewirr von Tüchern, die sich wie schmierige Hände um meine Schultern schmiegten, vertrockneten Pflanzen,

Rettungsringen, Fischernetzen und Mottenkugeln, durch schwere Vorhänge hindurch, dann sah ich endlich ein mattes Licht. Ein staubiger Kronleuchter, von dessen zwölf kerzenförmigen Birnen ganze zwei ihrer Funktion nachkamen, dominierte den Raum. Auf einem großen runden Tisch, inmitten eines Sammelsuriums von verkrusteten Töpfen, Flaschen und Bechern dampfte ein bronzener Samowar. In einer Ecke stand eine Seemannskiste mit einem eisernen Vorhängeschloß, in der vermutlich der ermordete Gatte dem gleißenden Weiß des ewigen Lebens entgegenschlummerte. In einem moosbewachsenen Einmachglas schlief ein giftgrüner Wellensittich. Falls er nicht genauso tot war wie der selige Herr Gemahl.

Meine Gastgeberin wies auf einen Hocker, ließ sich auf einem widerwillig knirschenden Schaukelstuhl nieder und zog ein dickes zerfleddertes Buch hervor, das mich an das Album meines Großvaters mit den Schnappschüssen vom Ersten Weltkrieg erinnerte.

»Wie lange werden Sie bleiben?« dröhnte sie mir entgegen.

»Ich … ääh … ich suche eigentlich kein Zimmer …«

»Wie? Sie wollen gar kein Zimmer? Aber was wollen Sie dann?«

»Nur eine Auskunft, wenn Sie so freundlich wären. Ich suche zwei Freundinnen von mir. Wir haben uns verloren, und ich dachte, naja, ich frag halt überall mal nach …«

Das Interesse der feurigen Witwe sank spürbar gegen null. Sie gähnte und hüllte mich in den abgestandenen Dunst ihrer unteren Atemwege. »Da geht's lang. Schauen Sie sich nur um.« Sie wedelte mit der linken Hand in einen Gang hinein, ich folgte der vorgegebenen Richtung und inspizierte ohne große Hoffnung die Gästezimmer der gespenstischen Herberge. Die meisten Stockbetten waren leer um die Tageszeit, nur hier und da schnarchte ein mondsüchtiger Weltumsegler. Im fünften und letzten Zimmer schrubbte eine chinesische Reinigungskraft den

Kachelboden. Bei meinem Anblick strahlte sie über das ganze Gesicht, ließ den Putzlumpen fallen und lüftete in tänzelnder Gebärde neckisch das Schürzchen. Ich bedankte mich und trabte zurück in die Rezeption.

Die Hausherrin hatte inzwischen ihre Füße zum Geschirr gelegt und rasierte sich mit einem Obstmesser die Beine. Ich ließ mich wieder auf dem Hocker nieder und beschrieb ihr die Mädchen, dabei ganz und gar nicht sicher, ob sie mir überhaupt zuhörte. Erst als ich schließlich die Namen der beiden erwähnte, war sie wieder ganz Ohr. »Lisa? Aber klar. Und, wie sagten Sie, Karen? Jaja, doch, ich erinnere mich, die waren hier. Für zwei Nächte, letzte Woche, wenn ich mich nicht irre.«

Ich rang um Fassung, konnte mein Glück kaum glauben. »Sie waren hier? Und jetzt? Wissen Sie vielleicht, wo sie anschließend hin wollten?«

»Tjaa …« Sie unterbrach das Sicheln und Jäten, zog die Stirn in Falten und rieb Daumen und Zeigefinger aneinander. Ich seufzte, griff in die Hosentasche und steckte ihr tausend Escudos in den lose verhangenen Vorbau. Sie hustete wie ein gereizter Löwe, die grünlichgelbe Rachenflora schoß knapp an meinem Kopf vorbei, hob müde die Hand und formte zwei Finger zum Victory-Zeichen.

Ich fluchte leise in mich hinein und schob einen zweiten Schein hinterher.

»Estoril«, raunzte sie kurz und knapp.

»Wie?«

Sie brüllte los, als sei ich mindestens so taub wie Ozzy Osbourne.

»ES-TO-RIL!« Die Katzen flohen entsetzt unter den Tisch.

»Sie wollten weiter nach Estoril, hat Lisa gesagt. Sie hätten dort Arbeit gefunden. Wo genau, kann ich nicht sagen, aber so groß ist das Städtchen ja nicht. Sie werden sie schon finden. Falls sie noch da sind. Die Saison ist beinahe zu Ende …«

Und damit wandte sie sich wieder ihrem kosmetischen Feinschliff zu.

»Oh ja, Lisa ist ein gutes Mädchen«, hörte ich sie brummeln, als ich mich durch die klebrig vernebelten Schläuche dem Ausgang entgegentastete. Gute zwei Drittel der Wegstrecke zum Hafen hinunter grübelte ich darüber nach, warum die lebenserfahrene Alte Karen am Ende beharrlich verschwieg.

Ich hockte im Straßencafé einer belebten Kreuzung von Estoril und starrte entgeistert auf den frauenfeindlichen Vierzeiler, den mir mein verbittertes Unterbewußtsein soeben in die Serviette diktiert hatte. Stundenlang war ich kreuz und quer durch den abgewrackten Badeort gelaufen, in dem mindestens die Hälfte der Lissaboner Stadtbevölkerung ihren Wochenendfreuden nachging. Hatte mich unzählige Male nach den Mädchen erkundigt und so manches mitleidige Schulterklopfen geerntet. Ich zerknüllte den Unsinn und warf ihn verschämt in den Aschenbecher, als ein wildes Hupkonzert anhob. Ich schaute auf, und mein Herz vollführte einen riskanten Sprung. Karen und Lisa schlängelten sich auf Strümpfen durch den Verkehrsstau und kamen direkt auf mich zu. Karen streckte gerade mit zorngerötetem Gesicht einem der hämisch gurrenden und pfeifenden Autofahrer ihren Mittelfinger entgegen, aber da hatte Lisa mich schon längst entdeckt. »Hey!« rief sie, strahlte glücklich, winkte mir zu und hüpfte beschwingt an den Stoßstangen vorbei. Ich sprang auf und lief ihr entgegen. Sie gab mir einen Kuß und strich mir mit dem Handrücken über die Backe. »Du könntest mal wieder 'ne Rasur vertragen, kann das sein?« Ihre Augen funkelten vor Freude. Karen schaute mürrisch an mir vorbei und grüßte mit einem kurzen »Hallo«.

Die Mädchen waren gekleidet wie eineiige Zwillinge. Trugen ultrakurze schwarze Faltenröckchen, die den Blick auf die Halter der Strapse freigaben, die ebenfalls schwarzen Oberteile waren weit genug ausgeschnitten, daß sie sie genausogut hätten weglassen können. Über ihren Schultern baumelten hochhackige goldfarbene Plastiksandalen.

»Wo soll's denn hingehen?« fragte ich so unaufgeregt wie möglich.

»Ach, wir wollten gerade die albernen Klamotten zurückbringen«, antwortete Lisa. »Als Bardamen haben die Kerle uns eingestellt, aber wenn wir gewußt hätten, was die wirklich von uns wollen, hätten wir uns den Weg sparen können.« Sie setzte sich eine übertrieben laszive Miene auf, rollte mit den Augen, klemmte sich die Zunge unter die Schneidezähne und schob mir ihr traumhaftes Hinterteil zwischen die Beine. »Na Süßer, wie wär's denn mit uns beiden, hmm?« schmeichelte sie mit tiefer Stimme. Karen zog an ihrem Arm. »Komm, laß den Scheiß. Ich will's hinter mich bringen.«

»Wartest du hier?« fragte Lisa. »Wir sind gleich wieder da.«

Eine Viertelstunde später rauschte ein kleiner kunterbunt bemalter Renault über die Kreuzung und hielt mit quietschenden Bremsen vor meinem Tisch. Am Steuer saß Lisa. »Komm, steig ein. Wir fahren zurück nach Lissabon.« Ich zahlte und kletterte auf die Rückbank. Karen saß auf dem Beifahrersitz, das Gesicht hinter einer riesigen Sonnenbrille versteckt, und las demonstrativ in der Straßenkarte. Lisas linke Hand baumelte aus dem Fenster und patschte munter auf dem Türblech herum. »Na, wie findest du mein Auto. Schick, der Kleine, oder?« Ich nickte zustimmend in den Rückspiegel.

In Lissabon angekommen, setzten wir uns auf die Terrasse eines noblen Fischrestaurants am Rossio. Lisa spendierte uns eine großzügige Mahlzeit, wir spülten mit reichlich Vinho branco nach, und Lisa quasselte wie aufgedreht von der Schönheit der Stadt und der Häßlichkeit verkommener, ehemals mondäner Badeorte. Die wenigen Atempausen nutzte ich, um stolz zu berichten, wie es mir letztendlich gelungen war, ihre Spur aufzunehmen. Wir genossen den lauen Abend und die blauen Wölkchen der unaufhörlich vorüberknatternden Mopeds, und ich wurde das Gefühl nicht los, daß hier in ganz unverhohlenen Ausweichmanövern um den heißen Brei herumgeredet wurde.

Karen stach schweigsam und mit gerunzelter Stirn auf ihre Calamares ein, bis Lisa sie lachend in den Arm kniff, mir zuzwinkerte und mit leicht spöttischem Unterton fragte: »Aber Karen, wie kommt es nur, daß du heute so nervös bist?«

Woraufhin sich unsere verstockte Freundin abrupt erhob und auf die Straße hinaustrat. Lisa zahlte, eilte ihr nach, es folgte ein kleiner Disput, ich hielt mich in respektvollem Abstand heraus, dann hatten sie sich glücklicherweise wieder eingekriegt und marschierten Arm in Arm vor mir her. Es dauerte nicht lange, und ich fing an, mich wie das höchst überflüssige dritte Rad am Handkarren zu fühlen, und mich tröstete allein die Tatsache, daß sich Lisa von Zeit zu Zeit nach mir umdrehte, um mich auf den heute doch wirklich ganz besonders ergreifenden Sternenhimmel aufmerksam zu machen, während wir durch die engen Gassen der Oberstadt entgegenkraxelten.

Ganz oben angekommen, bestaunten wir gemeinsam das herrliche Panorama der nächtlichen Großstadt, die Lichter der in der Ferne tutenden Schiffe und Hunderte von extrem steilen Treppenstufen, die vor unseren Füßen in die Unterstadt zurückführten. Endlich gönnte mir auch Karen ein klitzekleines Lächeln. »Ist es nicht wundervoll?« fragte sie verträumt, und schon griffen die beiden nach meinen Händen, eine rechts, eine links, und rannten in wahnwitzigem Tempo die Stufen hinunter. Ich berührte kaum mehr den Boden, mir war, als ob ich flog, ich erkannte das tödliche Risiko und war doch völlig losgelöst, gab mich hin wie nie zuvor in meinem Leben. Was könnten wir doch für ein unschlagbares Team sein, schoß es mir durch den Kopf, während meine Liebsten mit wehendem Haar, ununterbrochen lachend und kreischend der Ungewißheit entgegenstürzten.

Wie durch ein Wunder kamen wir unverletzt unten an und sanken atemlos aufs Kopfsteinpflaster.

»Laßt uns tanzen gehen«, sagte Karen nach einigen Minuten des erschöpften, aber glücklichen Schweigens.

Was mich betraf, so hätte ich dort ewig liegen können, ich vermißte rein gar nichts und war von seltenem Frieden erfüllt. Aber da war Lisa auch schon aufgesprungen und zog mich auf die Füße.

Bald bogen wir in eine Gasse ein, die mir irgendwie bekannt vorkam, und erreichten kurz darauf einen Club mit Guckloch und harscher Gesichtskontrolle, in den man mich noch vor wenigen Tagen unter gar keinen Umständen hatte einlassen wollen. Im Schlepptau der beiden Süßen war es plötzlich überhaupt kein Problem.

Wir fanden Platz am Tresen und rührten für eine Weile mit den Strohhalmen in reichlich albernen, zu hundert Prozent mit Geschmacksverstärkern und Farbstoffen verseuchten Cocktails, bis die Mädchen mich baten, ihre Hocker freizuhalten und auf ihre Handtaschen aufzupassen.

Ich bestellte mir einen vernünftigen Scotch ohne Eis, dann noch einen und auch einen dritten. Meine Begleiterinnen hatten mich offensichtlich schon wieder vollkommen vergessen, beglückten die geilen Herrschaften rundherum mit für meinen Geschmack viel zu gewagten Bauchtänzen, schmissen sich ran, daß mir übel wurde vor Eifersucht, oder jedenfalls war ich schon wieder mal schrecklich allein.

Nun ist es ja so, daß hastiges Bechern den Kummer ertränkt, dafür aber, wenn die Neigung von Natur aus in dir brodelt, den Zorn aus dir rauskitzelt wie Zugsalbe den Eiter aus einem zähen Furunkel. Mein kurzes Glück war längst verflogen, ich war der Trottel mit den Damentäschchen, der Hockerwärmer und Anstandswauwau. Ich haßte jeden einzelnen Mann in dem versnobten Laden, entdeckte mein vom Ärger ganz gräßlich entstelltes Gesicht in einer verspiegelten Säule und kotzte mich vor allem mal selber an. Was nützt dir deine Liebe, wenn deine Würde den Bach runtergeht? Ich rutschte vom Hocker, nicht mit mir, meine Lieben, paßt auf euern Kram bitteschön selber auf, torkelte auf die Tanzfläche und markierte den Tolpatsch und gepeinigten Wilden, genoß meinen Schmerz, was brauch ich euch denn, wenn ihr mich nicht braucht, also leckt mich am Arsch!

›I'm lonely! So lonely!‹ donnerte der nervöse Ska im Regen der Stroboskopblitze auf uns nieder, und das war genau der Stoff, den ich jetzt dringend brauchte. Meine unkontrolliert rotierenden Gliedmaßen ließen die verdatterten Tänzer zur Seite treten, ich verfiel in Ekstase, in eine Mischung aus Wut und Suff und runderneuertem Selbstmitleid.

Als die Nummer verklungen war und in eine dieser verlogenen süßlichen Balladen von der immerwährenden Zweisamkeit überging, kam ich einigermaßen zu mir und wankte durstig zum Tresen zurück. Die Taschen waren verschwunden, und auch die Mädchen waren nirgends zu sehen. Zwei ineinander verschwommene Barkeeper beugten sich über die Gläser und erklärten mir wie aus einem Mund, die Damen hätten die Rechnung bezahlt und seien eilig gegangen. Nein, eine Nachricht hätten sie mir nicht hinterlassen. »Boa noite, senhor!«

Weniger logischen Gedanken als vielmehr purem Instinkt folgend, saß ich am nächsten Morgen auf dem Bürgersteig gegenüber der ›Casa de Amor‹. Noch einmal hatte ich den Gang in die verwesende Gruft angetreten, um mir von einem verhutzelten halbblinden Männlein, einer Vertretung der unpäßlichen Senhora, die Information abzuholen, daß in der vergangenen Nacht keinerlei neuen Gäste mehr eingetroffen seien. Nun hackte ich böse auf mir selber herum, wegen meiner unsäglichen Schüchternheit, die mir so oft schon den entspannten Umgang mit verehrten Frauen unmöglich gemacht hatte. Wie ich es auch anpackte, war es verkehrt. Ich hatte es Karen überlassen wollen, mir ein Zeichen der Zuneigung herüberwachsen zu lassen, bevor ich ihr gestanden hätte, wie sehr ich mich doch nach ihr verzehrte, wie warm und feucht unsere unverhoffte Begegnung neulich nacht noch immer in meinem Herzen und meinen sogenannten Lenden rumorte. Wollte doch nie wieder unsensibel oder gar egoistisch sein, ihr keinesfalls unaufgefordert zu nahe treten, und hätte ihr doch nur allzu gerne meine ewige Liebe, auf jeden Fall meine Liebe geschworen. Wollte ihr erklären, daß mich nichts als Verzweiflung in Lisas Arme getrieben hatte, wollte sie um Verzeihung bitten und mich auch gerne um Verzeihung bitten lassen. Und hatte mit meiner gutgemeinten Zurückhaltung mal wieder alles versaut.

Und als ich mit dem Klagelied halbwegs durch war, beschimpfte ich mich für mein ewiges Mißtrauen und meine chronischen Zweifel an der Liebe überhaupt.

Ich dachte an all die Jahre, in denen ich, nur scheinbar von Hochmut zerfressen, jede mir dargebrachte Sympathie oder gar liebevolle Zuwendung zynisch dechiffriert, will sagen, bösartig kaputtgeredet hatte. Konnte nicht an die Liebe glauben, die Selbstsucht lauerte überall, der zerfleischende Haß gleich links im Gebüsch, die Vereinigung der Seelen würde Theorie bleiben bis ans Ende meiner Tage.

Es war in meiner Zeit mit Eva, noch lebte ich im Elternhaus, als die Winde hochmodischer männlicher Duftwässerchen durch den Mief der kleinbürgerlichen Wände zu wehen begannen. So wie sich in dieser emotional verknöcherten Familie niemand *wirklich* um seinen Nächsten kümmerte, machte auch ich mir keinerlei Gedanken. Und daß der alte Herr, im idiotischen Glauben an ihre potenzstärkende Wirkung, gesteigerte Gier auf Spiegeleier empfand und sich den Cholesterinschock sensationellerweise sogar selber anrührte, entging mir genauso wie die geröteten Augen meiner schweigsamen Mama. Bis sich ihr tapfer hineingefressenes Elend eines Tages in einem Nervenzusammenbruch entlud und wir nun endlich erfuhren, was Sache war. Der gute Mann leistete sich eine Geliebte und war fest entschlossen, die Familie zu verlassen. Seine Frau, die seit zwanzig Jahren ohne Wehen und Klagen und, ohne jemals über wirkliche Freizeit oder eigenes Geld zu verfügen, die Kinder gehütet und den Haushalt geführt hatte, und seine drei Kinder, zu denen er nicht mal den Hauch einer vertrauten Freundschaft zustande gebracht hatte.

Nun wurde tüchtig schmutzige Wäsche gewaschen von längst verblaßter ehelicher Beziehung, von einer Ehe, in der die Liebe nichts als Illusion war, von der durch die erste Schwangerschaft erzwungenen Heirat, nun kam der ganze erschütternde Mist einer zwanzig Jahre währenden Lüge auf den Tisch.

Nicht, daß ich meinen Vater von nun an vermißt hätte. Und seine Entscheidung hielt ich trotz allem für sein gutes Recht. Nein, daß auch für mich damals eine Welt zusammenbrach, lag schlicht und einfach an dem widerlichen Gefühl, mein ganzes bisheriges Leben lang betrogen worden zu sein.

Ich stand auf, klopfte mir den Staub aus der Hose und versuchte vergeblich, mit dem Gedanken warm zu werden, mich irgendeiner menschenfreundlichen Mitfahrgelegenheit aufzudrängen, um mich zurück ins verhaßte Deutschland schippern zu lassen, als der vertraute Anblick eines handbemalten französischen Kleinwagens die Gasse herauftuckerte. Ich erkannte Lisas zutiefst erleichtertes Gesicht und winkte ihr zu. Die Schockfarben ihres knallengen Ringelpullis ließen die ausgepumpte Sonne wie ein verwaistes Glühwürmchen aussehen. Ihre herrlichen Brüste bewegten sich erregt auf und nieder, und sogar ihre Hände zitterten ein wenig, als ich ihr einen kleinen Kuß zum Fenster hineinreichte.

»Mensch Süßer, was baust du nur für einen Mist«, stammelte sie. Ich warf mein Gepäck auf den Rücksitz und stieg ein.

»Ich ... ich hab Karen gerade zum Flugplatz gebracht. Sie wollte den nächsten Flieger nach Frankfurt nehmen«, erzählte Lisa mit leiser Stimme. »Es tut mir leid, aber ...« Offenbar rechnete sie fest mit der Möglichkeit, ich könnte mich auf der Stelle an ihrem Auspuff festschrauben, um mir gierig inhalierend das Licht abzudrehen. »Ist schon gut«, erwiderte ich gerührt und klemmte ihr eine wirre Haarsträhne hinters Ohr.

Wir einigten uns darauf, noch ein, zwei Tage am Meer zu verbringen und anschließend gemeinsam die Reise in den kalten Nordwesten anzutreten. Wir kauften uns ein wenig Reiseproviant und machten uns auf den Weg, steckten bald darauf im Stau der Tejobrücke fest und nutzten die Gelegenheit für einige Minuten intensiver Zärtlichkeit, vergaßen den Lärm um uns herum und auch den Gestank, knutschten wild und ausdauernd, als hätten wir zehn Jahre Einzelhaft in San Quentin hinter uns.

Später fuhren wir in nördlicher Richtung die Küste hinauf, hatten das Verdeck ganz nach hinten geklappt, und der Wind zauste uns fröhlich in den Haaren. Bob Dylan ließ anfragen, wie wir uns denn so fühlten, so ganz auf uns allein gestellt, und gab die Antwort auch gleich selber, während Lisa erste informative Brocken ihrer noch so jungen Geschichte in den euphorischen Radau streute. Sie sei in Kopenhagen aufgewachsen, lebe nun aber schon seit vier Jahren bei ihrer deutschen Oma in Freiburg, studiere seit einem Jahr Psychologie und Literaturwissenschaften (hier warf sie mir einen scheuen Blick zu), und die Semesterferien seien leider in einer Woche zu Ende. In Gedanken stopfte ich meine Aufzeichnungen auf den tiefsten Grund meiner Reisetasche hinunter und beschloß, meine Macken in Zukunft geschickt zu verbergen.

Dann tauchte ein Tramper am Straßenrand auf, Lisa trat auf die Bremse und bat mich, das Steuer zu übernehmen. Sie bekäme Zustände mit Fremden im Auto, könne sich das selber noch immer nicht erklären, aber wenn ich nur fahren würde, ginge es sicher in Ordnung. Sie wischte sich nervös mit der Hand übers Gesicht, mir schien fast, als zitterten ihre Lippen ein wenig, und sah mich mit flehentlich bittenden Augen an. Ich begriff überhaupt nichts, stieg aus, und wir tauschten die Plätze.

Während der nächsten Viertelstunde saß sie stocksteif neben mir, starrte wortlos aus dem Fenster und knetete sich die Farbe aus den Fingerknöcheln. Erst als es sich der nette junge Neuseeländer auf meinem Schlafsack bequem gemacht hatte und schließlich eingeschlummert war, entspannte sie sich ein wenig und legte ihren Kopf in meinen Schoß. Für eine Weile leckte sie ganz niedlich an meinem Bauchnabel herum, dann entschloß sie sich, meine Hose aufzuknöpfen, schaute mit fragendem Lächeln kurz zu mir auf, aber da hatte es mir die Sprache schon längst verschlagen. Gerade erst hatte ich dem Auto die Zügel gelockert, wir rauschten mit gut hundert Sachen eine langgezogene Abfahrt hinunter, der Karren wurde schneller und schneller, und Lisas Kopf hielt, nun gar nicht mehr zögerlich, empfindsam den Takt. Und nun war ich derjenige, der Zustände bekam. Kriegte den Fuß nicht vom Gas und brachte es auch nicht über mich, Lisas erstaunlich gekonnte Liebkosung zu bremsen. Hier kam ein Erlebnis noch unbekannter Qualität auf mich zu, scheiß auf die Straßenverkehrsordnung, das Glück ist selten genug, wo sollte das hinführen, wie würde das ausgehen, im Augenblick höchster Gefühle doch wohl nicht voll an die Wand.

Was soll ich noch lange herumreden, irgendwann jedenfalls schloß ich wie gewohnt die Augen. Mein Jubel ging in einem wütenden Hupen unter, ich riß sie wieder auf, der Mercedes schoß direkt auf uns zu, ich zerrte benommen am Lenkrad, wir schlingerten und schleuderten haarscharf vorbei, hoppelten über den grasbewachsenen Randstreifen und kamen einen halben Meter vor einem Melonenstand zum Stehen.

Die verschlafenen Augen unseres Fahrgastes tauchten im Rückspiegel auf, Lisa zog mir glücklich strahlend das Hemd über die Hose, gab mir einen Kuß aufs Ohr und flüsterte zärtlich: »Du tust mir gut!«

Ich setzte den Wagen zurück, reihte ihn in den Verkehr ein und wartete darauf, daß sich mein galoppierender Herzschlag wieder an gesünderen Frequenzbereichen orientieren würde.

Am Abend planschten wir vergnügt wie kleine Kinder im Meer, rannten Hand in Hand den Strand auf und ab, bis wir getrocknet waren, und später kochte uns Lisa am Feuer zwischen den Dünen ein leckeres Abendessen. Ich war glücklich, ihr zusehen zu dürfen, wie sie dort, die Beine verschränkt und die dicke gemusterte Pferdedecke um die Schultern geschlungen, wie eine Indianersquaw im Topf rührte und abwechselnd den würzigen Rotwein ins Gericht schüttete und dann wieder zum Munde führte.

Als wir uns später auf unseren Schlafsäcken am Feuer liegend liebten, nahmen wir uns unendlich viel Zeit, ertasteten mit behutsamer Neugier unsere geheimsten Wünsche und Bedürfnisse, und ich war guten Mutes, diesmal auch Lisa wirkliche Freude zu bereiten.

Dann lag sie in meinem Arm, wir teilten uns eine Zigarette, schauten in den Sternenhimmel, und Lisa erzählte mir voller Vertrauen, wie schwer es ihr oft falle, in einer Menschenschlange im Supermarkt oder einer Bank anzustehen, der Herzkasper, wie sie es nun nannte, lauere überall auf sie, an Busfahren sei zeitweilig nicht einmal zu denken. Ich suchte noch nach hilfreichen Floskeln, angesichts eines Problems, von dem ich nicht das geringste verstand, aber da war sie auch schon eingeschlafen. Ich breitete die Decke über ihr aus, schob ihr meine Jacke unter das süße Köpfchen, kuschelte mich an sie und dachte fast gar nicht an Karen.

Wir verbrachten zwei herrlich unbeschwerte Tage an diesem zauberhaften Plätzchen, dann wurde es Zeit zum Aufbruch. Unser Gepäck war größtenteils verstaut, wir waren früh am Morgen aufgestanden, und Lisa wollte unbedingt ein letztes Bad nehmen. Sie schlüpfte aus dem Kleid, sagte, sie sei sofort wieder da, und rannte, nur mit einer geblümten Unterhose bekleidet, gutgelaunt über die Dünen.

Ich nutzte die Gelegenheit, meine Papiere zu ordnen, raufte mir die Haare über einem längst vergessenen, entsetzlich abgedroschenen Reim über die angebliche Nähe von Liebe und Tod, als ein Schrei vom Meer herübertönte, so voll von Angst und Wut und Verzweiflung, daß er die Möwen aufscheuchte und mir einen eiskalten Schauer über den Rücken trieb. »Hiiilfe!« Kein Zweifel, das war Lisas Stimme. Und dann wieder, und noch viel lauter: »Hiiilfe!« Ich sprang auf und sprintete los, hatte innerhalb von Sekunden den wie immer menschenleeren kleinen Strand erreicht, konnte aber Lisa zunächst nirgendwo entdecken. Dann schrie sie noch einmal, der Schrei kam von links, und dort oben, auf einem Felsen, vielleicht fünf Meter über mir, sah ich sie endlich. Sie lag auf dem Rücken und wehrte sich verzweifelt gegen einen schwarzhaarigen jungen Mann, der ihr auf abscheulichste Art mit der Zunge im Gesicht herumfuhrwerkte, sie mit einem Arm auf den Boden preßte, und mit dem anderen wütend an ihrem Höschen zerrte. Mir fiel nichts besseres ein, als zu brüllen, so laut und gefährlich es mir nur irgendwie möglich war, während ich auf den Hang zustürzte, in den Schilf und kantige Steine griff und nach oben hastete. Der Kerl hatte sich überhaupt nicht beeindrucken lassen, ich sah voller Ekel seinen geöffneten Gürtel, Lisa schlug um sich, in Panik, zu Tode erschreckt, trommelte dem Schwein mit ihren kleinen Fäusten auf dem Kopf und dem Rücken herum, dann war ich endlich zur Stelle, trat zu, warf mich auf ihn, würgte ihn und schlug ihn und denke noch heute oft an seinen verwunderten Blick, die fast ängstlich aufgerissenen Augen. Er entglitt meinem Griff, versuchte zu fliehen, ich setzte ihm nach, und schon stolperte er, seine Arme wirbelten durch die Luft, er rutschte den Abhang hinunter, überschlug sich und knallte brutal in den Sand.

Ich drehte mich um, wollte nach Lisa sehen, aber die war schon längst aufgesprungen, rannte nun wieder über die Dünen, hielt sich beide Ohren zu, oder auch nur das wie rasend pendelnde Köpfchen fest, und schrie und schrie und schrie.

Ich sah ein zweites Mal auf den bewegungslosen Mann

hinunter, sah das Weiß in seinen halbgeschlossenen Augen und ein dünnes blutiges Rinnsal, das ihm langsam aus dem Mund sickerte, dann rührte er sich endlich, fand auf die Knie, ich entschied mich für Lisa und hoffte verzweifelt auf IHN.

Die nächsten anderthalb Tage sprach Lisa kein einziges Wort. Wenn ich ihr etwas zu essen anbot, schüttelte sie fast unmerklich den Kopf, hielt sich krampfhaft am Lenkrad fest wie ein Ertrinkender am Rettungsring, die Haare wirr im Gesicht, und stierte mit leerem Blick auf die Landstraße.

Ich war ihr nachgerannt, hatte auf halbem Weg den Motor ihres Renaults aufheulen hören, und als ich an der Feuerstelle angekommen war, hatte sich der Wagen bereits einige Meter durch den tiefen Sand gewühlt. Erst im allerletzten Moment, bevor Lisa, wohl um für immer zu verschwinden, in die geteerte Straße eingebogen war, hatte ich sie eingeholt, die Wagentür aufgerissen, und war hineingesprungen.

Drei Stunden später hatten wir die Grenze nach Spanien überquert, und bis zum Abend auch die gespenstisch gleichförmige Tiefebene um Salamanca überstanden. Die Nacht hatten wir im Auto zugebracht, Lisa, einem Embryo gleich auf dem Rücksitz zusammengekauert, schluchzte im Schlaf, warf sich wild von einer Seite auf die andere und wimmerte fast ununterbrochen auf dänisch.

Nun saß sie schon wieder seit einer Ewigkeit am Steuer, und ich grübelte angestrengt darüber nach, wie ich bloß endlich ihr manisch monotones Kilometerfressen unterbrechen, ihren inneren Knebel lösen und vorsichtig zu einer gewissen seelischen Aufheiterung beitragen könnte. Allein meine Sorge um sie lenkte mich ein klein wenig von den quälenden Gedanken an den zurückgelassenen Übeltäter ab, für den ich nur hoffen konnte, daß er sich nicht allzu sehr verletzt hatte. Die entsetzliche Vorstellung, der Scheißkerl könnte dort womöglich hilflos verenden, zerrte schon gehörig an meinen Nerven und schnürte mir phasenweise regelrecht die Luft ab. Was mich einigermaßen aufrecht hielt, war ganz nebenbei aber auch fast so etwas wie Stolz. Endlich einmal war ich nicht zu spät gekommen, hatte dieses eine Mal nicht versagt und das Allerschlimmste gerade noch verhindern können. Aber die hemmungslose Raserei, die Besitz von mir ergriffen hatte, so berechtigt sie auch gewesen sein mochte, blieb mir trotz allem doch merkwürdig fremd.

»Scheiße!«

Ich traute meinen Ohren nicht. Das war niemand anders als Lisa, die mich daran erinnerte, daß ich schon wieder mal ganz allein mit mir selbst beschäftigt war. Ich fiel ihr um den Hals, gab ihr einen Kuß, meine grenzenlose Erleichterung ließ mich jede Zurückhaltung vergessen, und siehe da, sie lächelte sogar ein wenig. Erst jetzt fiel mir auf, daß sich die eben noch rot in der Sonne schimmernde Landschaft in ein depressives Grau verwandelt hatte, schwere dunkle Wolken waren aufgezogen und entleerten sich nun in einem gewaltigen Platzregen, von heftigem Blitzen und Donnern begleitet. Innerhalb von Sekunden klatschten die Wassermassen derartig dicht auf die Windschutzscheibe, daß die zierlichen Wischer trotz hektischer Bemühungen außerstande waren, für halbwegs klare Sicht zu sorgen. Lisa fuhr rechts raus, eine kleine Schotterstraße hinauf, hielt auf einem einsam in der Gegend herumstehenden Hügel und stellte den Motor ab. Der Sturm rüttelte das Auto kräftig durch und pfiff unangenehm kalt durch die Ritzen. Lisa zündete sich eine Zigarette an, lehnte sich mit dem Rücken gegen die Fahrertür, sah mir zum ersten Mal wieder direkt in die Augen und fand ausgerechnet in dieser nun nicht gerade übermäßig gemütlichen Situation ihre Sprache wieder. Zunächst zwar noch stockend, aber dann sprudelte es auch schon bald ungebremst aus ihr heraus. So erzählte sie nun in ganz untheatralischem, beinahe gleichmütigem Ton von ihrer Kindheit in Dänemark, von ihrem

Vater, der sie von klein auf und jahrelang gezwungen hatte, ihn mit Hand und Mund zu befriedigen, der sie vergewaltigt hatte, wann immer ihm danach war. Beschrieb ihre ausweglose Not, in der sie sich an niemanden zu wenden gewußt habe, und doch habe ihr der Mut gefehlt, ihrem Leben ein Ende zu machen. Und sprach schließlich von ihrer Mutter, die eines Tages hinter die grausige Wahrheit gekommen war, sie beschimpft und bedroht und geschlagen, ihr schlicht und einfach die alleinige Schuld zugeschoben hatte. Ich war heilfroh, daß sie nicht allzu sehr ins Detail ging, was die schweinischen Praktiken ihres Vaters betraf, es zerriß mich mehr als genug, wie sie mir hier gegenübersaß, von einer Tapferkeit, wie ich sie mein ganzes Leben nicht aufbringen würde. Ich wollte sie trösten, nichts als trösten, und wußte doch überhaupt gar nicht wie. Hielt nur mühsam die Tränen zurück, die durften jetzt keinesfalls sein, hier ging es um Lisas Leid, verdammt, meine Hände wurden feucht, und dann schilderte sie den Haß ihrer Mutter, wie sie nachts in ihr Zimmer gekommen war, wo Lisa schon wieder mal schlaflos, verzweifelt von Flucht phantasierte. Sie stürzte hinein, und nun sah ich das Drama verflucht plastisch vor mir, die bebende Wut der rasenden Furie, die doch die geliebte Mama war, sie beugte sich über sie, und dann sprach Lisa, und nun ziemlich gehetzt, minutenlang nur noch von der Ader am Hals, wie sie schwoll über ihr, immer weiter und größer und dicker, und dann passierte es mir.

Ich fuhr mir mit der Hand über die Lippen, die wurden so merkwürdig taub, dann bald schon das ganze Gesicht, dies Prickeln, mein Kopf rauschte, ich dachte, gleich platzt er, bekam keine Luft mehr, mein Brustkorb ein Korsett aus Metall, der Puls auf zweihundertachtzig, und dann dieser Ball, diese riesige schwammige Kugel, die ich, seit ich klein war, nie wieder gesehen hatte, was heißt hier gesehen, als Kind und jetzt wieder so häufig gespürt habe, wie sie vor mir und über mir und in mir gewachsen war. Nicht zu schlucken war und nicht zu vertreiben, mich jeden Moment zerreißen würde. Nun zitterte ich auch noch am ganzen Leib, und wollte doch zuhören, Lisa unbedingt beistehen, ihr irgendwie helfen, und hatte nun nur noch entsetzliche Angst. Wollte mich entschuldigen und hörte mich lallen, auch sprechen war schon nicht mehr möglich, war das jetzt das Ende, was geschah hier mit mir?

Irgendwie kriegte ich die Tür auf, fiel mehr aus dem Wagen, als daß ich ihm entstieg, lief ein paar Meter bis an den Rand des Hügels, sank in die Knie, in strömendem Regen und gnadenlos peitschender Düsternis, grüne und gelbe Tränenwände explodierten im Nirgendwo, Luft brauche ich, Luft, wer schenkt mir nun bitte einen kleinen Schluck Luft, mir unwürdigem, hilflosem, nichtsnutzigem Scheißer.

Meine Fingernägel gruben sich tief in mein Gesicht, ich brauchte den Schmerz, handfeste Beweise, was Wirklichkeit war, dann legte sich ein Arm um meine Schulter und strich mir in einer sanften Bewegung, unendlich langsam und auf der Stelle beruhigend, über den Rücken.

»Dein Jazz ist mein Jazz«, sagte Lisa und errötete nur ein ganz kleines bißchen. »Es geht gleich vorbei.«

Oh Gott, wie sehr ich sie liebte in diesem Augenblick! Ihren kleinen aufrechten Rücken, das vom patschnassen Haar umrahmte sorgenvolle Gesicht und diese durch und durch ehrlichen, traurig lachenden wissenden Augen.

Als wir kurz darauf wieder im Auto saßen, uns gegenseitig trockenrubbelten und so nahe waren wie nie zuvor während unserer kurzen aufwühlenden Bekanntschaft, sprach Lisa von Hyperventilation und verdrängten Gefühlen, von Kräuterchen und Wässerchen, die Hilfe versprächen, in Deutschland könne sie mir das Zeug gleich besorgen, ihr Fläschchen sei leider seit Wochen schon leer.

Am nächsten Morgen krochen wir im Schrittempo die Pyrenäen hinauf, legten so manche Pause ein, um zu verhindern, daß der keuchende und spuckende Motor endgültig überkochte, dann hatten wir den Gipfel des Passes überquert, und endlich schien wieder die Sonne. Erste gelbe Blätter segelten von den Bäumen, der nächtliche Nebel verlor sich in den dampfenden Wiesen, der Himmel war von strahlendem Blau und versprach uns einen wunderschönen Tag.

Lisa feierte ihren treuen Karren, als habe er uns soeben mindestens die Eigernordwand hinaufgetragen. Sie war überhaupt glänzend aufgelegt, und verscheuchte mit ihrer guten Laune meine kleinmütige Verzagtheit, die mir in Erinnerung an meine peinliche Vorstellung des vergangenen Tages noch immer ein wenig die Gesichtszüge vermauerte.

Wir reihten uns vor der französischen Grenzstation ein, ich zog meine klammen, vom Regen verwaschenen Ersatzpapiere mit dem marokkanischen Ausreisestempel aus der Gesäßtasche und animierte die pflichtschuldigen Beamten prompt zu einer ausführlichen Durchsuchung unseres Gepäcks, mit drogensüchtigen Schäferhunden und neugierig flatternden Wünschelruten, eben dem ganzen üblichen Tamtam. Die Burschen konnten ja nicht ahnen, daß sie außer Unmengen von Sand keinerlei Pulver bei uns finden würden. Ich hatte mir den Rest vom illegalen Proviant längst gekonnt hinter die Zähne gepappt, setzte mich siegessicher in die Sonne, Lisa flitzte zu einem nahen Kiosk und köpfte einen Piccolo.

Nachdem wir uns auch noch einen zweiten Schaumwein genehmigt hatten, durften wir unseren Kram auch schon wieder verstauen, Lisa bedankte sich spöttisch mit Knicks und Kußhand, klemmte sich hinters Steuer, und wir rauschten quietschend und klappernd in den französischen Herbst hinunter.

Es muß in der Gegend von Montpellier gewesen sein, wo mich Lisa mit der Meldung überraschte, hier habe sie sich auf der Hinreise von ihrem Freund getrennt, weil er sie schließlich einmal zu oft eine hysterische Mimose geschimpft hatte. Ihr Reden klang bitter, und doch schien mir, als könne ich einen Hauch von Bedauern in ihren feucht glänzenden Augen ausmachen. Aber ich hatte dazugelernt, pulte mir den vergessenen Brösel aus der Backe, bekämpfte mein aufsteigendes Mißtrauen mit einer turmhohen Tüte und behielt jedes lästige Nachbohren souverän für mich.

Noch Stunden später seufzten wir schwermütig im Duett, diesmal aber angesichts immer wieder auftauchender Hinweisschilder nach Paris. Und auch heute noch frage ich mich so manches Mal, ob wir hier nicht unserem Leben noch eine entscheidende Wendung geben und einen gemeinsamen Weg ins Glück hätten finden können. Aber Lisa hielt mit eiserner Selbstdisziplin an der eingeschlagenen Fahrtrichtung fest, bald lag der europäische Süden endgültig hinter uns, und am späten Abend hatten wir das nebelverhangene und verregnete Lyon erreicht.

Wir mieteten uns für die Nacht in einer Pension ein, verbogen uns den Rücken bei stürmischer Liebe im viel zu weichen Bett, und anschließend schmiedete ich verträumt vor mich hinplappernd romantische Pläne, von unserem Häuschen im Schwarzwald, mit einer Katze vielleicht und harzig duftenden Marihuanastauden. Lisa würde zur Uni gehen, und ich selbst mich als Schafhirte durchschlagen und ansonsten voll und ganz dem Schreiben widmen.

»Aber Karen liebt dich, und du liebst sie doch auch«, flüsterte Lisa mir, meine Fallhöhe brutal mißachtend, schlaftrunken ins Ohr.

»Ich ... ich weiß nicht«, stotterte ich verwirrt. »Aber ich weiß, daß ich *dich* liebe, und das ist jetzt alles, was zählt«, legte ich entschlossen nach. Lisa setzte sich abrupt auf, rückte von mir ab und zog sich die Bettdecke bis unters Kinn. »Wo zwei instabile Persönlichkeiten aufeinandertreffen, ist zumeist die Hölle los, sagt mein Dozent. Und ich glaube, da hat er verdammt recht.« Ich hätte den Kerl auf der Stelle lynchen können.

»Ich denke«, fuhr Lisa in erschreckend kalter Sachlichkeit fort, »wir sollten jetzt erst mal jeder für sich sein Leben in den Griff kriegen. Wir werden uns natürlich schreiben, wenn du möchtest, werden Freunde bleiben und uns auch mal wiedersehen. Aber laß mir bitte etwas Zeit, okay?«

Ernst und weise gesprochen, fürwahr. Nur nützte mir das in diesem Augenblick herzlich wenig. Ich möchte hier nicht wiedergeben, mit welch unverblümtem Gesülze ich sie in dieser Nacht zu überreden versuchte. Sie sei die Liebe meines Lebens, ohne sie ginge gar nichts mehr für mich, war noch eine der weniger gewagten Behauptungen. Ich strampelte und zerrte an ihr, hüpfte aufgebracht ums Bett herum, haute mit meinem Gürtel Hunderte von Fliegen an den Wänden platt, holte mir schließlich zu allem Überfluß auch noch einen Wadenkrampf und kroch kleinlaut zurück in die Federn. Irgendwann zog sich Lisa entnervt die Decke über den Kopf, und ich stopfte mir ein Kissen zwischen die Zähne, um ihr mit meinem Geheule nicht weiter die verdiente Nachtruhe zu rauben.

Nie war mir so kalt auf diesem faschistisch verseuchten Flecken Erde, seitdem ich heruntergetorkelt bin wie eine vergilbte Schneeflocke, mich fragend, wer Papa, warum damals auch Mama, und was ich selber ganz sicher *nicht* bin.

Ich saß in einer überfüllten Raststätte der deutschen Autobahn und las in der Zeitung, von glorreichen Veteranentreffen der SS, anläßlich derer so mancher Bundestagsabgeordnete solidarische Grußbotschaften übermittelt hatte, während draußen vor der Tür die sadistischen Horden der sogenannten Staatsgewalt erbosten Gegendemonstranten lustvoll die Knochen weichgeprügelt hatten. Vom penetrant politisches Asyl Begehrenden, der während seiner polizeilichen Vernehmung angeblich einfach so und absolut freiwillig aus dem Fenster der zehnten Etage gesprungen war, von milliardenschweren Lieferungen deutschen Kriegsgeräts an die Diktatoren dieser Welt und von Millionen von KZ-Hühnern, deren sofortige Vergasung angeordnet worden war, weil irgendein aufrechter Gesundheitsapostel von Amts wegen eine unverdauliche Überdosis Antibiotika in ihrem verdünnten Blut gefunden hatte. Draußen vor der Fensterscheibe drohte der Dauerregen in einen wütenden Eishagel überzugehen.

Vor einer halben Stunde erst hatte mich Lisa hier abgesetzt, wir hatten uns ein letztes Mal umarmt und waren für unbestimmte Zeit auseinandergegangen. Ich fühlte mich hundeelend, einsam, verlassen und vollkommen leer. Dachte schaudernd an die sibirische Kälte oberhessischer Winter, an meine düstere staubige Bude im ersten Stock über Angelos Bumslokal und an all die so zäh verrinnenden schlaflosen Stunden im Morgengrauen, in denen das Grunzen und Quieken der Stundengäste durch die Rigipswände herüberdrang, während ich traurig und allein an die Decke stierte und in gedankenverlorener Hoffnungslosigkeit am verkümmerten Penis spielte.

Ich nahm mir vor, Karen einen ausführlichen Brief zu schreiben, sobald ich mein Domizil erreicht haben würde, zog mir den letzten kalten Schluck von der abgestandenen Brühe rein, die sie hier schamlos als Kaffee verkauften, und stellte mich an die Autobahn.

Es dauerte nicht einmal drei Stunden, bis mich ein geistesgestörter Tattergreis in seinen Oldtimer einlud. Brüllend laute Egerländer Volksmusik schlug mir entgegen und übertönte den größten Teil seiner optimistischen Reden von der unmittelbar bevorstehenden Rückeroberung sudetendeutscher Gebiete. Und als er sich immer mal wieder nach hinten drehte, um in aller Ruhe im reichhaltigen Milchflaschensortiment seiner Rückbank zu wühlen, und der Wagen in unvermindertem Tempo, die ganze Breite der doppelten Fahrspur nutzend, im dichten Verkehr zum Riesenslalom ansetzte, sendete mir meine ertaubende Unterlippe eindeutige Warnsignale, und ich stieg an der nächsten Raste, froh, mit dem Leben davongekommen zu sein, eilig wieder aus.

Dort erbarmte sich ein unendlich geschwätziges Mädchen mit Pudel und marienkäferverklebtem VW. Der Köter leckte mir den Hals ab, ich schob ihn zur Seite, konnte nach einer Weile auch das todlangweilige Gelaber der Vogelscheuche neben mir nicht länger ertragen und schlug ein Buch auf. Woraufhin sie mich an der nächsten Abfahrt mit der Begründung aus dem Auto kippte, mein Körpergeruch sei nicht zum Aushalten, sie habe nun einmal eine sehr feine Nase.

Ich gab es auf, zählte mein Geld und investierte alles, was mir geblieben war, in eine Zugfahrkarte. Verunsichert wie ich war, hätte ich nur allzu gern ein Abteil für mich allein gehabt, aber der Zug war gerammelt voll, und so schob ich mich schließlich ins Abteil zweier quietschvergnügter Damen mittleren Alters. Hier kreiste die Wodkaflasche, und bald war ich wieder einigermaßen auf dem Damm. Die beiden erzählten mir glücklich durcheinanderbrabbelnd, sie hätten am Vorabend die Kasse der Bar geleert, in der man sie lange genug für kargen Lohn schikaniert habe, und nun seien sie auf dem Weg nach Berlin. Ich gratulierte begeistert und dachte darüber nach, ob mir ihre angstfrei in die Zukunft gerichtete Lebenseinstellung nicht eventuell als wegweisendes Beispiel dienen könnte.

Die vorüberhuschende Landschaft wurde zusehends langweiliger, die tristen Ortschaften glichen sich jetzt wie ein Parkhaus dem anderen, und als ich den penibel gepflegten Höhepunkt gesichtsloser grauer Einöde erblickte, wurde mir schmerzhaft bewußt, daß der Zug im Bahnhof meiner sogenannten Heimatstadt eingelaufen war.

Mein beklemmender Fußmarsch führte mich vorbei an Jägerzäunen, die den blitzeblanken Einfamilienhäusern wie billigste Lorbeerkranzattrappen um die Bäuche hingen, stupide grinsenden Gartenzwergen und ältlichen Pärchen, die vor den immer gleichen Auslagen der Textilgeschäfte in kontrollierte Ekstase gerieten. Wie nicht anders zu erwarten war, kreuzte bald ein erster Streifenwagen meinen Weg, geleitete mich im Kriechgang bis vor meine Haustür, und ich kam mir vor wie der mißtrauisch beäugte Fremde im beißenden Wind der inzestuösen Gemeinde von Salt Lake City.

Ich stieg die knarrende Treppe hinauf, deren Geländer zur Hälfte fehlte, seit Angelo im letzten Winter das Ofenholz ausgegangen war, atmete den vertrauten Duft von faulem Fisch und toten Socken, und wäre oben beinahe mit Isabella, einer der reizenden Damen des häuslichen Gewerbes zusammengestoßen. Sie wich erschreckt zurück und beichtete mir aus sicherer Entfernung und mit tränenerstickter Stimme, mein geliebter Kater, den ich ihr voller Vertrauen zur Pflege überlassen hatte, sei ihr gleich ein paar Tage nach meinem Verschwinden entwischt und leider nie wieder aufgetaucht.

Ich schloß die Tür zu meiner Wohnung auf, knipste die Glühbirne an, wischte die gelben Blätter meiner restlos vertrockneten Lieblingspalme mit dem Fuß zur Seite, warf mich aufs Bett und wimmerte hemmungslos ins muffige Kissen, bis ich irgendwann über meinem grenzenlosen Kummer einschlief.

Während der folgenden drei Monate lungerte ich zumeist an Angelos Tresen herum und lud ihm meine kleinkarierte Seelenpein auf die fleischigen Schultern. Diesem herzensguten, etwa fünfzigjährigen Sizilianer, der es gewohnt war, daß sich seine Kunden nach der körperlichen Erleichterung nichts sehnlicher wünschten als eine geduldige Zielscheibe für ihre wehleidigen Monologe, der sein Geschäft seit jeher als lukrativen Dienst am Menschen verstand, und mir ganz nebenbei längst zu einer Art väterlichem Freund geworden war.

Oder ich hing vor meiner grünstichigen Glotze, die Füße in der Salatschüssel voller Seifenlauge, und trank von dem Fusel, den ich mir regelmäßig im schräg gegenüberliegenden Lebensmittelgeschäft unter die Jacke schob. Und wenn ich mich tatsächlich einmal dazu aufschwang, mir die Beine zu vertreten, streunte ich ziellos durch die Straßen und brachte feixenden Hinterhofkindern das Rauchen und Fahrradfahren bei.

Eine Blutspende hatte mich über den ersten Tag gerettet, gleich anschließend war ich wildentschlossen zum

Arbeitsamt marschiert, wo man mir außer dem Stapeln von Zementsäcken, Hecke schneiden oder Pferdemist zusammenkratzen nichts wirklich Tolles zu bieten hatte. Also entschied ich mich kurzerhand fürs Sozialamt. Nachdem man dort meinen Werdegang durchleuchtet hatte, als wollte ich mindestens drei monegassische Königskinder adoptieren, war zwar mein Überleben halbwegs gesichert, mein zerknittertes Ego aber brauchte nach dem monatlichen Zahltag jeweils drei Tage behutsamer Aufbauarbeit inklusive so mancher hochprozentiger Schlucke, um sich auch nur einigermaßen von den Arien der Verachtung zu erholen, die dort wahllos und in blanker Routine auf die gedemütigten Bittsteller herunterregneten.

Auch mit dem Brief an Karen kam ich nicht so recht voran. Was einerseits ohne Zweifel daran lag, daß es mir alles andere als leicht fiel, meinen Charakter sympathisch zu verklären, in Zeiten, in denen ich mir selbst ganz massiv zuwider war. Andererseits hatte aber auch Lisa ihren Teil zu meiner schöpferischen Blockade beigetragen. War ihr doch außer einigen nichtssagenden Floskeln tatsächlich keine bessere Antwort auf mein erstes, durch und durch liebgemeintes Kärtchen eingefallen, als sich darüber zu beschweren, warum ich mich denn bloß so entsetzlich steif ausdrücke, und ob denn die ständigen Reime wirklich unbedingt sein müßten. Ein niederschmetterndes Erlebnis der Verständnislosigkeit, das mich um Jahre zurückwarf und endgültig in die Schlaffheit tiefster Depressionen stürzte.

So gab ich eines Nachts dem unerbittlichen Werben Isabellas nach und folgte ihrem kostenfreien Angebot auf die professionelle Matratze, wo ich dann aber, versoffen und doppelt liebeskrank, wie ich nun einmal war, rein gar nichts Erbauliches zustande brachte. Ich rettete mich aus meinen kläglichen Bemühungen in einen gnadenlos mit mir selbst beschäftigten Redeschwall, übersah Isabellas tiefere Gefühle dabei vollständig, bis sich das liebe Mädchen heftig die Nase schneuzte und mich sanft, aber entschieden zur Tür hinaus, über den Flur hinweg und wieder in meine eigene Tür hineinschob.

Nun traute ich mich überhaupt nicht mehr unter Menschen. Morgens zitterten mir die Hände, ich litt unter Zahnfleischbluten, und die Haare klebten mir in dünnen fettigen Strähnen im Gesicht. Ich ließ mich gehen, gar keine Frage, ich hatte die beiden wunderbarsten Frauen der Welt geliebt, eine glorreiche Zukunft als Dichter erhofft, war gescheitert, ein Versager und Trunkenbold, hing nun nur noch in einem tiefen schwarzen Loch und sah keinerlei Sinn mehr im Weitermachen. Mein sporadisch aufkeimendes schlechtes Gewissen bügelte ich platt, indem ich in einem zerlesenen Gedichtband Bukowskis blätterte und schon nach wenigen Seiten beruhigt die nächste Pulle aufriß.

Es wurde Winter, die eisige Kälte pfiff durch die morschen Fensterläden, ich schob mein Bett dicht an den Ofen, und wenn ich mittags erwachte, hatte ich mehr und mehr den Eindruck, auch meine spärlichen Restmöbel seien auf der Suche nach der rettenden Wärme schon wieder ein Stückchen nähergerückt.

Zu allem Überfluß teilte mir der liebe Angelo eines Abends vertraulich mit, er habe sein Gewerbe verkauft, beabsichtige, den Erlös in einen Schubkarren Kokain zu investieren und mit dem verdreifachten Gewinn nun endlich seinen Traum vom streßfreien Leben in der Südsee zu verwirklichen. Zwei Wochen später trauerte ich den Lustschreien seiner Gäste hinterher, wenn mich nun jeden Montag und jeden Donnerstag das von instinktiver Todesangst erfüllte markerschütternde Kreischen der Schweine weckte, die früh am Morgen unter brutalen Knüppelschlägen rückwärts in die Schlachterei getrieben wurden, die der neue Besitzer in der Waschküche des Hauses eingerichtet hatte. Angelos Laden war zu einem Restaurant mit altdeutscher Küche verkommen, mit deftigen Fleischwaren aus eigener Herstellung, wie die protzigen Reklametafeln stolz verkündeten. Ganz nebenbei hatte man uns die Miete verdoppelt, die Mädchen waren komplett ausgezogen, und mir wurde bei allem Hunger nichts als schlecht, wenn der Gestank der brutzelnden Leichenteile zu mir nach oben kroch.

Wahrscheinlich wäre ich irgendwann am Dreck oder mir selbst erstickt, aber dann geschah ein Wunder, und ich bekam Besuch. Ein energisches Klopfen beendete mein mollgetränktes Trübsalblasen wie ein letzter dramatischer Trommelwirbel. Ich wuchtete mich aus der Decke, hängte sie mir um, schob Konservendosen, Flaschen, Socken und verschimmelte Käsereste in einer dunklen Ecke zusammen und öffnete einen Spaltbreit die Tür. Das besorgte Gesicht meiner jüngeren Schwester grinste mir verlegen entgegen. Ich dachte an den heißen Sommernachmittag, als ich in den zerfaserten Abgründen eines wüsten vierundzwanzigstündigen Horrortrips zerschunden und zermürbt ins Elternhaus zurückgekehrt war, ihr mitleidiges Lächeln für arroganten Spott gehalten und einen großen gläsernen Aschenbecher in ihre so unfaßbar entstellte Richtung gepfeffert hatte. Das Ding war keine fünf Zentimeter über ihrem Kopf an der Wand zerschellt, und sie hatte nie auch nur ein einziges Wort über meinen Mordanschlag verloren.

Ich gab die Tür frei und schloß sie in die Arme. Vielleicht lag es an meinen abgelagerten Ausdünstungen, jedenfalls löste sie sich viel zu schnell aus meinen bedürftigen Händen, stapfte kopfschüttelnd durch die Bude und riß das Fenster auf. »Du hättest ruhig mal was von dir hören lassen können. Kein Mensch weiß, daß du zurück bist. Wenn ich gestern nicht zufällig Angelo in der Stadt getroffen hätte …«

»Ja sicher, aber … es geht mir zur Zeit nicht so besonders.«

»Das kann man wohl sagen. Wie wär's, wenn du 'ne Dusche nehmen würdest? Ich räume solange ein bißchen auf.«

»Aber, ääh, das kann ich doch nicht zulassen, ich meine …«

»Nun schieb schon ab. Irgend jemand muß dir ja wohl

mal ein bißchen auf die Beine helfen.« Sie warf ihren Mantel über den verkrusteten Tisch und krempelte sich die Ärmel hoch. Ich gab nach, schämte mich gewaltig und ging mich zum ersten Mal seit Wochen gründlich säubern.

Als ich zurückkam, sah mein Zimmer beinahe bewohnbar aus. Ich hatte schon fast vergessen, welche Farbe meine Holzdielen früher einmal gehabt hatten. Meine Schwester saß auf dem einzigen Stuhl, der Schweiß tropfte ihr von der Stirn, aber sie hatte ein zufriedenes, wenn auch etwas nachdenkliches Lächeln im Gesicht, und rauchte eine Zigarette. Ich setzte mich aufs Bett und bedankte mich. Wir schwiegen uns einige Minuten lang an, pafften und stierten zwei oder drei Löcher in die ungewohnt frische Luft, dann kam meine Schwester zur Sache. »Eigentlich soll ich es dir ja gar nicht sagen, aber ...« Sie schaute mir tief und ernst in die Augen. »Jedenfalls, Karen ist schwanger.«

Am Kopfende des Bettes blinzelte mein Whiskey-Depot. Meine Hand fuhr unwillkürlich hinüber, zog sich dann aber blitzschnell wieder zurück. Ich hatte Angst, meine stirnrunzelnde Schwester könnte mir einen Stiefel auf die Knöchel stellen.

Der verbliebene Restbestand meiner Gehirnzellen ratterte in Höchstgeschwindigkeit durch mein angelesenes Halbwissen von Periode und Schwangerschaftsnachweis, dann rutschten mir als Resultat meiner angestrengten Bemühungen ganze zwei dämliche Worte heraus. »Seit wann?«

Nun grinste meine Schwester von einem Ohr zum anderen. »Vierter Monat. Karen sagt, es ginge niemanden etwas an, von wem das Kind ist. Es sei ihre eigene Entscheidung, und sie will es ganz alleine großziehen. Aber was soll's«, sie kaute für einen Moment an den lackierten Fingernägeln, holte tief Luft, dann sprach sie entschlossen weiter. »Ich finde, du solltest schon wissen, daß ... naja, sie hat mir ganz im Vertrauen erzählt, sie sei sich absolut sicher, daß das Kind von dir ist.«

Es war schon seltsam, aber mir schien, als huschte ein Hauch von Stolz auf den großen Bruder über ihr verschmitztes Gesicht, als sie erwartungsvoll zu mir aufschaute. Ich sprang auf, schlug ein Rad, krachte gegen den Schrank, rappelte mich auf, griff mir mein Schwesterherz, meinen Engel, Botin unglaublicher Freude, kreiste jubelnd im wilden Tanz mit ihr durchs Zimmer, ich hätte mein Glück auf die Straße hinausbrüllen können, vielleicht hab ich es auch getan, ich weiß es nicht mehr, ich werde Vater, ihr glaubt es nicht, ich werde Vater!

Nach meinen bescheidenen Berechnungen *konnte* Karen nicht wissen, von wem das Kind war, alles sprach für die verquere Nacht im Öljackenzelt, aber sie war sich vollkommen sicher, und war ihr eiserner Glaube denn nichts anderes als das Zeichen einer tiefen Verbindung zwischen uns? Einer spirituellen geradezu, der weibliche Instinkt war schon zu erstaunlichen Einsichten fähig.

Ich zweifelte keine Sekunde, und als sich mein geliebtes Schwesterlein schließlich verabschiedete und mir viel Glück wünschte, bedankte ich mich noch einmal überschwenglich und versicherte ihr, ich würde mich der neuen Aufgabe gewachsen zeigen, mein Leben ab sofort vollständig umkrempeln, keine Sorge, und überhaupt, eine neue Aufgabe, das sei doch genau, was ich so dringend gebraucht hätte.

Gleich am nächsten Morgen warf ich die Spirituosen in den Müllcontainer, kaufte mir die Tageszeitung, stürzte in die nächste Telefonzelle und verbrachte den ganzen Tag mit der Suche nach einem halbwegs erträglichen Job. Ich klapperte das Sägewerk ab, die Molkerei und die Schuhfabrik, wurde ausgelacht, ignoriert oder rausgeworfen. Ich ließ mich nicht entmutigen, zog ernsthaft in Erwägung, mir eine Krawatte zu leihen und wenn es denn unbedingt sein mußte, auch meine verlotterte Frisur einer schmerzlichen Beschneidung zu unterwerfen.

Der zweite Tag verlief ähnlich erfolglos, aber so richtig elend wurde mir erst am Abend. Ich saß brav vor dem

Fernseher, trank ein Mineralwasser und sah mir eine ungemein spannende Sendung über sanfte Unterwassergeburten an, als ich plötzlich gewaltig ins Schwitzen geriet, was mit den kläglichen Zimmertemperaturen nun wirklich nicht zu erklären war. Trotzdem zog ich den Pullover aus, verfiel prompt in einen widerlichen Schüttelfrost, die Zähne schlugen unkontrolliert aufeinander, und dann dies kitzelnde Geräusch in meiner linken Brust, meine Hände flatterten wie Hornissenflügel auf Menschenjagd, und ein ganzer Schwarm der Insekten kroch mir die Beine hinauf, es war ein Surren und Prickeln wie in den zerschlissenen Bundhosen eines berühmten Privatdetektivs im Los Angeles der späten dreißiger Jahre.

Ich begriff, daß ich einen verflucht ordinären Alkoholentzug schob, war aber fest entschlossen durchzuhalten, ich hatte ja keine Ahnung gehabt, wie tief ich schon längst in der Scheiße saß.

Ich hatte drei Tage nicht geschlafen, kaum gegessen, und an so etwas wie Verdauung war überhaupt nicht zu denken, als mein lächerlicher Zustand schließlich unaufhaltsam in den neuerdings so eklig vertrauten Anfall von Panik hinüberglitt. Hyperventilation hin oder her, was nützt mir jetzt der Duden, ich keuchte und spuckte, röchelte nach Luft und dachte verzweifelt an Lisas versprochene Kräutermischung, die leider nie bei mir eingetroffen war. So griff ich zum letzten beschämenden Mittel, wankte die Stiege hinunter, rein in die Kneipe, vorbei an entrüstet glotzenden Schweinsgesichtern, denen die schuhgroßen Koteletts bei meinem Anblick die bestickten Lätzchen herunterpolterten, hangelte mich zum Telefon und wählte mit zitternden Händen die 110.

Es sollte noch mal eine gute Viertelstunde dauern, bis meine vorübergehende Rettung endlich eintraf. Ich wälzte mich um Atem ringend auf dem Bett hin und her, war mittlerweile absolut überzeugt, daß ich mich diesmal mit sämtlichen nur vorstellbaren Symptomen eines unabwendbaren Herzinfarkts abstrampelte, als schließlich ein Lichtstrahl ins verdunkelte Zimmer fiel, die angelehnte

Tür aufgeschoben wurde und der goldgelockte Traum von einer filmreifen Notärztin auf mich zuschwebte. Die vollen Lippen knallrot geschminkt, das klassisch schöne Gesicht von einem tiefgründigen Lächeln verziert, ließ sie ihr prachtvolles Hinterteil auf der Bettkante nieder und nahm mit verblüffender Selbstverständlichkeit meine dankbare Hand. Ihr strenges weißes Kostüm spannte sich verführerisch raschelnd über ihren einladenden Formen, und ihre eingesperrten Brüste drängten sich mir spontan entgegen, als sie mir zärtlich die Haare aus der Stirn strich und sich mit unendlich warmer sanfter Stimme nach der Quelle meiner Leiden erkundigte.

Die waren ja nun längst hinter kerngesund pochender Erregung verschwunden, doch ich schilderte sie in düstersten Farben, malte die Hölle und erfand noch dazu, wollte die mir so offensichtlich zugeneigte Nachtschwester so schnell nicht wieder fortlassen, lechzte nun fiebernd nach dem wirklich allerletzten grandiosen Abenteuer, bäumte mich noch ein einziges Mal auf, angesichts der freiwilligen Haft lebenslänglicher Monogamie.

Als sie ganz ohne Scham mein Unterhemd hochschob, um den wettstreitenden Liedern meines Herzens zu lauschen, strich ich ihr sacht mit der Hand übers Haar. Sie richtete sich ruckartig auf, war wohl ähnlich verwirrt von unserer magnetischen Anziehung wie ich selber. Mit geröteten Wangen und energischer, ganz rührend mit sich selbst kämpfender Stimme empfahl sie mir, beim nächsten bedrohlichen Anfall eine Plastiktüte über den Kopf zu ziehen. Das beende todsicher unnötig hysterisches Atmen.

Dann meldete sich dummerweise ihr Piepser, sie wühlte in ihrer Tasche, stellte ihn ab, schenkte mir eine Schachtel beruhigender Pillen und eilte hastig zur Tür hinaus.

Bevor ich spät in der Nacht endlich, endlich wieder mal in einen tiefen erholsamen Schlaf fand, steckte meine Nase noch eine ganze Weile in der Bettdecke und schnüffelte bedauernd ihren lieblichen Duft. Und auch heute noch bin ich mir eigentlich fast sicher, sie hätte sich liebend gern hingegeben, wäre da nicht der Eid des Hippokrates gewesen, der ihrem Verlangen so unerbittlich im Wege stand.

Ein klein wenig Zuneigung braucht der Mensch, hier und da eine helfende Hand, und schon fügt sich alles fast wie von selbst. »Dir werde ich das Arbeiten schon beibringen!« tönte in schneidigem Ton der gehässig frohlockende Vorarbeiter eines holzverarbeitenden Betriebs im Nachbarstädtchen, als ich mich in perfekter Unterwerfung um eine mehr als schlechtbezahlte Stellung bewarb. Nachdem ich fünf Tage lang mit beinahe krankhaftem Eifer ununterbrochen Sägemehl gefegt und geschluckt hatte, setzte er mich unter wilden Drohungen auf die Straße, weil ich in der Mittagspause zu laut gehustet hatte.

Ich ergatterte einen begehrten Posten im städtischen Arbeitsbeschaffungsprogramm, wühlte in Knochen und Aas einzuebnender, weil seit längerem nicht besuchter und gepflegter Gräber, würgte im frostigen Bauwagen am Frühstücksbrötchen, wenn den lieben Kollegen die abscheulichsten frauenverachtenden Zoten aller Zeiten aus den analphabetischen Mäulern sabberten, und lernte zu applaudieren, wenn einer dieser Wahnsinnigen morgens mal wieder jubelnd und mit der Zeitung wedelnd herbeigestürmt kam, um freudetrunken zu berichten, diese oder jene Honorität sei endlich abgekratzt und garantiere ausführliche Beerdigungsfeierlichkeiten und die damit einhergehende stundenlange Arbeitspause.

Mein grenzenloser Optimismus dieser Tage verlieh mir ganz nebenbei auch noch die Kraft und Kreativität, um mir in den Abendstunden mit geradezu spielerischer Leichtigkeit eine ganze Reihe subproletarischer Klageverse aus der Feder zu leiern. Als ich aber eines Tages schließlich zum Abschmecken in die örtliche Kläranlage abkommandiert wurde, war das Maß der Erniedrigung voll, ich schmiß die Schöpfkelle in die blasentreibende Brühe und trollte mich.

Nun hieß es wieder Kleinanzeigen studieren, Bücklinge und geschicktes Lavieren in Schleimspuren üben, Zeugnisse fälschen und mit dreisten Lügen um mich schmeißen, wie ich es mein ganzes bisheriges Leben nicht für nötig gehalten hatte. Alles umsonst. Der winterliche Arbeitsmarkt gab nun endgültig nichts mehr her, und so beschloß ich, die wiedergewonnene Freizeit sinnvoll zu nutzen und Karen einen Besuch abzustatten, ihr meine doch sicherlich beeindruckende Veränderung vorzuführen, ihr zu beweisen, daß ich trocken und vernünftig und überhaupt nun der geradezu ideale Vater geworden war.

Ich packte die nötigen Utensilien für einen längeren Aufenthalt in meine Reisetasche, kratzte mein schwerverdientes kleines Barvermögen zusammen, borgte mir den klapprigen VW meiner stets hilfsbereiten Schwester und machte mich voller Zuversicht auf den Weg nach Kassel, wo Karen ein gemütliches einstöckiges Fachwerkhaus bewohnte, in dem wir schon so manche leidenschaftliche Stunde verbracht hatten. Mein Plan sah vor, mir zunächst einmal ein anspruchsloses Zimmer zu mieten, geduldig in Rufweite der werdenden Mutter auszuharren, jederzeit hilfsbereit zur Verfügung zu stehen, bis sie mir schließlich ganz von alleine die praktische Lösung der ohnehin irgendwann anstehenden gemeinsamen Wohnung anbieten würde.

Der eiskalte Wind blies unbarmherzig durch den verrosteten Unterboden, und die abgefahrenen Sommerreifen trugen ihren Teil dazu bei, daß ich alle Mühe hatte, auf der zugefrorenen Straße einigermaßen die Spur zu halten. So dauerte es mehr als zwei Stunden, bis ich endlich im dichten, sich gegenseitig unwirsch durch den Eisregen schubsenden Verkehr der kurhessischen Provinzhauptstadt mitmischen durfte.

Nach einer weiteren halben Stunde des zähen Ringens und Beißens führte mich meine schlingernde Fahrt an der noch immer geschlossenen und versiegelten Kneipe vorbei, in der ich Karen im vergangenen Frühjahr inmitten des hektischen Trubels einer Großrazzia kennengelernt hatte. Eben hatte ich meinen Krümel Libanesen hastig aus der Hosentasche gekramt und mich ratlos nach einem geeigneten Versteck umgesehen, als urplötzlich eine fremde schwarzhaarige Schönheit vor mir aufgetaucht war. Sie hatte mich angestrahlt, mir den verdächtigen Brocken aus der Hand genommen, kurzerhand in der Mitte entzweigebissen und mir die eine Hälfte in spitzbübischer Mund-zu-Mund-Technik zwischen die Kiemen geschoben. Wir hatten den Stoff mit breitem Grinsen verdrückt, uns an den Händen genommen und waren zum Ausgang marschiert, um uns dem gierigen Abtasten der Drogenfahnder zu stellen. Dort hatten mehrere Polizeihunde auf uns gewartet, einer hatte verliebt mit dem Schwanz gewedelt und treuherzig hechelnd zu Karen aufgeschaut. Sie war niedergekniet und hatte ihn zärtlich hinter den Ohren gekrault, woraufhin das arme Tier von seinem wutschnaubenden Führer zurückgerissen und brutal mit der Leine verprügelt worden war. Trotzdem hatten wir uns draußen auf der Straße, ohne vorher auch nur ein einziges Wort gewechselt zu haben, einen ersten atemberaubenden Kuß gegeben, und ich schwöre, es war der aufregendste Zungenschlag meines Lebens, und das wird er wohl auch für immer bleiben.

Die Erinnerung an die unnachahmliche Extraklasse meiner Auserwählten vertrieb die allerletzten Zweifel an meiner wagemutigen Zukunftsplanung, und ich ertappte mich dabei, wie mir leise, aber nicht ungeschickt, das musikalische Hauptmotiv von Segals ›Love Story‹ durch die klappernden Zähne pfiff, als ich in die seifige Straße Richtung Hauptbahnhof einbog.

Ich bekam ein Zimmer im siebten Stock der dazugehörigen Pension, deponierte mein Gepäck, richtete mir Kragen und Scheitel, kaufte im Bahnhofskiosk einen herrlichen Strauß Rosen in den portugiesischen Landesfarben, hüpfte gutgelaunt zurück ins Auto und steuerte Karens Quartier in der Oberstadt an.

Der Regen ging in ein dichtes Schneetreiben über, und es wurde bereits dunkel, als ich den Wagen auf der gegenüberliegenden Straßenseite einparkte. Die Fenster waren beleuchtet, der Schornstein dampfte auf vollen Touren, gar keine Frage, Karen war also zu Hause.

Mein Herz klopfte in wilder Vorfreude, als ich mit den Rosen im Arm über die verschneite Straße schlitterte, und ich nahm mir fest vor, meine junge Familie so bald wie möglich zum Umzug in den frostfreien Süden zu überreden. Ich stellte mir ruhige bekiffte Abende auf der noch immer sonnenüberfluteten Veranda am Meer vor, an denen wir händchenhaltend über unser unverschämtes Glück sinnieren und immer mal wieder einen gemeinsamen Blick auf unser gesundes, friedlich in der Wiege schlummerndes Kind werfen würden, und drückte auf die Klingel.

Drinnen wurde ein Stuhl verrückt, ich hörte das so vertraute Tapsen ihrer nackten Füße, dann ging die Haustür auf und Karen stand vor mir, schöner denn je, und riß verdutzt die Augen auf. »Was willst du denn hier, um Himmels willen?«

Ich muß stockblind gewesen sein in diesem Moment, vom Übermut vollständig benebelt, begriff nicht, daß ihre vermeintlich freudige Überraschung nichts als pures Entsetzen bedeutete, plus angewidertem Ekel vor dem durchgeknallten Trottel, der ich war, seit ich mir in den Untiefen der Verzweiflung die Illusionen zum Heißluftballon aufgeblasen hatte. Meine so mühsam zurechtgelegte Begrüßungsansprache war mir in der Aufregung glatt entfallen, ich wollte es nicht, und doch passierte es mir, ich gab jede taktvolle Zurückhaltung auf und fiel ihr mit der Tür ins Haus. »Ich bin gekommen, um dir einen Heiratsantrag zu machen. Was sagst du nun?«

Karen duckte sich unter meinem dämlichen Grinsen, grauer Lavastaub umwölkte ihr nun gnadenlos düsteres Gesicht, lagerte sich ab in metertiefen Zornesfalten, ihre Augen blitzten böse, die Rosen klatschten zwischen uns auf den Boden, wurden zum trennenden Stacheldraht, ihre giftigen Worte zu Geschossen der unverhohlenen Abscheu, die mir das Gas rausließen, den Wind aus den

Segeln nahmen und den Rest meines Mutes. »Was soll denn der Scheiß jetzt schon wieder! Wann kapierst du endlich, daß ich nichts mehr mit dir zu tun haben will?« Sie schubste mich aus dem Flur, war im Begriff, die Tür vor mir zuzuschlagen, aber ich stemmte mich energisch dagegen. »Und unser Kind? Soll unser Kind denn ganz ohne Vater aufwachsen?« ächzte ich in seltsam weibischem Ton, und so drückten wir nun von zwei Seiten gegen die Tür, ich machte mich endgültig zum Narren, es fällt mir schwer zu gestehen, ich stammelte und stotterte und lallte noch allerlei Schwachsinn von Karens fehlendem Verantwortungsgefühl, von der lieblosen Mutter und noch mehr von dem Mist, und dann schrien wir alle beide und schimpften und tobten, und ich wußte, nun war es unwiderruflich vorbei. Nun blühte der Haß, zog ätzend konzentrische Kreise, häufte einen Berg zwischen uns auf, den auch der gutwilligste Mensch nicht mehr überklettern, geschweige denn abtragen oder auch nur jemals wieder vergessen könnte.

Ich kniff belemmert den Schwanz ein, ein letztes männliches Hufescharren, wer ist schon gern der Verlierer, dann trottete ich zum Auto zurück, bebend vor Wut vermied ich die Tränen, zwängte mich hinters Steuer, um Karen nie wiederzusehen.

Die Einsamkeit sei der Lorbeerkranz des Gerechten, hat Louis de Funes einmal gesagt. Scheiße, sage ich. Du Komiker! Was ist das doch für ein Drecksleben so ganz ohne Freunde …

Ich fuhr die Königsallee hinunter und fragte mich, was nun und wohin und wozu überhaupt noch. Hatte wieder mal nur das Beste gewollt, war doch bereit gewesen, meine Träume zu verleugnen, mich der verlogenen Harmonie der Kleinfamilie zu beugen, zur Not auch im staubfreien Wohnzimmer oder auf endlos langweiligen Sonntagsspaziergängen vorzeitig ergraut dem bitteren Ende entgegenzudämmern, und war doch wieder nur verstoßen worden, verlacht und gehaßt.

Sah mich nun schon heimlich hinterm Maschenzaun eines Kindergartens herumschleichen und schüchtern nach meiner bildhübschen Tochter rufen, die mich nicht erkennen, schreiend davonlaufen und mich bei der wachhabenden Pädagogin als gefährlichen Unhold anschwärzen würde.

Es war ein Heulen und Wehklagen wie in den schlimmsten Zeiten nicht, die Tränen rannen mir nun doch noch in dicken Tropfen übers ganze Gesicht, der Schneefall wurde dichter und dichter, und trotzdem, ich weiß es genau, ich hab das kleine Kind sofort gesehen, als es höchstens drei Meter vor mir von rechts aus einer Seitengasse gerodelt kam. Bin auch sofort auf die Bremse gestiegen, habe gut reagiert, aber ach, wie sinnlos auf zentimeterdick verschneitem Kopfsteinpflaster, und nie werde ich das trockene hölzerne Geräusch vergessen, als das Kind, und ich hoffte noch, es sei nur der Schlitten, mit dem Kopf gegen den Wagen krachte und aus meinem Blickfeld verschwand. Ich stürzte aus dem Auto, knallte der Länge nach hin, robbte unter den Wagen, fand das Kind, aber das Kind war tot. Ich verfluchte IHN.

Zu einem Besuch bei der Familie hatte mir der Mut gefehlt, und auch zur Trauergemeinde gehörte ich nur inoffiziell. Ich drückte mich hinter Büschen und Bäumen herum und beobachtete das Entsetzen der Beerdigung, die jungen Eltern, zwei Kinder und einen alten Mann, bei dem es sich wohl um den verwitweten Großvater handelte. Der Pfarrer hielt eine ergreifende Rede über den Liebreiz und die außergewöhnlichen Talente des verstorbenen Mädchens, wetterte über die rücksichtslose Raserei auf den Straßen, ich sah, wie der winzige Sarg in die Erde gelassen wurde, dann hob Musik an, und ich hielt es einfach nicht mehr aus, schlich hemmungslos weinend durch den Schneematsch zum Ausgang, wo mich ein riesiger schwarzer Dobermann erwartete.

Der Hund machte zwei Schritte auf mich zu und fletschte die Zähne. Seine Haare sträubten sich zu einem

Dickicht, das ich bei seiner Rasse nicht für möglich gehalten hätte. Sein tropfender Speichel erinnerte mich an einen defekten Wasserhahn. Noch ein Schritt, und er würde zum Sprung ansetzen.

Ich dachte an meine jüngere Schwester, wie sie meine Hand ergriff, als ich zitternd versuchte, ihr am Grab ihres ersten Freundes beizustehen.

Und ich dachte nicht länger an mich, als der Hund im Anflug kehrtmachte und mit eingekniffenem Schwanz nach dem rechten Glauben suchte. Ganz offensichtlich im Bestreben, verlorene Zeit gutzumachen. Ich fragte mich, wer hinter mir stand, drehte mich um und sah den alten Mann, wie er, das tränenüberströmte Gesicht von unsagbarem Haß entstellt, seinen Krückstock wutentbrannt über dem kahlen verschneiten Schädel schwingend, zitternd und bebend auf mich zugehastet kam. »Möörder! Du Mööörder!« krächzte er und holte zum Schlag aus. Ich nahm die Beine in die Hand und rannte dem Hund hinterher.

Für die nächsten acht Tage schloß ich mich in meinem Hotelzimmer ein und versuchte mich zu erinnern, so gut ich konnte. Auch der neunte Tag brachte keine wirkliche Erleichterung. Bevor ich das Fenster öffnete, bereitete ich mir ein letztes Mahl. Ich betraute den örtlichen Brieftaubenservice telefonisch mit der Aufgabe, den beschriebenen Stoß Papier über der Stadt zu verteilen. Und hoffte trotz nagender Zweifel auf IHN.

Silvia Szymanski
Chemische Reinigung

Roman

153 Seiten. RBL 1629. 16,– DM
ISBN 3-379-01629-2

Silvia, die Madame-Bovary-Volksausgabe der achtziger Jahre, jobbt in einer chemischen Reinigung, langweilt sich zwischen aufgebügelten Hemden und ausgeleierten Hosen, träumt vom Durchbruch als Leadsängerin der »Schweine«, hängt im pisseligen Jugendtreff »Saftladen« herum, umgeben von Männern, die vor allem Sex, Saufen und Fußball im Kopf haben, und verliebt sich halbherzig mal in den und mal in den.
Sieht so das wahre Leben aus? Oder gibt's das nur in Aachen und Düsseldorf? Schließlich hat Silvia auch so ihre Wünsche: »Ich möchte auch mal nackt im Rhein schwimmen und dabei wie eine Burg angestrahlt werden. Eine Frau braucht das ab und zu.« Nichts davon passiert in Merkstein, wo die Menschen wie Wellensittiche leben. Oder wie Holzpuppen. Oder wie Zuckerrüben, dick und doof.
Silvia Szymanski, geboren 1958, ist Sängerin, Gitarristin und Songschreiberin der weiblichen Rockband *The Me-Janes*. Lebt heute in Übach-Palenberg, der unbekannten Heimstatt der Gegenwartsliteratur.

RECLAM-BIBLIOTHEK

Sibylle Berg
Ein paar Leute suchen
das Glück und lachen sich tot

Roman

180 Seiten. RBL 1577. 16,– DM
ISBN 3-379-01577-6

»Schnoddrig, komisch und ziemlich traurig zugleich ... ein Buch über hoffnungslos aufgeklärte Glückssucher und das unbelehrbare pochende Herz.«

Andrea Köhler in »Focus«

»All diese Geschichten, manchmal mehr Slapstick, manchmal Groteske und ganz kalt und präzise erzählt, laufen mit einer unaufhaltsamen Mechanik ab, das ist die große Qualität dieses Debüts.«

Annette Meyhöfer in »SPIEGEL extra«

»Ein postmoderner Todesartenzyklus, verdichtet zu einer bitteren Melange aus Ingeborg Bachmann, Stephen King und MTV.«

Peter Henning in »Facts«

»Sibylle Berg bringt in ihrem ersten Episodenroman das Gefühl der Leere auf den Punkt ... schnörkellos und furchterregend genau.«

Verena Auffermann in der »Süddeutschen Zeitung«

Sibylle Berg

Sex II

Roman

Format 11,8×21,5 cm
200 Seiten. Mit Fotografien von Jules Spinatsch.
Gebunden. 29,80 DM. ISBN 3-379-00767-6

Was soll man über dieses Buch sagen? Lassen wir Frau Berg diese Arbeit tun:
»Vielleicht waren es intergalaktische Strahlungen, ein schlechter Trip, ein Anschlag der Mafia, egal, was es ausgelöst hat, es ist nicht schön. Ihr habt euch ein Wunder gewünscht und einen verdammten Alptraum bekommen. Vergeßt euer Leben davor, nichts ist mehr wichtig, hat Bedeutung, außer, daß ihr es schaffen müßt, 24 Stunden durchzuhalten. In einer großen Stadt, in der wirklich nichts Gutes passiert, alleine, müßt ihr laufen und ihr wißt nicht, ob ihr am Ende draufgeht oder ob dann der Horror erst beginnt.«

»Sibylle Berg rennt Sturm und schaut, wer mehr aushält, ihr Dickschädel oder die Welt da draußen.«

SPIEGEL extra

Stefan Beuse
Wir schießen Gummibänder
zu den Sternen

Kurze Geschichten

Format 11,8 × 21,5 cm
158 Seiten. Gebunden. 29,80 DM
ISBN 3-379-00766-8

Kurios und verspielt, verblüffend und verquer, so setzen diese Geschichten ein. Sie tauchen ab in die Welt der Alltagsobjekte, entdecken hinter der scheinbar vertrauten Oberfläche immer wieder poetische Tiefe und überraschenden Witz.
Die Figuren der zweiunddreißig Geschichten ergründen das Geheimnis von Ritter Sport Joghurt, sinnieren über die sieben Möglichkeiten, mit Cat Stevens Fußball zu spielen, und lassen sich von einer Kartenabreißerin, die aussieht wie Winona Ryder, in Bann ziehen. Stefan Beuses Sätze strahlen, leuchten und funkeln. Als wären die Dinge des täglichen Lebens nicht Alltag, sondern kostbarstes Gut.

Stefan Beuse, geboren 1967 in Münster. Lebt als freier Texter/Konzeptioner in Hamburg. Diverse Veröffentlichungen in Anthologien und Zeitschriften.